국어 문법의 탐구 3

국어 문장의 확대와
조사의 실현

홍종선·김지오·김혜령·최정은·하정수

박문사

머리말

국어 문법의 탐구 3

　‘국어 문법의 탐구’라는 이름으로 나오는 이 세 권의 책은 고려대
학교 대학원의 ‘국어문법론연구’ 시간에 같이 공부한 연구자들의 탐
구 결과이다. 이 연구 논문들에서는 해당 분야에 대한 기존 연구들
을 폭넓게 섭렵하면서 이들에 나타난 성과와 문제들을 연구자의 시
각으로 점검하였다. 무릇 학문이 발달하기 위해서는 이전 연구에 대
한 철저한 점검과 가치 평가가 요구되는데, 이 힘든 작업을 충실하
게 해 낸 것이다. 여기에 연구자들이 갖는 새로운 시각을 내보여, 각
주제에 대해 한 걸음 나아간 성과를 이루었다고 할 것이다.

　국어 문법론 가운데에서도 중심적인 연구 주제들을 집중적으로 고
찰한 이 논문들은 모두 깊은 성찰을 거쳐 이루어 낸 연구 결과들이
다. 제1권은 국어의 시제와 동작상, 그리고 서법에 관한 연구들로,
그 체계뿐 아니라 해당 범주와 관련된 문법 형태나 표현 등을 치밀
하게 분석하여 타당성 높은 해석을 해 놓았다. 제2권은 국어의 높임
법에 관한 고찰로, 언어 현실성에 유의한 연구들이다. 특히 상대 높
임법의 실현 실태에 관심을 가지고, 그 체계와 표현 양상, 그리고 교
육 문제까지 실제 발화 자료에 근거하여 고찰한 성실한 논문들이다.
제3권은 접속과 내포를 통해 이루어지는 국어 문장의 확대에 관한
연구들이다. 국어 문장 확대 표현의 역사성에 주목하면서, 그 역사

저 현재인 현대 국어 확대문에 이르기까지의 국어 자료를 정밀하게 분석하였다. 격과 조사 문제도 함께 논의한 주제이었으나 여러 편을 싣지 못한 것이 아쉽다.

이 논문들에서는, 오랜 연륜을 쌓아 온 기성 학자들의 논문에서 드러나는 성숙하고 완미한 안정감이 더 요구될 수도 있겠으나, 자신의 학문을 개척해 가는 패기에 찬 연구 열의와 성실성을 확인할 수 있다. 이런 점에서 학문을 열어 나가는 강호 동학분들께 이 글을 내놓는다. 이 논문들을 쓴 소장 학자들이 앞으로 국어 문법론 연구를 이끌어갈 것임을 생각할 때, 이들에게 거는 기대는 매우 큰 것이다. 많은 지적과 가르침을 기다린다.

국어학을 공부해 나가는 길목의 한 켠에서 등불을 켜들고 서 있는 도서출판 박문사를 만나 무척 고맙고 마음 든든하다. 저자들이 앞으로 큰 학문을 이루는 것이 오늘의 고마움에 대한 답례라고 생각한다.

2009년 8월 1일
지은이

목차

국어 문법의 탐구 3

국어 문법의 탐구 3

국어 문장의 확대와
조사의 실현

홍종선 · 김지오 · 김혜령 · 최정은 · 하정수

국어 문법의 탐구 3

01 국어 표현의 복합문 구조화 방향성

— 형태론적 표지의 통사 구조화 —

:: 홍 종 선

1. 머리말

언어의 변천을 논의할 때 문법 범주는 어휘나 음운 현상에 비해 비교적 변화가 적은 것으로 이해된다. 이처럼 변화가 적거나 더디다고 하여도 문법 범주들 역시 시대가 흐름에 따라서 어떤 식으로든 변화를 경험하는 일이 많다. 국어의 문법 범주들도 고대 국어 이후에서 오늘에 이르기까지 간단 없이 변화가 지속되어 왔으며, 문법 체계와 내용이 비교적 뚜렷하게 파악되는 중세 국어를 기준한다고 하여도 근대 국어를 거쳐 근대 개화기와 현대 국어를 지내오면서 여러 면에서 변화를 경험하고 있다.

문법 범주와 관련하는 변화에는, 그를 나타내는 형태가 바뀌거나, 문법 범주의 기능 내용 또는 적용 범위가 달라지는 것 등이 있을 것이다. 본고에서는 전자 즉 그 문법 범주를 표시하는 형태에 통시적인 변화가 있는 경우들을 살피고, 여기에서 나타나는 조건과 경향성 등을 찾고자 한다. 어떤 문법 범주를 나타내는 표지가 달라질 때, 대

체로 그 범주의 성격이나 범위에 변화가 오는 일이 많다. 또는 어떤
문법 범주의 성격이 달라지면서 그 범주의 표지에 변화가 올 수도
있다.

이러한 문법 표지가 시대의 흐름에 따라 변화할 때에 나타나는
모습에는 어떠한 경향성을 찾을 수도 있다. 그러한 경향성이 한 가
지일 수만은 없겠지만, 비교적 뚜렷하게 찾을 수 있는 통시적 변화
의 모습이 국어 문법 범주에서도 보이는 듯하다. 즉 국어에서는 형
태론적 표지로 나타내던 문법 기능 표지가 시대 변천을 겪으면서 통
사 구조의 형태로 바뀌어 표현되는 예들이 있다. 이러한 문법 범주
표지들이 여럿 발견된다면 그것을 하나의 방향성 또는 경향성으로
설정할 수도 있다고 본다.

본고에서는 이와 같이 통시적 변천 과정에서 '형태론적 구조의 통
사 구조화'라는 공통적인 모습을 보이는 문법 범주들을 대상으로 이
들에게서 발견되는 경향성을 고찰하기로 한다. 이들 현상은 대부분
지금도 변천이 계속되고 있고 또 두 가지 형태가 모두 사용되고 있
기도 하여 앞으로의 진행 방향을 단정하기는 쉽지 않지만, 중·근대
를 지내오며 상당한 경향성을 보이고 있다고 생각된다. 물론 이와
경향을 달리하는 변화도 많고, 심지어 정반대의 변화를 보이는 경우
도 있다. 따라서 이는 국어가 겪는 통시적인 변화의 다양한 양상 가
운데 중요하고 뚜렷한 하나의 경향으로 생각할 수 있다.

2. 형태론적 구조의 통사 구조화

언어의 통시적인 변화는 때로는 단순화의 방향으로 이루어지기도 하고 때론 복잡화의 결과를 갖기도 한다. 국어에서도 이러한 현상들이 다 일어나고 있다. 한 예로, 의문법 종결 형태들이 중세 국어 이후 근대 국어를 거치고 현대 국어에 들어오며 훨씬 단순화하였다. 반면에, 국어의 시제와 동작상 그리고 서법 표현은 근대 국어를 지내오면서 섬세하게 분화하면서 복잡한 체계를 이루고 있다고 하겠다.

그러나 문법 범주 표현의 단순화와 복잡화는 단순히 표지 형태의 간단함에만 있지는 않다. 표지의 개별 형태가 간단하다고 하여도 출현 환경이나 선택 조건이 복잡하면 표지 사용법을 단순화하는 방식으로 바뀌어 나갈 수도 있다. 언어 경제의 원리상으로도 이것이 오히려 경제성을 더 얻는 경우가 많다. 더군다나 현대와 같이 매우 복잡한 사회 환경과 언어 사용 조건에서는 단순한 생성 규칙을 적용한다는 것이 경제적으로 큰 의미를 지닐 수도 있다.

이러한 과정 속에서 이전 시기에는 형태론적인 구조를 보이던 문법 표지가 시대를 지내면서 통사적인 구조 표현으로 바뀌거나 두 가지 형태가 함께 쓰이는 경우들이 국어에는 여럿 있다. 이러한 변화는 국어 문장의 표현이 변화 발전하는 시대적 추이와 궤를 같이하는 면도 있는데, 국어 복문화 문장의 발달이 그것이다. 이들을 하나씩 살피기로 한다.[1]

---

1) 권재일(1998)에서는 형태적 방법에서 통사적 방법으로 문법이 변화하는 양상으로 명사절, 사동법, 피동법, 미정법을 들어, 중세 국어에서 현대 국어로의 그와 같은 역사적 변천이 있음을 보였다. 본고에서는 그 외에도 이러한 변화 현상을 보이는 범주 표현들을 더 들고, 이들의 출현을 가능한 한 소급하여 차자

2.1. 사동 표현

현대 국어의 사동과 피동 표현은 모두 접미 파생에 의한 형태론
적인 표현과, 복합문 성격의 통사적 구조로 나타내는 표현이 있다.[2]
흔히 전자를 단형 사동/피동이라 하고 후자를 장형 사동/피동이라
한다. 먼저 사동 표현을 보기로 한다.

단형 사동은 동사의 어근에 '-이-, -히-, -리-, -기-, -우-, -구-, -추-'
를 접미하여 만들고, 장형 사동은 동사의 어간에 '-게 하다'형을 붙
여 이룬다. 이러한 사동 표현의 역사는 매우 오래 되었다. 접미사에
의한 사동 표현은 이두나 향찰, 구결에서도 나타난다.

(1) ㄱ. 窟理叱大肹生以支所音物生 (구릿 하늘 살이기 바라물 씨)[3]
        <안민가>
   ㄴ. 洑堤傷故 所內使以 見令賜矣 <영천청제비 정원명>
   ㄷ. 故ノ 諸 惡趣ㄴ 法ㄴ 斷除ᄼ [爲欲]ㅅ 心 氵 十 正願ㄴ 生ㅐ 氵
        又 ··· <유가 7:06-11>

(1)은 접사 '-이-'에 의한 사동화 표현이다. (1ㄱ)의 '生以支'(살이
기)는 동사 '살-'의 사동형으로, 사동화 접미사 '-이-'를 볼 수 있다.
798년에 세운 비문 (1ㄴ)에서 '見令賜矣'(보이ᄉ온딕)는 동사 '보-'의
사동형이다. (1ㄷ)의 '生ㅐ 氵'(나이며)는 '나-'의 사동형이며, 여기에

   표기에서부터 변화 과정의 추이를 고찰한다. 또한 그러한 변화의 원인과 경향
   성에 대해서도 논의하기로 한다.
 2) 사동이나 피동의 의미를 가진 어휘를 사용하여 사·피동의 값을 갖는 표현을
   할 수 있지만, 이는 본 논의와 관련을 갖지 않으므로 여기에서는 고려하지 않
   는다.
 3) 향가의 현대역은 김완진(1980)을 따른다. 이후에도 같다.

서 'ㅣ'는 '나이-'의 말음첨기자이다.

통사적 구조인 장형 사동 표현은 석독 구결에서는 별로 나타나지 않고 14세기 음독 구결에 가서야 많이 나타난다.

(2) 故ノ 自灬 形色刂 人ㅋ十 異去ノ1 入乚 觀察ノ ㅎ [應]ヒソ1 刂罒 <유가 16:16-22>

(3) ㄱ. 故 我乀 宣揚ソ氵 令汝ᄊ 但於一門氵 深入去乀ノ矛ヒ <능엄기 4. 42a>

ㄴ. 佛佛刂 授手 世世氵 不墮惡道八難口 常生人道天中去ソ亽 <범망 10하. 43b>

석독 구결인 (2)의 '異去ノ1 入乚'(異거혼들)에는 '-거 ᄒᆞ-'라는 장형 사동 형태가 보이나, 이러한 표현이 석독 구결문에선 아주 드물다. 음독 구결문인 (3ㄱ)과 (3ㄴ)에서 '-去 ソ-'(-거 ᄒᆞ-)는 장형 사동 구문을 이루어, 15세기 국어의 '-긔/게 ᄒᆞ-'에 대응되는 소급 형태로 상정할 수 있다. 이는 고려 시대의 중엽이 이러한 형태가 형성된 초기임을 말해 준다.

15세기 한글 문헌에서는 단형과 장형의 사동 표현이 모두 많이 보인다.

(4) ㄱ. 가온ᄃᆡ 소리 놀이ᄂᆞᆫ 고래 잇도다 <두초 22. 18b>

(5) ㄱ. 序는 · · · · 後ㅅ 사ᄅᆞᄆᆞᆯ 알의 ᄒᆞᄂᆞᆫ 거시라 <월석 석보상절 서1>

ㄴ. 惡趣에 ᄠᅥ러딘 衆生ᄋᆞᆯ 地藏菩薩이 方便力으로 벗게 ᄒᆞ야 <월석 21. 120b>

(4)의 '놀이ᄂᆞᆫ'은 '놀-'의 접미 사동형 '놀이-'이며, (5ㄱ)의 '알의

흔ᄂ’과 (5ㄴ)의 ‘빗게 ᄒ아’는 간접 사동 ‘-긔/세 ᄒ-’ 형태를 보인나. 이들은 모두 잘 쓰였으나, 현대 국어와 비교하였을 때 중세 국어에서는 상대적으로 형태적인 직접 사동이 통사적인 간접 사동보다 많이 쓰였음을 알 수 있다. 그러나 간접 사동형의 종류와 사용은 계속 증가하여, 오늘날에는 간접형이 더 많이 쓰이고 있다.

2.2. 피동 표현

단형 피동은 주지하듯이 ‘-이-, -히-, -리-, -기-’를 동사의 어근 아래에 붙여서 만들고, 장형 피동은 동사 어간 아래에 ‘-어지다’를 결합하여 이룬다. ‘-게 되다’를 간접 피동 표현에 넣기도 한다.

피동 표현은 차자 문헌에서 거의 보이지 않는다. 아래의 (6)은 향가 ‘도솔가’의 전문이다.

> (6) 今日此矣散花唱良 (오늘 이에 散花 불러)
> 巴寶白乎隱花良汝隱 (보보슬본 고자 너는,)
> 直等隱心音矣命叱使以惡只 (고ᄃᆫ ᄆᅀᄆᆡ 命ㅅ 브리이악)
> 彌勒座主陪立羅良 (彌勒座主 모리셔 벌라)   <도솔가>

(6)에서 ‘使以惡只’이 ‘브리이악’으로 해석된다면, 이는 타동사 ‘브리(부리)-’의 피동형이고 피동 접사는 ‘-이-’(以)가 된다. 이 때 피동사 ‘브리이-’의 통사적 주어는 ‘너’(汝)이고, 부리는 주체는 ‘ᄆᅀᄆᆡ 命’(心音矣命)이 된다. 이두문이나 구결문 자료에서는 피동의 뜻을 가진 내용 전체를 한문이나 한자어로 나타내거나 특별히 피동 표현으로 나타내지 않아 우리말의 피동 형태를 알기가 어렵다. 더구나

간접 피동 표현은 차자 문헌에서 전혀 찾을 수 없다.

15세기 한글 문헌에 와서야 피동 표현은 간혹 나타나는데, 당시에는 '-이-'형이 절대 다수를 차지하다가 점차 '-히-, -리-, -기-'형으로 확대되었다. 간접 피동으로 '-아디-'가 주로 타동사와 결합해 쓰였다.

(7) ㄱ. 獄門이 절로 열이고 뎌괴와 쇠왜 절로 글희여디고 <월석 23. 83b>
　　ㄴ. 불휘 믌미틔 싯기여 그처디니 <두시 6. 41a>
(8) ㄱ. 내 心肝이 뼈야디여 더본 피를 吐ᄒ며 <월석 10. 24a>
　　ㄴ. 不輕菩薩이 四衆의 티며 구지조미 ᄃ외시니 <금삼 3. 55a>

(7ㄱ)의 '열이고'에는 '-이-', (7ㄴ)의 '싯기여'에는 '-기-'라는 피동화 파생 접미사가 붙어 형태론적 피동 표현이 이루어졌다. (8ㄱ)의 '뼈야디여'에는 간접 피동형 '-아디-'가 붙었다. 이정택(2001ㄱ)에 의하면, 여기에서 '-디-'는 동사 어미 '-아' 뒤에 결합하여 선행어의 상태 변화를 나타내는데, '-디-'는 아직 불안정한 보조 동사의 단계이었다가 18세기에 이르러서 생산성이 매우 높아졌고, 개화기에는 '-지-'에 '-ᄒ-'가 결합하면서 그 사용이 더욱 많아지게 되었다고 한다. (8ㄴ)의 '-음 ᄃ외시-' 형도 피동의 의미를 가지는 표현인데, 이정택(2001ㄴ)에 의하면, 15세기에 'ᄃ외다'는 주로 타동사의 명사형에 공기하여 나타나다가 15세기 말부터 '관형사형+바'와 공기하기 시작하여, 'ᄃ외다' 표현은 19세기 말까지 이 형식이 주종을 이루었다고 한다.

2.3. 부정법

현대 국어에서 부정문도 단형 부정과 장형 부정의 형태가 있다.
전자는 단순히 부정되는 서술어 앞에 '아니'를 넣은 구조이며, 후자
는 부정되는 내용을 내포절로 만들어 상위절에 '-지 아니 하' 형태
를 갖추는 것이다.

    (9) ㄱ. 아기가 아니 잔다.
        ㄴ. 아기가 자지 아니 한다.

단형 부정 형태의 (9ㄱ)과 장형 부정 형태의 (9ㄴ)은 단순 부정의
'아니'뿐만 아니라 능력을 나타내는 '못' 부정문에서도 그대로 실현
된다. 다만 금지를 말하는 '말-'에서는 장형 부정만이 가능하다.
    국어의 부정문 표현은 차자 표기에서 일찍부터 발견된다.

    (10) ㄱ. 秋察尸不冬爾屋支墮米 (ᄀ含 안들곰 ᄆᄅ디매) <원가>
        ㄴ. 諸ㄱ 衆生ᄒ 病 不冬 同ㅣㄱ入乚 隨ㅗ 悉ᄏ 法藥乚 以ᄒ 而
             灬 對治ㅄ分 <화엄 17:15-16>
        ㄷ. 不善飮曰本道安理麻蛇 (본딕 아니 마셔) <계림유사>
    (11) ㄱ. 輔치國家 令是白乎 所 無 不冬爲去乙 <상첩 81-83>
        ㄴ. 二者 身命乚 惜尸 不冬ㅄᄒ 安樂止息ㅅ令ㄷ 之觀乚 生尸 不
             冬ᄒᄒㅅ分 <금광 3:7>
        ㄷ. 飢曰擺咱安理 (빈 차 아니) <계림유사>
    (12) ㄱ. 雪是毛冬乃乎尸花判也 (누니 모들 두폴 곳가리여) <찬기파
             랑가>
        ㄴ. 石塔伍層乙 成是白乎 願 表爲遣 成是 不得爲乎 <정두사 7-8>
        ㄷ. 緣覺ᄒㅅᄀ 動尸 不能ㅣ矢ㅅ尸 所ㅣ去ナᄒㄷㅣ   <화엄
             8:16-18>

(10)은 단형 부정문이고 (11)은 장형 부정문이다. (10ㄱ)에선 부정소 '不冬'(안들)이 동사 '屋支墮米'(ㅁ르디매) 앞에 놓이고, (10ㄴ)에선 부정소 '不冬'(안들)이 형용사 '同ㅣㄱ'(오힌) 앞에 왔다. (11ㄱ)의 '無 不冬爲去乙'(없 안들 ㅎ거늘)은 '無' 뒤에 명사형 어미가 생략된 것이므로 '없지 아니 하거늘'로 해석된다. (11ㄴ)의 '惜尸 不冬ㅅ흥'와 '生尸 不冬흥'에서는 동명사형 '尸'(-ᄚ) 뒤에 '不冬 ㅅ-'(안들 ㅎ-)가 왔다. (12)는 '불능'을 뜻하는 부정문이다. (12ㄱ)의 '毛冬'(모들)과 (12ㄴ)의 '不得'(몯실)은 중세 국어에서 '몯'으로 형태가 교체된다. (12ㄷ)의 '不能ㅣ놋'도 '모들' 계통의 부정소로 볼 수 있다. (12ㄱ)은 단형 부정이고, (12ㄴ)과 (12ㄷ)은 장형 부정으로 해석된다.

이처럼 이미 고려 시대의 차자 표기에서 단형 부정과 함께 장형 부정법도 나타나지만, 당시의 부정문은 단형이 우세하였다. 홍종선(1981)에 의하면 장형 부정법은 고려 초·중엽에 형성되어서 계속 발전해 왔으며, 중세 국어 시기에는 부정법의 두 형태가 모두 자연스럽게 널리 사용되기에 이르렀지만, 오늘날보다는 단형 부정의 사용이 장형 부정에 비해 훨씬 더 많이 사용되었던 것으로 보인다.

단순문 형태의 단형 부정법이 먼저 쓰이다가 복문 구성의 장형 부정법이 후대에 나타나 두 가지 유형의 부정문으로 발전하여, 중·근대를 지나 현대 국어에서도 큰 차이 없이 사용되고 있는 것이다. 오늘날 중부 방언에서는 형용사를 부정할 때에는 단형 부정이 대체로 제약되지만 장형 부정에서는 어떠한 제약도 없다. 아직도 남부의 노년층 방언에서는 장형 부정보다는 단형 부정을 훨씬 더 많이 사용하고, 형용사에도 단형 부정을 사용하는 등 이전 시기의 부정법 사용 양상을 보이고 있다.

2.4. 동명사 '-음, -기'와 보문화 '-은/는/을 것'

국어의 명사화 내포문은 아래와 같이 내포문의 서술어 어미 '-음'
과 '-기'에 의하여 이루어진다.

> (13) ㄱ. 나는 새로운 변화가 가까이 다가오고 있음을 느낄 수 있었다.
> ㄴ. 나는 새로운 변화가 오기를 기다린다.

(13)에서 내포문을 명사절로 만드는 '-음'과 '-기'는 흔히 명사형
어미로 불리며, 서술어 용언에 활용 어말 어미로 접미되어 있다. 이
는 형태론적인 굴절 형태이다. 그런데 이들 표현은 의미에 별다른
변화 없이 보문화 구문으로 바꿀 수 있다.

> (14) ㄱ. 나는 새로운 변화가 가까이 다가오고 있는 것을 느낄 수 있
> 었다.
> ㄴ. 나는 새로운 변화가 오는/올 것을 기다린다.

(13)의 표현이 그대로 (14)로 바뀌었지만 의미에 차이는 별로 없다.
(13)의 '-음'과 '-기'가 형태론적인 형태의 명사화 표현이라면, (14)의
'-는 것'이나 '-을 것'은 통사적인 구조를 가진 보문화 표현이다.

국어에서 명사화 내포문 표현은 차자 자료에서도 많이 볼 수 있
다. 먼저 '-음' 내포문을 보자.

> (15) ㄱ. 汝於多支行齊敎因隱 仰頓隱面矣改衣賜乎隱冬矣也 (너를 하니
> 져 흐시ᄆ론 울월던 ᄂ치 가ᄉ|시온 겨슬레여) <원가>
> ㄴ. 上京爲乎 在而亦 持音 文字及大帳亦<乙> □當 敎是 分官上

爲有臥 <張戩所志 13-14>

ㄷ. [於]未生ㅅㄱ 善法ㅣ 最初ᄒ 生ㅅㅎ [應]ㄴㅅ ㄱ ㅏㅓ 而ᄉ 嬾
憛 [有]ㅄㅂ <유가 10:15-23>

(15)는 '-음' 명사화 내포문의 예이다.4) (15ㄱ)의 '敎因隱'(ᄒ시ᄆ
론)에는 '-음' 명사형 'ᄒ심'에 조사 'ᄋ로'가 붙었다. (15ㄴ)의 '持
音'(디님)과 (15ㄷ)의 '生ㅅㅎ [應]ㄴ'(生홈ㅅ)도 모두 '-음' 동명사형
으로, 명사화 내포문의 서술어이다. '-음(옴)'은 15세기 한글 문헌에
서 명사화 내포문에 절대적인 쓰임 보이는 동명사 어미가 되었지만
근대 국어 이후 분포와 빈도가 점차 줄어들어, 오늘날에는 '-기'에
비해 매우 한정적으로 쓰이고 있다.

그러나 차자 표기에서는 '-음'형보다도 '-은, -을'형 동명사 표현이
더 많이 보인다.

(16) ㄱ. 覺樹王焉 迷火隱乙根中沙音賜焉逸良 (菩提樹王은 이브늘 불
휘 사ᄆ시니라) <항순>
ㄴ. 西文達代承孔 百四結 得玖負伍束 右如付置 有在等以 地理延
嘙僧 八居縣土 陇村乙 <정두사 23>
ㄷ. [於]法ᄒ 及ㄴ 僧ㅅノᄉㅎㅏ 亦ㄲ 是ㅣ 如支ㅅㄲㅏㅓ 至誠
ㄴᄉ 供養ㅅㄴㅌ 而ᄉ 發心ㅅㄴㄱ ㅣᄉ <화엄 9:16-17>
(17) ㄱ. 目煙迴於尸七史伊衣 (누늬 도랄 업시 뎌옷) <모죽>
ㄴ. 諸ㄱ 行法ᄀ 悉ㅓ 散滅ノ尸ㅄㅓ 歸ノ尸ㅅㄴ 觀ㅅㄴㅌ효 <화
엄 4:3>

---

4) 고대 국어에서 근대 국어에 이르기까지는 동명사 어미의 기본형을 '-음'이 아
닌 '-음'이나 '-옴'으로 잡아야 할 것이다. 차자 표기에서도 동명사형에 어간
삽입모음 '-오/우-'를 상정할 수 있으나, 현재 찾을 수 있는 차자 표기 자료에
서는 이러한 현상을 확인하기 어려운 용례가 많으므로 그와 같은 해석에 구애
되지 않는다.

(16)은 '-은' 명사화 내포문을 포함하고 있다. (16ㄱ)의 '-은' 명사형 '迷火隱'(이혼)은 동사 '沙音賜焉逸良'(사ᄆ시니라)의 목적절에서 서술어로 기능하고 있다. (16ㄴ)의 '有在等以'(잇견ᄃ로)에서 '잇견'(有在), (34ㄷ)의 '發心ᄼ+ㄱ 비ᅀ'(발심ᄒ견이며)에서 '발심ᄒ견'(發心ᄼ+ㄱ)이 모두 '-은' 명사화 내포문을 이끈다. (17)는 '-옳' 명사화 내포문이다. (17ㄱ)의 명사형 '迴於尸'(도랄)은 상위 서술어 '七史'(업시)의 주어절에서 서술어이다. (17ㄴ)의 '散減ノ尸矣十'(散減홀이긔)에는 '-옳' 명사화형 '-홀'에 조사 '이긔'가 붙었다. 석독 구결 등 차자 자료에서는 명사형으로 '-옳'형이 절대 다수를 이루고 '-은'형도 많이 쓰이나, '-음'형은 아주 드물게 나타난다. 그러나 '-은'과 '-옳' 명사형은 이후에 계속 생산성이 축소되어 15세기 한글 문헌에 이르러는 일부 화석형만이 남아있는 정도가 되었고, 그 자리는 거의 모두 '-옴'형이 대체되었다.

차자 자료에는 '-기' 동명사로 추정되는 표현도 있다.

(18) ㄱ. 爲尸知國惡 支持以支知古如 (홀디 나락 디니기 알고다) <안민가>

ㄴ. 年年祿轉乙 齊齊上納 不得爲只爲 流毒三韓爲良尒 民怨無極爲
因此生災爲旀 <상첩 30-32>

ㄷ. 善男子 3 何ᄼㄱ ㅣ者 波羅蜜義 비ㅅ ᄼㅁノᄼㅁ ᄼ+尸入
ㄱ 行道七 勝利ㄴノ尸矣 是 波羅蜜義 비ᅀ 大甚深智ㄴ 滿足
ᄼ尸矣 <금광 5:8-9>

(18)은 '-기' 명사화로 보이는 내포문이다. (18ㄱ)에서 '支持以支'(디니기)의 '-기'로 이끌리는 명사화 내포문은 동사 '知古如'(알고다)의 목적절이다. (18ㄴ)에서 '爲只爲'(ᄒ기슴)은, '-기' 명사화형 'ᄒ

기'(爲只)가 뒤에 오는 동사 '삼-'(爲)의 목적어로 볼 수 있다. (18ㄷ) 의 '波羅蜜義ㄲ∧ ∨ㅁノ슈ㅁ'(波羅蜜義이기 ᄒ고오리고)에서도 '-기'는 뒤에 오는 서술어 'ᄒ-'의 목적절을 이끄는 '-기' 명사화형으로 해석된다.[5] '-기'는 중세 국어까지 문헌에 출현이 매우 적었지만, 근대 국어에 들어 파생 명사든 동명사든 그 쓰임이 매우 활발하게 확대되어 오늘날에도 '-음'보다 월등하게 사용되고 있다.

이와 같이 동명사 표현은 일찍부터 활발하게 쓰였음을 알 수 있다. 이들은 모두 내포 명사절을 이루는 장치이다. 이와 함께 보문화 표현도 차자 표기에서 발견된다.

(19) 世理 都之叱 逸烏隱第也 (누리 모둔갓 여희온되여) <원가>

(19)에서 '之叱'은 '갓'으로 읽히는 의존 명사로, 중세 국어에서는 '것'으로 쓰인다. 그런데 예문 (19)에서의 '갓'은 명사구 보문에서 쓰이는 상위 머리 명사가 아니다. 차자 문헌에서 보문 명사로 쓰인 '갓/것'은 거의 보이지 않는다. 이처럼 '것'은 기원이 오래 되었다고 하더라도 중세 국어 이후의 한글 문헌에 와서야 어느 정도 나타나고 있다. 그러나 이숭녕(1975)에 의하면, 15세기에도 '것'의 사용은 그리 활발하지 않은 듯하다. 보문 명사로서의 '것'은 근대 국어 이후에 크게 늘어나고, 그 쓰임의 확대는 오늘날에도 계속되고 있다.

(20) ㄱ. 하늘히 아래 보시믈 심히 블기 ᄒ시고 <경민-중 18a>

---

5) 차자 표기 자료에서의 '-기' 명사형 해석에 대해서는 대부분 회의적인 시각을 가지고 있다. '-기'는 15세기에서도 동명사형은 물론 파생 접사로도 매우 드물게 나타나므로 중세 국어 이후부터 사용되기 시작하였다고 보는 것이다.

ㄴ. 하늘이 아래를 구버보시기롤 ᄀ장 붉게 ᄒ시고 <경민-개
17b>
(21) ㄱ. ᄀ을히 닉거든 뷔여 드리미 ᄂ미 지뷔셔 <경민-중 11b>
ㄴ. ᄀ을히 거두는 거슨 늄의게셔 빌빌ᄒ야 <경민-개 11a>

(20)과 (21)에서 (ㄱ)은 중세 국어 시기인 1579년 중간된 「경민편」
이고, (ㄴ)은 근대 국어에 들어 1656년 개간된 「경민편」이다. 중세
국어에서 두루 쓰이던 '-옴/움'은 근대 국어의 (20ㄴ)에선 '-기'로 바
뀌고, (21ㄴ)에선 '-은 것' 보문화 표현으로 바뀌었다. 이처럼 명사형
'-음, -기'와 보문화 '것'은 그 의미 기능에 별 차이가 없이 손쉽게
교체될 수 있는 것이다.

국어에서 내포 명사절을 이루는 동명사형은 차자 표기 시대까지
'-은, -옳'형이 주도하다가 이후에 '-옴'형이 뒤를 이었고, 중세 국어
에 들어 '-기'형까지 가세하게 되었다. 근대 국어에 들어서는 '-옴/
음'도 점차 축소되고 '-기'가 크게 늘어나는데, 홍종선(1991)에 의하
면 이 때 줄어드는 '-옴' 자리를 '-기'가 대신하기도 하였지만 오히려
보문화 '-은/는/을 것'으로 대체되는 일이 더 많았음을 알 수 있다.
근대 국어 이후에 명사화 표현으로 '-기'가 확대되었지만, 그 이상으
로 '-은/는/을 것'의 보문화 용법이 팽창하여 오늘날 명사화를 대신
하고 있는 양상이다.6)

(22) ㄱ. 나는 그가 떠났음/*떠났기/떠난 것을(/를) 알았다.

---

6) 명사형 어미의 형태는 국어사 시기에 따라 달라진다. 훈민정음 이전의 차자
표기 시대에 많이 쓰인 '-을, -은'은 '-옳, -은'을 기본형으로 하여야 할 것이며,
중세 국어에서는 어간삽입모음을 더한 '-옴'형이 되고, 근대 국어에서는 삽입
모음이 문란해져서 '-옴, -음'이며, 현대 국어에 와서는 '-음'이 된다.

ㄴ. 나는 그가 *떠남/떠나기/떠나는 것을(/를) 바란다.
ㄷ. 나는 그가 ?떠남/*떠나기/떠나는 것을(/를) 보았다.

(22)에서 보면 '-음, -기, -은/는 것'이 모두 거의 같은 의미로 쓰임을 알 수 있다. 그런데 (22ㄱ)에선 '-기'형이, (22ㄴ)에선 '-음'형이 제약되고, (22ㄷ)에선 '-기'가 제약되며 '-음'형도 매우 어색함을 보인다. 이처럼 명사화 '-음'과 '-기'는 상위문 서술어와의 공기에서 제약 조건이 복잡하고 많다. 그러나 보문화 '것'은 이러한 제약이 없이 손쉽게 사용할 수 있다. 이러한 까다로움은 시제 표현에서도 나타나, 동명사형에는 시제 형태소와의 결합에서도 제약이 있으나 '것' 보문화에서는 아주 자연스럽게 시제 형태소를 선택할 수 있다. 이러한 편이성으로 인하여 현대 국어에서는 명사화 내포문보다 관형사절을 이끄는 '것' 보문화 구문이 훨씬 더 폭넓게 사용되고 있는 것이다.

2.5. 미래 시제 '-겠-'과 '-을 것이-'

국어의 미래 시제 표현은 형태소 '-겠-'으로 대표된다. '-겠-' 표현이 미래 시제인가라는 질문이 계속되고 있지만, 여기에서는 이를 미래 시제로 보고 논의를 해 나가기로 한다.[7] 아래의 예문들에서 '-겠-'은 여러 가지 의미 기능을 보이고 있다.

(23) ㄱ. 하나에 둘을 더하면 셋이 되겠습니다/될 것입니다.
ㄴ. 내일은 아침 여섯 시에 일어나겠습니다/일어날 것입니다.

7) 설사 '-겠-' 표현이 미래 시제가 아니라 서법 범주라고 해도 이 논의에는 별 영향을 주지 않는다.

ㄷ. 서는 이만 가겠습니다/갈 것입니다.
ㄹ. 그는 내일은 산에 가겠다/갈 것이다.
ㅁ. 그 정도라면 어린애라도 하겠다/할 것이다.

(23ㄱ)은 당위, (23ㄴ)은 예정, (23ㄷ)은 의지, (23ㄹ)은 추측, (23ㅁ)은 가능을 나타낸다. 이 모두는 미래 시제가 가질 수 있는 속성이라고 할 것이다. 그런데 이들 표현은 '-겠-' 대신에 '-을 것이-'로 나타내어도 (23)에서 보듯이 모두 큰 차이를 보이지 않는다. 이처럼 현대 국어에서 '-겠-'과 '-을 것이-'는 쉽게 서로 넘나들고 있다.

이처럼 미래 시제 성격의 표현에 '-을 것이-'가 쓰이는 용법은 차자 표기에선 찾기 어렵고, 15세기 한글 문헌에서도 아주 드물게 나타나고 있다.

(24) ㄱ. 내 당당이 쥬주늘 자바 주규니라 몯ᄒᆞ면 내 주글 거시라 ᄒᆞ더니<삼강 충16a>
ㄴ. 아니옷 드르면 아비 주글 거시오 드르면 남지니 주그리니<삼강 열5a>
ㄷ. 하ᄂᆞᆯ 뜨디 아ᅀᆞ라ᄒᆞ야 모롤 거시라 <두시 17:24b>
ㄹ. 긔운이 비록 주근 둧ᄒᆞ야도 가슴 아래 옷 ᄃᆞᄉᆞ면 ᄯᅩ 사롤 거시라 <구간 2. 72a>

(24)에는 '-을 거시-'가 (23)에서 보인 미래적인 의미 표현으로 쓰였다. (24ㄱ)은 의지, (24ㄴ)은 예정, (24ㄷ)은 추측, (24ㄹ)은 가능의 의미 기능을 하며, 이들은 모두 오늘날 '-겠-'이 가진 기능들이다. 당시에 미래 시제는 거의가 '-리-'로 나타내었는데, '-리-' 역시 오늘날 미래 시제 '-겠-'이 가지는 여러 의미 기능들을 대개 보인다. 아래의

예문에서 (25ㄱ)은 예정, (25ㄴ)은 의지, (25ㄷ)은 추측의 의미를 각
각 가진다.

(25) ㄱ. 비를 ㄱㄹ치시며 니르샤딕 이 後 여슷 히예 아들 나ᄒ리라
　　　　 <석보 3. 22a>
　　 ㄴ. 네 가짓 受苦를 여희여 涅槃 得호믈 부텨 ㄱ티시긔 ᄒ리이
　　　　 다 <석보 6. 4a>
　　 ㄷ. 모딘 길헤 ᄲ러디면 恩愛를 머리 여희여 어즐코 아득ᄒ야
　　　　 어미도 아ᄃ를 모르며 아들도 어미를 모르리니 <석보 6.
　　　　 3b>

15세기에서 '-올 거시-'는 대부분 (26ㄱ, ㄴ)과 같이 비시제적이 되
거나, (26ㄷ)처럼 '-올'만이 미래적인 의미를 가진 표현으로 쓰였다.
(26ㄹ)에서는 미래 시제적인 의미 기능을 하지만 당시에는 이와 같
은 표현이 많지 않았다.

(26) ㄱ. 猥는 더러블 씨라 恭敬 몯훓 거시라 <월석 21. 200a>
　　 ㄴ. 自在神力은 곧 性에 마초 뵈야 現ᄒ샤미오 秘要ᄒ 藏은 곧
　　　　 法의 몯뵐 거시오 甚히 기픈 이른 곧 ㅁ슨미 몯 傳훓 거시
　　　　 니 <월석 18. 11a-b>
　　 ㄷ. 上品은 精靈이오 中品은 妖魅오 下品은 邪人이라 모든　魅
　　　　 ㅣ 着훓 거시리니 <능엄 6. 101a>
　　 ㄹ. 네 연즈니 네 모기 주거미 몯 닗 거시어늘 내 미요미 ㄱ티
　　　　 니 <월석 4:21b-22a>

'-을 것이-'의 미래 시제적 표현은 중세 국어 이후에 계속하여 쓰
임을 확대하여 오늘날에는 매우 활발하게 사용되고 있다. '-겠-'과 '-
을 것이-'가 모두 미래 시제적인 표현으로 쓰인다고 해도 그 의미

기능에서 약간의 차이를 갖는다는 연구 보고가 많이 있으나, 여기서
는 그에 대해서는 논의하지 않고 다만 이들 둘이 매우 쉽게 넘나들
며 잘 쓰이고 있음에만 유의하고자 한다.

2.6. 이유나 원인의 '-어서, -니까'와 '-기 때문에'

국어의 표현은 용언의 활용 어미에 의해 여러 가지 문법 관계뿐
만 아니라 매우 다양한 의미 기능을 나타낸다. 대표적으로 예를 들
면, 접속문에서 선행절이 후행절과의 의미 관계를 선행절 서술어의
접속 어미로써 매우 간단하게 실현한다. 용언의 어말 어미는 그 종
류에 따라서 이처럼 다양한 의미 기능을 가지고 있는 것이다. 그 가
운데 하나를 보자.

> (27) ㄱ. 그는 몸이 아파/아파서/아프니까 자주 짜증을 내더라
> ㄴ. 그는 어제 몸이 아파/아파서/*아프니까 학교 수업에 결석하
> 였다.

(27ㄱ)의 문장은 접속문의 서술어 어미로 '-어, -어서, -니까'가 다
가능하다. (27ㄱ)의 접속 어미들이 '원인'을 나타낸다면 (27ㄴ)의 접
속 어미들은 '이유'를 말한다. 이들은 접속문 서술어의 어말 어미로
실현되는 형태론적 형태이다. 그런데 이들 접속 어미들 대신에 통사
구조에 기댄 어휘로써 그와 엇비슷한 의미 기능을 하는 표현들이 있
다. (27)의 접속 어미들 자리에 '-기 때문에'를 넣어도 의미 관계에
차이를 거의 주지 않는다. 최근엔 '-은 관계로'라는 매우 좋지 못한
표현까지 등장하여 널리 쓰이고 있다,

이유나 원인을 나타내는 표현에는 '-기에, -길래'도 있지만, 이 형태보다도 더 번거롭다고 할 '-기 때문에'를 구태여 더 많이 사용하는 것은, '때문'이라는 어휘를 사용함으로써 좀더 확실하게 이유나 원인이라는 뜻을 전달할 수 있다고 생각하기 때문일 것이다. '-기에'와 '-길래' 등과 같은 활용 어미들에는 선·후행절 사이에 공기 제약 등이 있는데 '-기 때문에'는 이러한 제약성에서도 자유로운 것이다. 또한 (27)에서 보듯이 이 어미들은 각기 섬세한 의미 기능상의 차이를 갖는데, '-기 때문에'는 이들 차이를 중화시켜 두루뭉실하게 표현하게 하므로 활용 어미들의 섬세함을 어렵게 분별하지 않고 대충 손쉽게 표현하는 방식을 선택한 것이기도 하다.

(28) ᄆᆞᅀᆞᆷ 놀카비 머거 서르 미리왇고 ᄃᆞ토아 火宅애 나니라 <월석 12:28b>

(29) ㄱ. 연고 고로 으로 로 ᄒᆞ니ᄭᅵ <국문정리 10b>

ㄴ. 장명을 집에 만히 두엇스닛가 든든ᄒᆞ여 념녀가 업ᄉᆞ외다 <교정교린수지 108>

(28)의 '머거'에서 보듯이, 이미 중세 국어에서도 '-어'는 원인을 나타내는 어미로 쓰였다. (29)에는 '-니까(-니ᄭᅵ/-닛가)'가 19세기 말에 쓰이기 시작하였음을 말해 준다.

이에 비해 국어에서 '-기 때문에'가 쓰이기 시작한 것은 그리 오래 되지 않은 것으로 보인다. 근대 국어 시기에도 문헌에서 용례를 달리 찾기 어렵고, 근대 말기의 「한불ᄌᆞ뎐」에서 올림말을 볼 수 있을 정도이다. '-기 때문에, -은 때문에' 용례는 다음의 (30)과 같이 20세기 초 문헌에서 확인된다.[8)]

    (30) ㄱ. 씨문 縁故 쎄문에 떠문으로 <한놀사션 464>

        ㄴ. 사롬들 쎠문에 <독립신문 1-70:2>

        ㄷ. 그 못된 긔가 짜라ㄴ와셔 오동나무를 쳐다보고 짓기 쎠문
           에 늬가 긔 쫏는 소리를 듯고 <치악산上 10>

        ㄹ. 금분이는 졔 셔방이 졍작 상젼 몰나본다고 빌은 말을 각금
           흐는 쎠문에 평양집에 은근흔 신부럼을 흐랴면 <빈상셜
           185>

    오늘날 '-어서'나 '-니까' 대신에 '-기 때문에/까닭에, -은/는 때문
에/까닭에, -은/는 관계로'와 같은 표현이 무척 늘어나고 있다.[9] 이는
용언의 활용형으로 접속문을 만드는 것보다 관형사형 어미 뒤에 이
들 의존성 성격을 가진 명사들로 이루어지는 명사구를 만드는 것이
더 손쉽다고 여기기 때문으로 보인다.

---

8) 왕문용(1988)에서는 '때문'이 문헌에 처음 나타난 것은 근대 개화기 때의 「독
립신문」(1896년, 위 예문 28ㄴ)부터이며, 그것도 초기엔 명사 뒤에서만 쓰이다
가 관형사형 뒤의 의존 명사로 쓰인 것은 1920-30년대라 하였다. 그러나 리델
「한불ᄌ뎐」(1880)에 이미 올림말에 들어 있다면 이미 구어에서는 상당히 사용
되고 있었으리라 생각할 수 있다. 다만 그 이전의 근대 국어 문헌에 더 이상
보이지 않는 것으로 보아 '때문'의 발생이 ─ 비록 '때문'이 구어적인 표현 성
격이 많다고 하여도 ─ 그보다 훨씬 이전이라고 보기는 어려울 것이다. 예문
(28)에서 보듯이 1908년에 이미 관형사형이나 '-기' 아래에서의 용법도 나타난
다.
9) '까닭<까둙/시둙)'은 아래와 같이 고소설 등 19세기 후반 문헌에서 이미 가끔
보이고 있어서 '쎠문'보다는 이전부터 사용된 것으로 추정되나 중세 국어까지
올라가기는 어려울 듯하다.
  i) 네가 만류흔 까둙으로 이런 일이 낫도다 <소운뎐 54>
  ii) 시둙 故 시둙에 시둙으로 <한불ᄌ뎐 141>

3. 복합문 통사 구조화 방향성에 대하여

제2장에서는 몇 가지 문법 범주에서 보이는 복합문 통사 구조화 현상을 살피었다. 이들은 초기엔 주로 형태론적 접미 형태로 범주 기능을 표시하다가 점차 통사적 구조로 바뀌는 예들이다. 이러한 통시적 변화가 국어에서 여러 범주에 걸쳐 나타난다면 이는 국어의 통시태에서 하나의 경향성을 보이는 것으로 이해될 수 있을 것이다.

사동과 피동의 표현이 모두 발생 초기에는 형태론적인 접미 형태에서 시작되었다가 훨씬 후대에 가서야 통사적 구조의 표현이 더해진 것으로 보인다. 이는 제2장에서 살핀 바와 같이 차자 표기 문헌에서 접미 형태의 단형 사동과 피동만이 주로 나타난다는 점에서 알 수 있으며, 15세기 한글 문헌에서도 장형보다는 단형이 널리 쓰였음을 보아도 그러하다.

사동 표현은 음독 구결에 가서야 처음 나타나지만, 중세 국어에서도 단형 사동이 장형 '-긔 ㅎ-'보다 일반적으로 사용되다가 점차 장형 사동이 널리 쓰이게 되어 오늘에 이른다. 사동 표현보다 늦게 발달한 피동 표현도, 중세 국어에서 현대 국어로 오면서 형태론적 접미 형태에서 통사론적 구조인 '-어지(어디)-'로 바뀌는 경향성을 일부 보인다. 강명순(2001)에 의하면, 중세 및 근대 국어에서 형태론적 방법에 의해 사동법과 피동법을 실현하는 어휘 376개 가운데 48개가 통사적인 방법으로 변화하여 이들이 12.77%에 이른다고 하였다. 따라서 이러한 현상이 매우 강력하거나 절대적인 것은 아니지만 어느 정도의 방향은 보인다고 할 것이다. 즉 통사적인 사동이나 피동만을 보이던 표현이 형태론적으로만 나타나는 경우는 거의 없으나 형태론적 형태가 통사론적 형태로 바뀌는 변화는 적잖이 나타난다면, 이를 하나의 경향성이라고 인정해야 할 것이다.

이러한 변화에 대해 권재일(1991)이나 이향천(1991)에서는, 사동 접미사와 피동 접미사가 동일한 형식으로 실현되어 생기는 동형이의 접미사의 의미를 변별하기 위하여 이들은 통사적인 '-게 하다' 표현으로 바뀌게 되었다고 말했다. 그러나 강명순(2001)에서 지적했듯이, 근대 국어 이전에 사동사와 피동사가 동일한 형식으로 실현되던 어휘가 31개에서 현대 국어로 들어와선 70여 개로 늘어났음을 보아도, 이러한 해석은 적절하지 않을 것이다. 그보다는 사동사든 피동사든 여러 가지 접미 형태 가운데 맞는 것을 골라야 하는 어려움이 없이 좀더 사용하기에 편리하며,[10] 말할 때나 들을 때에 잠깐 지나가는 접미사 형태보다 형태가 길어 말하고 알아듣기에 쉬우므로 통사적 구조의 수동과 피동 표현을 선택하는 것이라 생각된다.[11]

'드외다'를 사용하는 피동 표현에서도 15세기에는 타동사의 명사형과 공기하다가 15세기 말 이후엔 타동사의 관형사형에 의존 명사 '바'를 붙인 형태가 대부분이 되었다고 한다. 이 역시 형태론적 명사형에서 통사적인 '관형사형+바' 구조로 통시적인 변화를 겪은 것이다.

외국인을 위한 한국어 교육에서는 피동이나 사동 표현에서 접미피·사동 형태보다는 '-어지-'나 '-게 하-' 형태를 주로 가르치며, 접미

---

10) 이인섭(1978)을 보면, 초등학생들에게 장형 사동보다 단형 사동이 더 어려우며, 학년이 올라가면서 올바르게 사용하게 되는 비율의 증가도 훨씬 더딘 것으로 나타났다. 유영란(2002)의 보고서에 의하면, 실제로 초등학생들이 단형 피동 표현을 사용할 때에 피동 접사를 잘못 사용하는 예가 많이 있음을 알 수 있다.
11) 배희임(1988)이나 강명순(2001)의 논의처럼, 동사 의미의 성격상 간접 사동/피동으로 실현될 수밖에 없는 어휘들에서 접미사 사동/피동 형태가 소멸한 점도 일부 있을 것이다.

피·사동 형태는 문법적인 절차가 아닌 개별 어휘로 익히게 하는 경우가 많다. 한국어 학습자들도 접미사 형태보다 통사적 구조의 피동형과 사동형을 많이 사용하는 것으로 알려져 있다. 교육에서나 사용에서 이와 같은 방식이 선호되는 것도 통사적 구조의 표현이 좀더 쉽다고 생각하기 때문인 것이다.

부정문 표현도 역사적으로 단형 부정에서 출발하여 장형 부정으로 발전한 것으로 알려졌다. 고려 시대 중엽에 형성된 것으로 보이는 복합문 구조의 장형 부정은 중세 국어를 거쳐 현대 국어에 이르는 동안 조금씩 사용폭을 넓혀 와, 오늘날에는 단형 부정 못지 않은 사용 실태를 보이고 있다. 장형 부정의 사용이 크게 늘어난 것은 현대 국어로 들어오면서 형용사 서술어에는 단형 부정법이 제약되는 데에 따른 것으로 보인다.

부정문 표현에서는, 단형에 비해 장형의 용법이 더 쉽거나 편한 점이 별로 없지만 장형이 단형에 비해 논리성이나 형식성이 다소 더 있어 보인다. 특히 장형 부정은 간접 부정이라는 명칭과 같이, 직설적이 아니라 간접적으로 부정을 표현함으로써 좀더 우설적인 표현을 하게 하는 효과가 있다. 현대 국어로 들어오면서 직설적인 능동 표현을 피해 피동 표현이 늘어난 것처럼, 부정 표현도 우회적인 간접 부정문이 늘어난 것으로 볼 가능성도 있다. 금지 의미의 부정 표현에서는 장형만 허용하며, 중부 방언에서 형용사 부정에 단형 부정을 꺼리는 정도의 제약 조건이 있지만, 그것이 부정 표현에서 장형 부정을 더 쉽게 선택하게 하는 요인이 된다고 보기에는 그 근거가 충분하지 못하다 할 것이다. 그러나 현대 국어로 내려올수록 장형 부정 표현이 늘어난 것은 사실이며, 이러한 현상은 중부 방언에서

남부 방언으로 확대되고 있다.

동명사형 '-음'과 '-기'는 역사적으로 부침이 엇갈리는 대표적인 전성 어미이다. '-음'은 차자 문헌 시대에서부터 쓰이면서 중세 국어에서는 사용이 매우 활발하였지만, '-기'는 근대 국어에 들어서야 사용이 급격히 늘어나게 되었다. 고대 국어에서는 '-을'형 동명사 구문이 더 널리 쓰였던 것이다. 하지만 중세 국어와 근대 국어에서는 '-음'과 '-기'에 의해서 동명사 구문이 적지 않게 쓰이곤 하였다. 한편 보문 명사로서 기능하는 '것'은 근대 국어 이후에 본격화하였다. 근대 국어 중반을 넘기면서 급격하게 줄어드는 '-음' 자리는 대개 '-은/는/을 것'이 대체되었던 것이다. 이러한 교체는 오늘날까지 더욱 확대되어 와서, 이제 '-음'으로 이끌리는 명사절은 아주 제한적으로 쓰일 뿐이며, '-기' 명사절조차도 '것' 보문화로 대체되기 일쑤이다.

명사구를 이루는 통사 절차에서, 동명사를 통한 명사절 단순문 구조에서 관형사절을 이끄는 보문화 내포 복합문 구조로 바뀌는 통시적인 변화는 이와 같이 비교적 뚜렷하게 나타난다. '-옴'이나 '-ᄋᆞᆫ'에서 '-옴'으로, '-옴, -ᄋᆞᆷ'에 '-기'로 바뀌어져 가는 동명사 어미는 그 선택에서 어려움이 나타날 수밖에 없을 것이다. 또 '-음'과 '-기'는 각각 그 기원성에서 연유하는 의미 특성이 있어서,12) 파생 접사나 굴절 어미로 사용할 때에도 그러한 의미를 고려해야 한다.

더구나 '-음'이나 '-기'는 시제 형태소와의 결합이 자유롭지 못하고 상위문 서술어와 공기함에 제약이 매우 많아, 이들 명사화 어미들의 사용은 매우 까다로운 편이다. 그러나 '것'에는 이러한 제약들

12) '-음'과 '-기'가 지닌 의미 특성에 관해서는 매우 많은 논의가 있어 왔다. 홍종선(1983)에서는 그러한 의미상 차이를, 현재 시제적 기능을 가졌던 '-음'과, 시제와 무관하게 출발한 '-기'가 각각 갖는 역사성에서 연유하는 것으로 보았다.

이 거의 없어 사용이 편리하며 의미 포괄의 폭도 넓다. 이러한 사용 상의 용이함으로 인해 구어에서는 특히 명사화보다 '것' 보문화 구문의 표현이 선호되고 있으며, 이러한 경향은 더욱 확대되어 가는 방향성을 갖고 있다. 외국인을 위한 한국어에서도 '-기에 ~' 등과 같은 관용적인 용법 외에서는 대개 '것' 보문화를 쓰도록 교육하고 있다. 그만큼 동명사 구문은 쓰기에 어려움이 있는 것이다.

국어의 미래 시제는 '-겠-'과 '-을 것이-'로 표현된다. 이들 둘은 표현상 포괄하는 의미 기능 내용과 범위에 큰 차이가 없어 대부분의 경우에 자연스럽게 대체할 수 있다. '-겠-'이 기원적으로 '-게 ᄒ얏-'이 축약되어 이루어진 것이라고 해도, 미래 시제로 쓰이는 '-겠-'은 하나의 형태소로서 단순문을 구성한다. 그러나 '-을 것이-'는, 미래 시제 기능의 관형사형 어미 '-을' 관형사절의 한정을 받는 보문 명사 '것'이 상위문의 서술어가 되므로 복합문 구조이다. 그러므로 실제로 상위절은 통사적으로 현재 시제이며, 미래 시제적 의미는 관형사형 어미 '-을'에서 기인하는 것이다. 하지만 언중들은 미래 시제 표현에 이들 둘을 그다지 구분하지 않고 사용하고 있다.

국어에서 미래 시제 표현에는 원래 '-리-'를 사용하였으나, 중세 국어 시기에 들어서는 미래 시제에 주로 '-리-'로 쓰면서 '-을 것이-'도 간혹 나타난다. 미래 시제로서의 '-을 것이-'는 이후 계속하여 쓰임을 늘려, '-리-'가 '-겠-'으로 자리를 물려준 오늘날 '-겠-' 못지 않게 매우 폭넓게 사용되고 있다. 외국인의 한국어 교육에서는 미래 시제 표현에 대부분 '-겠-'보다 '-을 것이-' 형태를 우선적으로 가르치고 있다.

미래 시제 표현에서도 단순문으로 표현되는 '-리-'나 '-겠-' 용법에

34 국어 문법의 탐구 3   국어 문장의 확대와 조사의 실현

서, '관형사절+보문 명사'의 구성으로 된 '-을 것이-' 복합문으로 확
대되는 양상을 보인다. 설사 앞으로 '-을 것이-'가 '-겠-'보다 더 많이
사용되지 않는다고 하더라도, 단순문만으로 표현되던 미래 시제의
문법소가 복합문 구조를 함께 사용하는 확대를 수용한 것이다.

   이유나 원인을 나타내는 표현도 형태론적 활용 어미 '-어서, -니
까' 외에 구 구조 형태인 '-기 때문에'를 사용한다. 용언의 연결 어미
를 써서 접속문을 만드는 방식은 고대 국어에서부터 있어온 전통적
인 표현이며, 활용 어미가 발달한 국어의 특징적인 용법이기도 하
다. 그러나 '-기 때문에, -은 때문에'는 20세기에 들어서야 문헌에서
용례를 볼 수 있다. 이러한 구 구조의 '-기 때문에'와 '-은 때문에'는
이유와 원인의 의미 어느 곳에도 구분 없이 두루 쓰인다. '이유'와
'원인'을 구별하여 말하기가 쉽지 않은 데 비해, 이들 둘을 하나의
어휘 '때문'으로 뭉뚱그리는 표현은 그만큼 손쉬울 수 있을 것이다.
또한 형태론적 활용 어미보다는, 해당 의미를 가진 어휘를 담고 있
는 구 구조 표현이 좀더 확실하게 청각적인 전달 효과도 얻을 수 있
으리라는 기대를 갖게 한다. 바로 이런 점들이 이들의 사용을 급격
하게 늘어나게 하는 요인이 되는 듯하다.

4. 마무리

   국어에서 같은 문법 범주를 표현하는데 단순문에서 복합문으로
통시적인 변화를 겪거나 두 가지 형식으로 확대되는 예들을 몇 가지
살펴보았다. 여기에는 사동과 피동 표현, 부정문, 동명사 '-음, -기'와

보문화 '-은/는/을 것', 미래 시제 '-겠-'과 '-을 것이-', 그리고 이유나
원인을 나타내는 '-어서, -니까'와 '-기 때문에' 등이 있었다. 이들은
비록 표현 구조가 단순문에서 복합문으로 확대되어 복잡해졌다고
할 수 있겠지만, 다른 형태소와의 결합이나 공기 현상에서 제약이
거의 없어지는 등 실제 사용상에서는 편의성을 더 가지는 특징이 있
었다. 결국 화자는 언어 사용에서 상대적으로 편의성 높은 후자를
더 많이 선택하게 되는 것이다.

이로 인하여 국어에서는 거의 같은 의미 기능을 나타내는 데에
두 가지 형식을 갖는 문법 범주들이 여럿 있게 되었다. 하나는 접미
사나 어미 활용에 기대는 형태론적인 형태 등을 통한 단순문 구성이
며, 다른 하나는 통사적 절차를 가진 복합문 구조이다. 국어 발달사
에서 전자에 비해 후자는 후대에 형성되지만 빠른 속도로 사용이 늘
어나는 모습을 보인다. 이처럼 국어에는, 같은 범주 표현이 단순문
에서 복합문 구조로 확대되는 경향성을 보이는 통시적 변화의 방향
이 있다고 할 것이다.

물론 국어의 통시적 변화에는 복잡한 규칙이나 체계가 단순화한
예도 많이 있다. 예를 들어, 어간삽입모음 '-오/우-'의 실현, 의문문의
문말 어미 체계, 객체 높임법의 체계, 상대 높임법의 화계, 일부 보
조사 용법의 단순화('-를 부터>-부터', '-를 조차>-조차' 등) 등이 그
것이다. 언어에는 이와 같이 단순화하는 변화와 복잡화하는 변화가
다 존재한다. 그것은 음운 변화에서 동음화와 이음화가 모두 있는
거와 비슷한 현상이라고 하겠다. 따라서 국어 문법 범주에서도 양
방향이 모두 있는데, 이 글에서는 이 가운데 복문화를 통하여 오히
려 언어 수행에 편의함을 얻게 되는 표현들을 고찰한 것이다. 이러

인 변화 양상의 넘어성 문제는 다음 기회에 살펴보기로 한다. 또한 형태론적 표지의 통사 구조화 표현이라는 이들의 변화가 국어 복합문의 통시적 발달과 어떠한 관련을 갖는지도 앞으로 본격적으로 연구해야 할 과제이다.

▌참고문헌▐

강명순. 1991. "국어 사·피동법의 역사적 변화 방향 및 그 원인에 관한 새로운 고찰."「한글」(한글학회) 254.

권재일. 1991. "문법 변화의 두 방향."「국어의 이해와 인식」서울: 한국문화사.

권재일. 1998. "문법 변화의 한 양상."「한글」(한글학회) 242.

권인영 1992. "18세기 국어의 형태 통어적 연구." 연세대 박사논문.

구본관 1996. "중세국어 형태."「국어의 시대별 변천·실태 연구 1」서울: 국립국어연구원.

김완진. 1980.「향가해독법연구」. 서울: 서울대출판부.

류성기. 1998.「한국어 사동사 연구」서울: 홍문각.

배희임. 1988.「국어 피동 연구」. 서울: 고려대 민족문화연구소.

왕문용. 1988.「근대국어의 의존명사 연구」서울: 한샘.

유영란. 2002. "초등 학생들의 피동 표현 실태 분석 및 지도 방향."「학술조사보고서」(서울교육대학 국어교육과) 13.

이병기. 2006. "한국어 미래성 표현의 역사적 연구." 서울대 박사논문.

이숭녕. 1975. "중세국어의 '것'의 연구."「진단학보」(진단학회) 39.

이인섭. 1978. "아동의 통사능력에 관한 연구."「논문집」(서울여자대학) 7.

이정택. 2001ㄱ. "'-지(디)-'의 통시적 변천에 관한 연구."「국어학」(국어학회) 38.

이정택. 2001. 국어 피동에 관한 역사적 연구.「한글」(한글학회) 254.

이향천. 1991. "피동의 의미와 기원." 서울대 박사학위논문.

홍종선. 1981. "국어 부정법의 변천 연구." 고려대 석사학위논문.

홍종선. 1983. "명사화어미 '-음'과 '-기'."「언어」(한국언어학회) 8-2.

국어 문법의 탐구 3

02 고대국어 자료에서 '-음'과 '-기'는 어떻게 나타나는가

::: 김 지 오

1. 머리말

지금까지 명사형어미 '-음'과 '-기'에 관한 연구는 크게 두 가지 방향으로 진행되어 왔다. '-음', '-기'가 갖는 의미 차이를 구명하려는 연구가 한 방향이었다면 '-음'과 '-기'의 역사적 변천 과정에 대한 연구가 나머지 한 연구 방향이라고 할 수 있다. 본고에서 다루는 주제는 바로 후자의 유형에 속한다. '-음', '-기'에 관한 통시적 연구가 이미 많이 진행되었음에도 불구하고 이 문제를 재론하는 이유는 기존의 선행 연구들처럼 연구대상 시기의 상한선을 중세국어로 제한하고 있는 한 그 기술은 불완전하고 부분적일 수밖에 없다는 문제의식 때문이다. 본고에서는 그 동안의 통시적 고찰에서 거의 접근하지 않았던 고대국어시기의 '-음'과 '-기'에 대해 살펴보고자 한다.

고대국어시기의 명사형어미에 대한 연구는 많지 않다. 홍종선(1990)에서는 명사화에 관련된 공시적·통시적 현상을 전반적으로 다루는 과정에서 고대국어시기의 명사형어미에 대해 부분적으로 언급하였

고, 이승재(1995)에서는 자토석독구결자료를 중심으로 동명사어미의
변천과정을 다루는 과정에서 고대국어시기의 '-음'에 대해 언급하였
다. 이 두 연구를 제외하면 고대국어 명사형어미에 대한 기술은 국
어사 개론서들에서 간략하게 다루어진 것이 전부이다.[1]

　이처럼 아직 본격적인 연구가 이루어지지 않았음에도 불구하고
대부분의 국어문법사 기술에서는 고대국어에서의 명사형어미 '-음'
과 '-기'의 존재를 너무 쉽게 인정하는 경향을 보인다.[2] 이런 태도는
국어사자료에 대한 철저한 고증과 분석에서 도출된 것이라기보다는
알타이제어와의 연관성에 기댄 측면이 강하다. Ramstedt(1952), Poppe
(1955), 이기문(1972)에서 알타이제어에 동명사어미 '{n}, {m}, {l/r}'
이 존재했고 한국어에도 이에 대한 반사형이 확인된다는 사실이 지
적된 이래로[3] 고대국어시기부터 국어에 명사형어미 '-음'이 존재했

---

1) 고대국어시기까지 다룬 국어사개론서 중 명사형어미 '-음'과 '-기'를 다룬 글은
　이기문(1998/2004), 박병채(1989/2004), 김동소(1998/2005), 박진호(1998), 김무림
　(2004) 등이 있다.
2) 특히 박병채(1989/2004), 홍종선(1990)에서는 고대국어시기를 '명사형어미 '-음'
　의 세력기'로까지 규정하였는데 실질적으로 고대국어자료를 통해 제시한 근거
　는 양적으로나 질적으로 부족하고 이들 주장의 최종적 근거는 알타이제어와의
　연관성에 기대고 있다는 인상이 짙다.
3) 이기문(1972/1998:31)과 김방한(1983:189-190) 등에서 제시된 알타이제어의 동
　명사어미 {m}의 용례들은 다음과 같다. <고대 튀르크語> : '히 죽다→ öl-üm
　죽음', 'talī 뺏다 → talīm 노획물', 'istä 원하다 → istäm 願望', <몽고諸語> :
　'naɣad 놀다 → naɣad-um 놀음', 'toqo 안장을 놓다 → toqo-m 안장 밑에 까는
　천'. 그런데 알타이제어에서 실현되는 이런 {m}형은 명사형어미라기보다는 명
　사파생접미사에 가까운 것으로 보인다. 그럼에도 불구하고 이와 관련된 연구
　들에서는 {m}을 접미사로 기술하지 않고 어미라고 기술하고 있다. 또 이기문
　(1972/1998:31)에서는 고대국어시기의 {m}이 파생접미사뿐만 아니라 동명사어
　미로도 사용되었음이 명확하다고 하였으나 그 근거로 제시된 예들을 보면 고
　대국어의 용례는 없고 모두 중세국어와 제주방언의 용례뿐이다. 알타이제어에
　나타나는 {m}도 명사파생접미사에 가깝고 이기문(1972/1998)에서도 고대국어
　시기의 동명사어미의 실례를 들고 있지 못한다면 고대국어의 {m}도 명사형어
　미가 아니라 명사파생접미사로 보아야 하지 않은가가 본고의 논의를 시작하게

다는 사실이 너무나 당연하게 받아들여지고 있다. 그러나 알타이제
어와의 연관성은 보충적으로 고려될 사실이지 이것 자체가 절대적
인 근거가 될 수는 없다. 이런 부차적인 가설을 근거로 명사형어미
의 존재를 인정하기 이전에 우리의 고대국어자료들을 면밀히 살펴
보고 그 존재 양상을 정확히 파악하는 작업이 선행되어야 할 것이
다. 더욱이 박진호(1998), 김무림(2004)과 같은 비교적 최근의 연구
에서는 기존 연구들과 달리 중세국어에서 활발하게 쓰인 이들 형태
가 고대국어자료에서는 제약적으로 출현한다는 사실을 지적하고 있
어 주목된다. 그러나 이 두 글에서는 그런 경향성을 간략하게 지적
하고 있을 뿐이어서 고대국어기시에 명사형어미가 실재로 어떤 양
상으로 출현하고 있는지에 대해서는 여전히 불투명한 상황이다.

　이에 본고에서는 고대국어자료에서 명사형어미 '-음'과 '-기'가 어
떻게 나타나는지를 조사해 보고자 한다. 이 시기의 자료는 이두자
료, 향가자료, 구결자료로 나눌 수 있는데 자료에 따라 문자의 표기
방식과 운용방식이 다르므로 이들을 분류하여 검토한다.4) 이를 위
해 선행 연구들에서 명사형어미 '-음'과 '-기'로 다루었던 용례와 해
석을 모두 모아 그런 분석과 근거가 타당한지를 검토해 보고, 또 선
행연구들에서 거론되지 않았다 하더라도 [음]과 [기]를 전사할 수 있

된 계기이다.
4) 고대국어자료는 한자의 음과 훈을 빌린 차자표기로 기록되어 있으므로 해당
　자료에서부터 특정 사실에 대한 문법 기술까지는 '자료 판독'이라는 중간과정
　이 필요하다. 이두와 구결에도 판독의 문제가 없는 것은 아니지만 향가에 비
　하면 문제의 심각성이 크게 부각되지 않는다. 향가자료의 경우 해독자마다 그
　해석과 분석이 다르기 때문에 어떤 해독자의 해독안을 받아들이는가에 따라
　연구의 결과가 완전히 달라질 수 있다. 그러므로 본고에서는 특정인의 해독을
　일방적으로 따르지 않고 小倉進平(1929), 梁柱東(1942/1965), 池憲英(1947), 홍기
　문(1956), 李鐸(1958), 정렬모(1965), 金善琪(1967~1975), 金俊榮(1979), 金完鎭
　(1980), 兪昌均(1994), 姜吉云(1995) 등 기존의 여러 해석을 참고한다.

는 조사⊥/서술⊥를을 모두 추출하여 명사형어미로 쓰일 수 있는지 여
부도 고려할 것이다.

이러한 판별 과정에서 필요한 것은 동일한 형태로 나타나는 명사
파생접미사와 명사형어미를 구별해 내는 일정한 조건이다. 이 두 형
태를 변별하기 위해 본고에서 사용한 기준은 다음과 같다.

(1) 명사형어미에 의해 내포문이 형성되는가?

: 명사형어미 '-음'과 '-기'를 중심으로 이들이 이끄는 하
위문이 존재하고 동시에 '-음'과 '-기'를 지배하는 상위
문 동사가 나타나야 한다.

(2) 명사형어미 앞에 선어말어미가 선행할 수 있는가?

: 명사형어미 '-음'과 '-기'도 어말어미이므로 이것이 안
정된 어말어미로 정착했다면 그 앞에 선어말어미가 자
연스럽게 결합할 수 있어야 한다.

(3) 중세국어 '-음', '-기'와의 연속성에 문제가 없는가?

: 15세기 언해자료에 나타난 명사형어미 '-음'은 항상 선
어말어미 '-오/우-'를 선행한 '-옴/움-'으로 실현된다. 명
사형어미 '-옴/움'에서 '-오/우-'가 탈락되기 시작한 것
은 16세기부터이므로 그 이전 시기부터 명사형어미 '-
음'은 '-옴/움'으로 실현될 것이 기대된다.

명사형어미 '-기'는 15세기의 '-옴/움-'과는 달리 명사
형어미나 명사파생접미사가 모두 동일한 형태로 나타

난다. 그런데 15세기의 '-기'는 '-음'에 비해 그 사용역이 극히 제한적으로 나타나고 전성어미보다는 마치 접미사에 가까운 성격을 보인다. '-기' 앞에 선어말어미를 선행하는 예가 15세기는 전혀 나타나지 않고 16세기에서도 '샹급ᄒ시기를(번박 상:60)'의 한 예만 보인다는 사실이 이런 '-기'의 성격을 잘 나타내준다. 따라서 15세기 이전의 '-기'는 15세기만큼 제한적이거나 어미로써의 성격은 약했을 것으로 판단된다.

위에 제시한 방법과 기준을 통해 이두, 향가, 구결 자료에 나타난 '-음'과 '-기'의 출현 양상에 대해 살펴본다.

2. 이두자료에 나타나는 '-음'과 '-기'

2.1. 이두자료의 '-음'

이두자료에서 [음]은 '音'으로 표기된다. 이 시기의 이두자료에 사용된 '音'字는 '阿良邏頭 沙喙 音乃古 大舍 <南山新城碑銘>', '石南嚴藪 觀音嚴中 在內如 <永泰二年銘石造毘盧遮那佛 造像記>', '玄風縣 北面 觀音房主人 貞甫長老 <兜寺五層石塔造成形止記>'처럼 인명, 지명의 고유명사 표기를 위해 사용되는 경우가 많다. 다른 차자표기 자료에서는 '音'字가 'ㅁ' 말음첨기5) 표기에도 자주 사용되지만 이두

---

5) 借字表記 방식에서는 한자의 음뿐만 아니라 훈을 이용해서도 우리말을 표기할

자료에서는 그런 경우가 드물고 조선초기의 <大明律直解>에 이르러
서야 '私音(아름)', '者音(놈)'과 같은 'ㅁ' 말음첨기가 나타나기 시작
한다. 그러나 고유명사 표기와 말음첨기 표기에 나타난 '音'은 명사
형과는 관련이 없다. 또 <張戩所志>와 <大明律直解>에는 '逢音'이 여
러 번 나타나는데 이것은 어간 '逢(맞-)'에 부사파생접미사 '音'이 결
합하여 부사 '마침'을 나타내므로 이때의 '音' 역시 명사형어미와는
무관하다.

　　이런 유형을 제외하면 여말선초시기까지의 이두자료에서 명사형
어미 '-음'과 관련시킬 가능성이 있는 형태는 '音可'과 '持音', 두 가
지 유형이 남게 된다. 이 가운데 '音可'는 구결자료에서도 나타나는
'ㅎ可ㄴ╱'와 언해자료에 나타나는 '-암/엄직ᄒᆞ-'와 관련을 갖는 형
태로 파악되는데 이는 명사형어미 '-음'의 문제에서 가장 쟁점이 되
는 사항이기도 하다.

　　먼저 '音可'를 살펴본다. '音可'가 나타난 이두자료를 고려시기까
지의 자료와 조선시기의 자료로 나누어서 살펴본다.

　　(1) 가. 置□□□□□首戶長姓名乙 順音可 施行流傳爲臥乎等
　　　　　　　　　　　　　　　　　　　　　　<慶州司首戶長行案>
　　　　나. 右文記 并以 又鍮合一重拾貳兩參目良中 邀是白內□乎亦 在旅
　　　　　　石練時 乙 順可只 而今良中 至分
　　　　　　　　　　　　　　　　　　<若木淨兜寺五層石塔造成形止記>
　　　　다. 此亦中 權臣崔忠獻矣段 去丙辰年分 謀作大事爲遣 王室乙 順可
　　　　　　只 再 度搖動 令是白乎 事是良尒 <柳敬功臣錄券>

───────────────

　　수 있다. 후자의 방법일 경우 그 독법을 정확히 지시하기 위해 훈독된 구성소
　　의 마지막 음을 중복해 표시하는 것을 말한다.

이승재(1992:183)와 서종학(1995:155)에서는 (1가)의 '音可'를 '-음직'으로 파악하고 이때의 '音'을 명사형어미로 규정하였다. 그러나 단 하나의 용례만으로 이것이 명사형어미를 포함한 '-음직'인가를 판단하는 것은 쉬운 일이 아니다. 그런데 (1가)의 '(順)音可'와 항상 함께 거론되는 예들이 있는데, 바로 (1나 · 다)에 나타나는 '順可只' 이다. (1나 · 다)의 '順可只'를 보면 모두 동사 '順'이 대격 '乙'을 지배하고 '順' 뒤에는 '可'가 후행한다는 유사성 때문에 (1가)의 '順音可'와 동일한 형태인 것으로 파악되고 있다. 이승재(1992)에서는 이들을 조선 전기에 나타나는 '良音可(암직)'까지 연결시켜서 (1나 · 다)의 '可只'를 '직-'으로 (1가)의 '音可'를 '-음직'으로 파악하고 '-음직'의 발달과정을 '可只>音可>良音可' 3단계로 기술하였다.

(1)에 나타나는 형태들을 '-음직'으로 본다고 하더라도 이때의 '음'이 명사형어미인가의 문제는 별도의 논의를 거쳐야 할 것인데, 여기서의 더 큰 문제는 (1)의 예들을 '-음직'으로조차 보기 힘들다는 사실이다. '(順)音可'가 '-음직하다'와 관련 맺기 위해서는 위의 (1가)의 '音可'에서도 [가능] 또는 [당위]의 의미가 파악되어야 한다. 그러나 (1가)의 '順音可'는 '~을 따라 (施行流傳하는 일)'로, (1나)는 '~을 따라/~로부터 (지금까지)'로, (1다)는 '~까지도, ~조차도' 정도로 해석되는데 어떤 예에서도 [가능]이나 [당위]의 양태적 의미는 포착되지 않기 때문에 이들을 '-음직'으로 보기는 어렵다.

또한 (1)의 형태들이 뒤에 '爲(ᄒᆞ-)'나 어말어미 없이 '音可' 단독으로 나타나는 것도 문제가 된다. 구결자료나 언해자료의 '-음직'은 항상 'ᄒᆞ-'를 동반하여 나타나거나 '立應七丨<瑜伽師地論>'과 '우섬직다<南明集諺解>'처럼 종결어미를 후행하는 환경에서만 나타난다.

물론 이두의 생략표기에 의해 조선초기의 이두에서도 '音可'가 단독으로 나타나기는 하지만 그럴 경우 '互相 隱匿爲良音可 人亦<大明律直解>'처럼 명사를 수식해 주는 환경에서만 '音可'가 나타난다.6) 따라서 (1)의 예들은 '-음직ᄒᆞ-'와는 다른, 제3의 형태로 파악된다.

동일한 환경에서 '順音可'가 '順可只'로 나타난다면 '音'은 수의적으로 생략될 수 있는 요소임을 뜻하는데, 실질형태소 뒤에서 수의적으로 출현할 수 있는 형태는 말음첨기밖에는 없으므로 여기서의 '音'은 '順'의 말음첨기 정도로 보아야 하고 명사형어미로 파악할 수는 없다. 따라서 고려시기까지의 이두자료에서는 명사형어미 '-음'의 예는 찾아보기 어렵다고 말할 수 있다.

그러나 조선초기 이두자료인 <大明律直解>(1395년)의 '(良)音可爲'는 (1)과는 성격이 다르다.

(2) 가. 常人亦 枷鎖乙 脫去<u>爲音可爲</u>在 他物乙 囚人亦中 ··· 家長
　　　亦中 許給爲在乙良 各 減一等齊　　　　　<大明律直解>
　　나. 凡 獄卒亦 刀刃 及 可以 自殺爲良音可爲旀 枷鎖乙 脫去<u>爲良音</u>
　　　<u>可爲</u>在 他物等乙 囚人亦中 許給爲良在乙良 杖一百齊
　　　　　　　　　　　　　　　　　　　　　　　<大明律直解 >
　　다. 改正<u>爲音可</u> 事乙 改正 不冬爲在乙良 笞四十每一月加一等杖八
　　　十爲限齊　　　　　　　　　　　　　　　<大明律直解 >

<大明律直解>에서는 '爲音可爲', '爲良音可爲', '爲音可', '爲良音可'의 형태로 나타난다. '音可' 앞에 '良(아)'는 생략될 수도 있는데 '良'이 생략되지 않은 '良音可爲'는 언해자료에 나타나는 '-암/엄직ᄒᆞ-'와 대응되며 그 의미도 '-암/엄직ᄒᆞ-'와 동일하게 [가능]이나 [당위]로

─────────────

6) 박용식(2003:36)에서는 '爲良音可'를 '爲良音可爲在'의 생략표기로 파악했다.

풀이된다. '-암/엄직ᄒ-'의 '암/엄'은 명사형어미와 관련이 깊은 형태로 파악되므로 <大明律直解>의 시기로 넘어오면서부터 명사형어미 '-음'을 논의할 수 있는 가능성이 보이기 시작한다. 이 장에서는 이 형태가 15세기 언해의 '-암/엄직ᄒ-'와 동일한 표현이라는 점만 지적하고 '-암/엄직ᄒ(良音可爲)-'의 형태 분석과 문법적 지위에 대해서는 후술될 구결의 'ᅟᅡ應/可ᄂ'에서 함께 논의하도록 한다.

다음은 선행연구들에서 명사형어미 '-음'으로 분석되고 있는 '持音'에 대해 살펴본다.

(3) 가. 亦 <u>持音</u> 文字 及 大帳ㅐ乙 □當 敎是 分官上爲有臥
<張戩所志>
　　나. 他處以來到興利人等矣 接處姓名行狀字號 及 <u>持音</u> 物色等乙 冊
　　上施行每　朔赴官筭計爲乎矣　　　　　　　<大明律直解>

(3)은 '持音(디님)'의 용례이다. 고려말까지의 이두자료에서는 (3가)가 유일하고 조선시기의 이두자료에서는 '持音(디님)'이 여러 번 출현하기 시작한다. 이승재(1992)와 고정의(1995)에서는 (3)에 나타난 '持音(디님)'의 '音'을 모두 명사형어미로 파악하였다. 그러나 '持音(디님)'의 '음'이 명사형어미이기 위해서는 하위문에 타동사 '持-'가 지배하는 절이 나타나야 하고 상위문에는 '持音'을 내포하는 상위동사가 나타나야 한다. 그러나 '持音'이 나타나는 환경은 이러한 내포문 구성이 아닌 '명사+명사'라는 명사 나열의 환경이므로 이때의 '音'은 명사형어미가 아닌 명사파생접미사로 보아야 할 것이다. 장세경(2001)에서는 "'持音'은 문기나 물건을 가지고 있음을 특별히 나타내며 관형적 용법이 많은 형태임"으로 기술하였는데 이에 따르

먼 '持쯤'은 농사에서 파생되어 독자적인 의미를 갖는 파생명사인 것이다. '관형적 용법이 많다'라는 표현 때문에 '쯤'이 마치 관형적 용법을 지닌 문법요소처럼 오해될 소지가 있는데 그렇다고 '쯤'이 관형형어미는 아니다. 명사 '持쯤'이 후행하는 명사 '文字, 物色'들과 '명사+명사'의 구조를 이루기 때문에 나타나는 현상일 뿐이다. 한국어에서 '명사+명사'의 구조에서 앞의 명사가 뒤의 명사를 수식하는 관계를 맺는 것은 일반적인 일이기 때문이다. 따라서 그동안 명사형 어미로 다루어졌던 '持쯤'의 '쯤'은 동사 '持'에서 파생되어 독자적인 의미를 지닌, 즉 '문기나 물건을 가지고 있음'을 나타내는 파생명사로 파악되어야 한다.

2.2. 이두자료의 '-기'

이두자료에서 [기]는 '只'로 표기된다. '只'는 부사파생접미사 '幷只(다뭇)', '最只(안직)', '唯只(아즉/오직)'과 사동접미사 '令只(시기)'의 표기에 사용되는데 이때의 '只'는 명사형과는 관련이 없는 말음첨기나 접미사류들이다. 이런 형태를 제외하면 '爲只(ᄒ기)'와 '(爲)只爲(ᄒ기암/ᄒ기삼)' 두 유형만이 명사형의 가능성을 가늠해 볼 수 있는 형태로 남는다.

(4) 同寺依止 重大師 學先亦 至今八壬午年 入寺火香爲只 丁亥年元 發
　　心爲只 金堂一間佛坐 卽造 石塔五言弃 ··· 幷以 施
　　　　　　　　　　　　　　　　　　　　　<密陽五層石塔 造成記>

'爲只'라는 형태는 예문 (4)에서만 발견되는 희귀한 형태이다. 서

종학(1995:156)에서는 이때의 '只'를 명사형어미 '-기'로 파악하였으나 이런 견해는 받아들이기 힘들다.[7)]

(4)는 황룡사에 의지(依止)한 중대사 학선(學先)이 8년 전 임오년(고려 숙종 7년, 1102년)에 입사화향(入寺火香)하고, 정해년(고려 예종 2년, 1107년)에 발심하고, 금당과 불좌와 5층 석탑을 만들었다는 내용을 담고 있다. 즉 '學先'이라는 인물의 행위가 시간적 선후순서에 따라 연결되고 있으므로 '爲只'의 위치는 연결어미가 오는 것이 자연스럽다.[8)] '爲只'에서 '爲'는 접미사이고 '只'는 강세보조사로 분석되므로 '爲'와 '只' 사이에 연결어미가 생략된 것으로 분석된다. 그렇다면 어떤 연결어미가 와야 하는가를 생각해 보아야 하는데 현대적 직관으로는 선행 사건을 완료하고 후행 사건을 연결하는 '-고'가 적절해 보인다. 그러나 고대국어시기에는 연결어미 '-고'가 중세국어에 비해 활발히 사용되지 않았다는 사실과 이두의 연결어미 '遣(고)' 뒤에는 어떤 강세보조사도 나타나지 않는다는 점을 감안하면 '爲只'를 'ᄒ곡'의 생략형으로는 보기는 힘들다. 반면 이두자료에서는 연결어미 '良(아)'가 생략되는 것이 흔한 현상이므로[9)] '爲只'를 '爲良只(ᄒ약)'에서 연결어미 '-아/어'가 생략된 형태로 파악할 수 있

---

7) 이승재(1992:30)에서는 '爲只'는 다른 자료에서는 보이지 않는 이두이며, '火香爲只'는 '火香爲㫆'로 '發心爲只'는 '發心爲'로 나타나는 것이 고려 시대 이두의 일반적인 용법이기 때문에 이들에 대한 해석이 어렵다는 입장을 밝혔다. 장세경(2001)에서도 '爲只'를 [ᄒ기]로 읽고 '-한들, -하여'로 해석하였지만 그 뜻은 잘 알 수 없는 형태라고 기술하였다. 서종학(1995:156)에서도 이때의 '只'가 명사형어미라고만 기술할 뿐 구체적인 근거는 제시되어 있지 않다.

8) 중세국어에서도 하나의 문장이 연결어미에 의해 길게 연결되는 것이 문체적 특징이라고 할 수 있는데, 고대국어시기의 이두와 구결자료에서도 연결어미에 의해 문장이 길게 나열되는 것이 특징이다. 따라서 명사형어미 '-기'로 문장이 짧게 짧게 종결될 가능성은 거의 없다고 본다.

9) 이두의 생략표기와 '良'의 생략에 대해서는 박용식(2003)을 참고할 수 있다.

을 것이다. 그런데 '良(아)'가 생략될 때는 보통 '-이' 뒤에 아무런 형태가 후행하지 않는 경우가 일반적이기 때문에 '良' 뒤에 강세보조사 '只'가 연결될 경우에도 '良'이 생략될 수 있는가가 문제가 될 수 있다. 많은 예는 아니지만 강세보조사 '尒(곰)' 앞에서 '良(아)'가 생략되는 현상을 통해[10] 강세보조사 '只' 앞에서도 '良'이 생략된 것으로 볼 수 있다. 따라서 (4)의 '爲只'는 '爲良只(ᄒ약)'에서 연결어미 '良(아/어)'가 생략된 표현으로 파악해야지 명사형어미 '-기'로 파악할 수는 없다.

　다음은 이두자료의 '-기'와 관련해 의견이 분분한 '爲只爲'에 대해 살펴본다.

(5) 가. 年年祿轉乙 齊齊上納 不得爲只爲 流毒三韓爲良尒 民怨無極爲
　　　因此 生災爲旀　　　　　　　　　　　　　　<柳珣功臣錄券>

　　나. 【十惡】 一曰謀反 社稷乙 危亡爲只爲 作謀爲 行臥乎事
　　　　　　　　　　　　　　　　　　　　　　　　<大明律直解>

　　다. 宗廟 山陵 宮闕等乙 毁亡爲只爲 作謀爲行臥乎事 <大明律直解>

　　라. 搜探現出雜藥乙良 自喫令是乎矣 搜探 不得爲只爲 拒逆爲在乙
　　　　　　　　　　　　　　　　　　　　　　　　<大明律直解>

　　마. 至死爲只爲 致傷爲弥 兄果 姉果 伯叔果乙 犯打爲在乙良
　　　　　　　　　　　　　　　　　　　　　　　　<大明律直解>

　　바. 內損吐血爲只爲 重傷爲在乙良 緦麻小功親 是去等 加凡人罪 一
　　　　等大功親 是去等 加二等齊　　　　　　　　<大明律直解>

　'爲只爲(ᄒ기숨/ᄒ기암)'은 이두자료에서만 나타나는 형태로 고려

---

10) '爲良尒(ᄒ야곰)'이 '爲尒(ᄒ곰)'으로도 나타나는 경우를 예시하면 다음과 같다. 自 毗盧遮那是等 覺 去世爲尒(제 스스로가 毗盧遮那인 것을 깨닫고 세상을 떠나서) <永泰二年銘石造毗盧遮那佛造像記>, 永樂 七年 三月 初四日 判修義副尉 龍騎巡衛司 前領副司正敎學生 沈彦冲 作還朝謝由移關爲尒 <沈彦冲兵曹朝謝帖>

시대까지는 (5가)의 한 예만 나타나고, 조선시기에 들어서부터 여러 용례가 나타나기 시작한다. '爲只爲'에 대한 해석은 분석적 태도를 취하느냐 취하지 않느냐에 따라 크게 두 가지 견해로 나뉜다. 첫 번째는 김태균(1975:120), 이철주(1990:49), 강영(1998)과 같이 '爲只爲' 전체를 더 이상 분석할 수 없는 하나의 연결어미로 해석하여 '-려고' 나 '-도록'으로 파악하는 견해이고, 두 번째는 안병희(1985:19), 고정의(1992:181)에서처럼 '爲只爲'를 '爲+只#爲'으로 분석하여 '-하기 위하여'로 파악하는 견해이다. 두 번째 견해를 따른다면 이때의 '只'를 명사형어미 '-기'로 인정할 수 있을 것이다.

첫 번째 견해를 대표할 수 있는 연구는 강영(1998)이다. 강영(1998)에서는 '爲只爲'을 어떠한 시간적 상황이나 상태 상황에 이르게 됨을 기술할 때 사용되는 到及語尾로 분류하고, 다시 시간적 상황에 대한 어미를 시간도급어미(巴只, 已只)로 상태적 상황에 대한 표현 어미를 상황도급어미(只爲)로 기술하였다. '-도록'으로 해석하는 견해는 두 번째 견해인 '-하기 위하여'로 해석할 때보다 몇 가지 측면에서 설득력을 갖는다.

먼저 해석과 형태분석 측면에서의 자연스러움이다. (5가)를 해석하면 '年年祿轉을 齊齊上納 못하기 위하여' (5나) '謀反이란 社稷을 危亡하기 위해서 作謀하는 일', (5다) '宗廟 山陵 宮闕등을 毀亡하기 위해 作謀한 일', (5라) '搜探 못하기 위하여 거역하거늘', (5마)는 '죽음에 이르기 위하여 致傷하며', (5바)는 '內損吐血하기 위하여 重傷하거든'으로 풀이된다. 이들의 해석이 자연스러워지기 위해서는 '-게 하다'라는 의미를 첨가해서 (5가)는 '못하게 하기 위하여', (5나)는 '危亡하게 하기 위해서', (5다)는 '毀亡하게 하기 위해', (5라)는

'搜探 못하게 하기 위하여', (5마)는 '죽음에 이르게 하기 위하여', (5
바)는 '內損吐血하게 하기 위하여'로 풀이해야 한다. '호/어간+기/명
사형어미#삼/위하여'라는 형태분석에서는 '-게 하-'라는 사동의 의미
를 반영하는 형태가 나타나지 않는데 해석상에서는 사동의 의미가
들어가야지만 의미가 통하게 되므로 형태와 의미가 일대일 대응을
이루지 않는다.

　또 '-하기 위하여'라는 표현의 출현 시기를 고려해도 '-도록'이 '-
하기 위하여'로 해석하는 것보다 설득력을 얻는다. 현대국어에서 널
리 사용되고 있는 '-하기 위하여'는 중세국어와 근대자료에서는 나
타나지 않고 <독립신문>(1896년) 기사에서부터 최초로 나타나기 시
작한다. 근대국어시기부터 '-기'가 '-음'의 사용을 압도하면서 그 사
용빈도가 급증했던 경향을 고려할 때 '-기 위하여'가 이렇게 늦은 시
기부터 사용된 사실은 다소 의외적인 현상이다. 그 이전까지 동사
'위하다'가 나타나는 구문을 살펴보면, '날 위ᄒᆞ야 <釋詳3:7a>', '衆
生 위ᄒᆞ야 <釋詳13:54a>'처럼 '명사(+대격조사)#위ᄒᆞ-'의 구성을 갖
거나 '바다 디닐 사ᄅᆞᆷ 擁護호ᄆᆞᆯ 위ᄒᆞ야 <釋詳21:25a>', '法 드로ᄆᆞᆯ 위
ᄒᆞ야 <釋詳19:21a>'처럼 '동사+-옴/움-+-올#위ᄒᆞ-'의 형태로 나타난
다. 즉 '위ᄒᆞ-'의 목적절이 '-음' 명사절로 나타나는 경우는 있어도
목적절이 '-기' 명사절로 나타나는 경우는 없다.11) 이렇게 '-기 위ᄒᆞ

---

11) 그런데 'ᄒᆞ기 위ᄒᆞ야'라는 표현이 <석보상절>에 단 한 번 나타난다. '그저긔
　　그 수프레 婆羅門돌히 祭ᄒᆞ기 위ᄒᆞ야 쇠져즐 앗더니 <釋詳3:33a>'. 그러나 앞
　　에서 설명한 것과 같이 동사 '위하다'가 목적어를 요구할 때는 명사구나 '-음'
　　에 의한 명사절을 요구하므로 이때의 '祭ᄒᆞ기'는 명사형어미가 아닌 파생접미
　　사 '-기'로 보는 것이 좋을 것이다. '祭ᄒᆞ기 위ᄒᆞ야'에 나타난 '-기'를 파생접미
　　사로 파악한 해석과 15세기 '-기'에 대한 파생접미사적 성격에 대한 논의는 양
　　정호(2005)를 참고할 수 있다.

-'라는 표현이 19세기 말부터 존재한 표현이라는 사실을 고려하면 여말선초시기의 이두자료에서부터 '-기 위하여' 구성이 존재했다고 보기에는 무리가 있다.

이처럼 첫 번째 견해로 파악할 때 여러 이점이 있음에도 불구하고 선뜻 이 견해에 찬성기도 어려운 이유는 '爲只爲(ᄒ기삼)'과 동일한 구문에 나타나는 '爲乎爲(ᄒ온삼)'과의[12] 연관성 때문이다. 안병희(1985:19)에서 이 두 형태 모두를 의도법어미로 보아 '爲只爲'은 제3자를 하게 할 경우에 쓰이고, '爲乎爲'는 스스로 하려 하는 경우에 쓰이는 것으로 파악했다. 이것은 마치 언해자료에서 상위문 주어와 하위문 주어가 동일할 때에 '-고져'가 사용되고 상위문 주어와 하위문 주어가 상이할 때에는 '-과져'가 나타나는 현상과 유사한 측면이 있다.[13] 즉 '爲乎爲'은 'ᄒ/어간+오/1인칭법선어말어미+ㄴ/동명사어미#삼'으로 '爲只爲(ᄒ기삼)'은 'ᄒ/어간+기/동명사어미#삼'으로 분석되므로 두 형태가 평행하게 한 쪽은 동명사어미 '-ㄴ'을 다른 한 쪽은 동명사어미 '-기'를 사용했으리라는 것이 형태분석의 일감이다. 따라서 '爲只爲'에서 명사형어미 '-기'가 분석될 가능성이 있으나 이것도 하나의 가능성일 뿐이고 다른 해석도 가능하다는 정도까지만 언급하기로 한다.

---

12) 總麻同姓八寸已上親屬乙 殺害爲乎爲 作謀爲旀, 婚禮乙 已定遣 更良 佗人乙 改嫁爲乎爲 生謀爲如可 未成婚者 杖七十 已成婚爲在乙良 杖八十齊
13) '爲只爲(ᄒ기삼) · 爲乎爲(ᄒ온삼)'의 관계를 '-고져' · '-과져'와 연관시킬 수 있는 가능성에 대해서는 박진호 선생님께서 조언을 해주셨다.

3. 향가자료에 나타나는 '-음'과 '-기'

3.1. 향가자료의 '-음'

향가자료에서도 '음'은 '音'으로 표기된다. 그러나 향가에서는 다른 차자표기들과는 달리 연철표기가 사용되기 때문에 단독형 '音'뿐만 아니라 연철형 '음'형에 대해서도 고려해야 한다.

먼저 단독형 '音'의 예들부터 살펴본다. 단독형 '音'은 '千手觀音'과 같이 고유명사 표기에 사용된 '音'과 '心音(모숨), 雲音(구름), 夜音(밤), 人音(사름), 憂音(시름), 餘音(남-)'에 사용된 'ㅁ' 말음첨기와 [가능]과 [당위]의 선어말어미 '音叱(음)'을 제외하면 아래 (6)과 (7)의 형태들이 남는다.

(6) 가. 阿冬音乃叱好支賜烏隱 <慕竹>
　　나. 兒史年數就音墮支行齊 <慕竹>
　　다. 窟理叱大肹生以支所音物生此肹喰惡支治良羅 <安民>
　　라. 惱叱古音多可白遣賜立 <願往>
　　마. 紫布岩乎辻希執音乎手母牛放教遣 <獻花>
　　바. 此也友物北所音叱慧叱只有叱古 <彗星>
　　사. 衆生邊衣于音毛 <均如 摠結>

(7) 가. 誓音深史隱尊衣希仰支 <願往>
　　나. 三花矣岳音見賜烏尸聞古 <彗星>
　　다. 菩提叱菓音烏乙反隱 <均如 請轉>
　　라. 衆生叱田乙潤只沙音也 <均如 請轉>
　　마. 火條執音馬 佛前灯乙直体良焉多依 <均如 廣修>

이 가운데 '音'의 명사형어미 여부를 검증할 용례들은 (7)뿐이다. (6)의 용례들은 해독자마다 그 분석이 모두 다른 難讀句일 뿐만 아니라 어떤 향가 해독자들도 (6)에 나타난 '音'을 명사형어미 '-음'과 관련지어 해독한 경우가 없으므로 논의에서 제외한다.

(7가)의 '誓音'에 대해 小倉進平(1929)의 '셈'과 지헌영(1947)의 '담'의 해독을 제외하면 모든 향가 해독자들이 '다짐'으로 해석하고 있다. '誓'가 나타난 환경은 '誓'가 이끄는 하위문도, '誓'가 포함된 절을 이끄는 상위문 동사도 나타나지 않으므로 '誓音'의 '音'은 명사형어미가 아닌 파생접미사로 파악된다. 장윤희(2006:106)에서처럼 언해자료에는 동사 '*다디-'는 문증되지 않지만 '마음이나 뜻을 굳게 가다듬어 정함', '할 일에 틀림이 없음을 단단히 강조하거나 확인함'을 뜻하는 파생명사 '다짐'이 확인되므로[14] (7가)의 '誓音'이 사용된 시기까지도 파생명사 '다짐'을 소급해볼 수 있다.

(7나)의 '岳音'은 이탁(1958)에서 '오ᄅᆞ보샤올'로 파악한 견해를 제외하면 모든 해독자들이 (7나)를 '嶽·高山'의 의미를 지닌 '오름, 오름, 오롬'으로 해독하였다. 소창진평(1924)은 이것을 제주방언의 '오름'과 관련시켰고 양주동(1942)은 <耽羅志>에 나타난 '以岳爲兀音'을 고려해 '岳音'을 명사 '오름'으로 파악하였으며 이때의 '音'은 말음첨기로 처리하였다. 이처럼 (7나)의 '音'을 말음첨기로 보는 것이 정설이나 동사 '오ᄅᆞ-(登,昇)'의 존재가 15세기에도 확인되므로 '音'에 의한 파생명사일 가능성도 고려해볼 수 있다. 그런데 (7나)에

---

14) 처서믜 벼슬히이고 紅門 셰옛더니 甲子年애 詭異ᄒᆞᆫ 힝덕이라 ᄒᆞ야 주규려셔 주거늘 다짐 두되 님금 위ᄒᆞ야 거상호미 일홈 내오려 ᄒᆞᄂᆞ 주리 아니라 님금과 아비와 ᄒᆞ가진가 너겨 호라 ᄒᆞ고 <續三효77b>, 다짐 (招認) <語錄初11b>, 取招 다짐 밧다 <譯語上66a>, 考 다짐 고 <類合영25a>

서 '岳(오르다)'를 처격 '矣'를 지배하는 히위문 동사로 파악하고 '見'을 상위문 동사로 파악하여([[三花矣 岳v音ㅌ]見v-]:三花에 오름을 보-) 이때의 '音'을 명사형어미로 분석하려는 견해가 있으나 이런 분석으로는 문맥적 의미가 전혀 통하지 않으므로 받아들이기 어렵다. <彗星歌>의 배경설화를 참고하면 '三花'는 '居烈郞, 實處郞, 寶同郞' 세 명의 화랑을 의미한다. 따라서 '三花'는 지명이나 장소가 아니라 행위의 주체이며 '矣'는 처격조사가 아니라 주어적 속격으로 파악해야 한다. 또한 세 명의 화랑이 楓岳山으로 유람을 갔던 일을 '岳音 見-(오름을 보-)'으로 기술한 것이므로 내포문의 하위문 동사는 '見' 이지 결코 '岳'이 아니다([[三花矣 岳音 見v賜烏尸] 聞v古]). 따라서 (7 나)의 '岳音'의 '音'은 말음첨기나 명사파생접미사로 보아야지 명사형어미는 될 수 없다.

   (7다)의 '菓音'은 이탁(1958)에서 '얼음'으로 파악한 견해를 제외하면 대체로 '여름'으로 통일되고 있고, 이때의 '音'은 '열매'를 의미하는 '여름'의 말음첨기로 보는 것이 일반적인 해석이다. 그러나 15세기에 동사 '열-'이 확인되므로[15] '菓音'이 '菓/어간+音/명사파생접미사'로 분석될 가능성도 있다.

   (7라)의 '潤只沙音'은 '潤(붇-, 젖-, 눅-)'을 어떻게 訓讀하는가는 해독자마다 조금씩 차이를 보이고 있지만, '沙音'의 분석에 대해서는 '삼/셤[시/주체높임선어말어미+옴/명사형어미]'로 파악하는 것이 정설인 듯이 보인다.[16] 그러나 이런 분석에도 역시 문제가 있다. (7라)

---

15) 됴흔 삐 심거든 됴흔 여름 여루미 <月釋1:12a>, 밧ᄀ론 萬境에 너비 ᄉᄆᄎᄂᆞ니 곳 펴 이셔 여름 열매 <月釋11:11b>
16) 양주동(1942)에서는 '潤只沙音'을 '저지삼여'로 풀이하고 '삼'을 존칭조동사 '샤'의 명사형으로 보았으며, 김완진(1980)에서는 '潤只沙音'을 '젹셔미여'로 풀

는 균여의 <청전법륜가>의 한 단락이다. 균여 향가 11수는 일연의
향가 14수와는 다르게 동일한 작가에 의해 창작된 작품으로 '一字一
音'의 원칙이 잘 적용될 수 있는 작품이다. 균여 향가 전체에서 '沙'
는 강세보조사 '사'와 동사어간 '삼-'을 나타내는 두 경우만이 나타
나는데 (7라)에서만 '沙'가 [사]가 아닌 [샤/셔]음을 전사했다고 볼
가능성은 적다.17) 따라서 '一字一音'의 원칙에 의해 '沙音'은 '샴·
셤'이 아니라 '삼'으로 읽혀야 할 것이다. 또 자토구결에서 동사 '삼-
다'가 '爲彡亽'으로 전훈독표기 되는데 이때의 '彡亽'을 正體字로 표
기하면 (7라)와 동일한 '沙音'이 된다는 사실도 '沙音'을 '샴'이 아닌
'삼'으로 읽는 보충적 근거가 된다.

　양주동(1942)와 김완진(1980)에서 '沙音'을 '삼'으로 파악하지 않
고 '샴'으로 파악한 이유는 '沙音'을 '삼'으로 해석하면 그 형태분석
이나 의미해석이 어려웠기 때문으로 짐작된다. 따라서 '沙音'을 '삼'
으로 파악했을 때 (7라)에 대한 해석과 분석이 이루어질 수 있어야
'沙音'을 '삼'으로 해석하는 것이 설득력을 얻을 것이다. 이 문제에
대한 해답의 실마리를 이두에 나타난 '爲只爲'에서 찾을 수 있다.
2.2에서 살펴보았듯이 '爲只爲'는 'ᄒ기삼'으로 읽히며 이두에서는
의도 또는 도급의 어미로 파악되는 형태이다. 이때의 '爲只爲(ᄒ기
삼)'은 (7라)의 '(潤)只沙音'과 동일한 형태로 단지 '爲'를 '沙音'으로
풀어썼다는 차이만을 갖는다. 따라서 (7라)의 '潤只沙音也'은 '저지
기삼여'으로 전사되며 그 의미는 '젖도록/젖게 하기 위하여'가 된

　이하고 '적셤'은 어간 '적시-'에 동명사형 '엄'이 결합된 형태라고 설명하였다.
17) 균여향가에서 (7라)의 예를 제외한 '沙'의 용례는 다음과 같다. 此良夫作沙毛叱
等耶 (礼敬:11), 法供沙叱多奈 (廣修:10), 於內人衣善陵等沙 (隨喜:6), 衆生叱田乙
潤只沙音也 (請轉:7), 迷火隱乙根中沙音逸良 (恒順:2)

다.[18] 따라서 여기의 '音'은 '爲/삼다'라는 어간의 일부를 표현한 것이지 명사형어미와 관련짓기 힘들다.

(7마)의 '音馬'는 앞 음절의 '音'이 뒷 음절의 '馬'의 초성 'ㅁ'으로 중철표기된 것으로 '音'의 형태분석은 '馬'의 형태분석 결과에 그대로 따른다. '馬'에 대한 지금까지의 해독은 연결어미 '-며' 또는 '마(ㅁ+-아)'로[19] 파악하는 견해와 '매[ㅁ/명사형어미+애/처격조사]'로 파악하는 견해, 그리고 '馬'를 훈독한 '물[ㅁ/명사형어미+을/대격조사]'로 파악하는 견해로 나뉜다.[20] 이 가운데 명사형어미의 가능성을 가늠할 수 있는 형태는 '매'와 '물'에 나타나므로 이 두 해석에 대해 살펴본다.

향가에서 '매'는 주로 '米'로 표기되므로 향가의 구결자 사용 경향을 고려하면 (7바)의 '馬'를 '-매'로 해석하는 것은 굉장히 어색한 분석이 된다. 또 아래 (8)의 '米'자 용례를 설명하는 데에서 후술하겠지만 고대국어시기에는 연결어미 '-매' 자체가 존재하지 않았을 가능성이 크기 때문에 더더욱 '馬'를 '매'로 해석하는 의견에는 동의할 수 없다. '馬'가 '-매'로 읽히지 않는다면 여기서 명사형어미 '-음'은 분석되지 않는다.

다음으로 '馬'를 '물'로 파악한 견해를 살펴본다. 이런 해석은 이탁(1958)과 정열모(1965)에 나타나는데, '執音馬(잡음 말, 자브 물)'을

---

18) 마지막에 나타나는 '也'는 구결자료에 흔히 나타나는 도치구문에 나타나는 '여'로 이에 대한 자세한 논의는 박진호(2005)를 참고할 수 있다.
19) 이런 견해는 김완진(1980)에 보이는데 '執音馬'의 표기를 '잡-'과 '-아' 사이에 持續態의 접미사 '音'이 들어간 것으로 파악했다.
20) '火箸를 잡음에<小>, 브져 잡으며<梁>, 브져 자브며<池>, 불가락 자브마<홍>, 브져 잡음말<李>, 불고지 자브 물<정>, 브져 잡오매<善>, 火條 잡으매<俊>, 블줄 자브마<完>, 브텨 주마/주므르마<俞>, 붉가락 잡음아<姜>'

'잡/어간+ㅁ/명사형어미+올/대격조사'로 해석하였다. '馬'를 '물'로 훈
독한 것은 '매'로 판독한 것보다는 진일보한 해독이라고 생각되지만
결정적으로 '올/대격조사'을 지배하는 동사가 존재하지 않는다는 사
실 때문에 올바른 판독으로 볼 수 없다. (7마)에서 목적절 '火條執音
馬'이 나타났다면 이를 지배하는 동사가 후행절인 '佛前灯乙直体良
焉多依'에 나타나야 하지만 2행에서도 그런 동사는 찾아볼 수 없다.
따라서 '馬'을 '물[ㅁ/명사형어미+올/대격조사]'로 볼 수 없다면 (7
마)에서도 명사형어미의 도출은 어렵게 된다.

다음으로 연철형의 예들을 살펴본다. 단독형의 경우는 '音'字 한
가지 경우만 따져보면 되지만 연철형의 경우는 'ㅁ'으로 시작하는
모든 글자들을 고려해야 하기 때문에 용례를 따져 보아야 할 경우의
수가 많아진다. 향가에서 초성자가 'ㅁ'으로 시작하는 글자는 모두
28글자인데 이 가운데 명사형 '-음' 뒤에 결합할 수 있는 조사와 보
조사를 고려하면 '먼/믄(萬, 滿, 聞)', '매(每, 埋)', '물/믈(馬,物)', '미
(未, 米, 迷, 彌, 靡)' 등이 가능성을 점검해 볼 수 있는 글자들로 남게
된다.21) 그러나 이 가운데 실제적으로 명사형과 관련될 수 있는 예

---

21) 각 글자의 용례와 형태 분석을 정리하면 다음과 같다.
[萬] 二于萬隱吾羅<禱千> : 難讀句 / 拜內乎隱身萬隱<礼敬> : 명사+보조사 / 曉留朝
于萬夜未<請仏>와 際于萬　隱德海肹<稱讚> : 대체로 형용사나 부사로 해석
[滿] 法界滿賜隱隱仏体<礼敬>, 法界滿賜仁仏体<廣修> : 동사어간 '차-'
[聞] 三花矣岳音見賜烏尸聞古<彗星> : 동사어간 '듣-' / 主乙完乎白乎心聞<悼二將歌>
: 명사+보조사
[每] 刹刹每如邀里白乎隱<礼敬> / 手良每如法叱供乙留<廣修> : 조사 '마다'
[埋] 無明土深以埋多<請轉> : 동사어간 '묻-'
[馬] 本矣吾下是如馬於隱<處容> : 연결어미 '-이언마란'의 일부 / 火條執音馬<廣修>
: 연결어미 / 塵塵馬洛仏　体叱刹亦<礼敬>와 得賜伊馬落人米無叱昆 <隨喜> : 보
조사 '마다'
[物] 窟理叱大肹生以支所音物生<安民> : '물생' 또는 '믈싱' / 物叱 <遇賊, 怨歌, 廣
修, 稱讚, 恒順> 명사 '갓' / 造物主<懺悔> : 조물주

는 '米'자이다.

> (8) 가. 去隱春 皆理米 <慕竹>
>   나. 秋察尸不冬爾屋支墮米 <怨歌>
>   다. 此矣有阿米次肹伊遣 <祭亡>
>   라. 咽嗚爾處米 <讚耆>
>   마. 身靡只碎良只塵伊去米 <常隨>
>   바. 伊知皆矣爲米 <請仏>
>   사. 煩惱熱留煎將來出米 <請轉>

(8)의 '米'는 양주동(1965/1990)에서 'ㅁ/동명사어미+애/처격조사'
으로 해석한 이래 '매'로 파악하는 것이 정설로 굳어진 듯하다. 따라
서 기존의 여러 연구들에서는 향가에 나타난 '米(매)'의 용례를 근거
로 고대국어시기부터 명사형어미 {m}의 존재를 확증할 수 있는 것
으로 파악하고 있다. 그러나 '米'를 '매'로 보는 견해는 많은 문제점
을 갖고 있다.

유창균(1994/1996)에서는 '米'의 古音이 '밀·믈·므·며·메·미'
로만 재구된다는 사실을 근거로 '米'를 '매/미'로 읽는 주장에 반대
하여 '며'로 읽을 것을 주장했다. 그 이후에도 '매'에 대한 비판이 계
속 이루어졌는데 이현희(1996)에서는 중세국어시기까지도 동명사형
어미와 조사 '-애'의 통합체 '-으매'가 접속어미로 사용되지 않았음

[未] 郎也慕理尸心未<慕竹>, 今呑藪未去遣省如<遇賊>, 於內秋察早隱風未<祭亡>, 心
　　未際叱肹逐內良齊<讚耆>, 心未筆留<礼敬>, 曉留朝于萬夜未<請仏> : 명사+조사
[迷] 迷反群无史悟內去齊<普皆>, 迷悟同体叱<隨喜>, 菩提向焉道乙迷波<懺悔>, 道尸
　　迷反群良哀呂舌<請仏>, 迷 火隱乙根中沙音逸良<恒順>: 어간 '입-(昏迷)'
[彌] 彌勒尒<兜率>, 彌陀刹<祭亡>, 須彌<廣修> : 고유명사 / 職麻又欲望彌阿里刺及彼
　　<悼二將歌> : 難讀句
[靡] 身靡只碎良只塵伊去米<常隨> : 몸/명사+이/주격조사+ㄱ/강세보조사

을 지적하면서 '米'를 '매/믹'로 읽는 해독에 대한 반성을 제기하였
다. 이용(2003)에서는 15세기 국어에는 '-오매'가 보일 뿐 '-매'는 17
세기 국어에 들어서야 보인다는 사실을 지적함으로써 향가에서 '-오
-'없이 단독으로 나타나는 '매'를 인정할 수 없다는 주장을 폈다. 또
황선엽(2002)과 황선엽(2006)에서 결정적인 반론이 제기되었는데, 고
대국어의 처격조사에는 '-아(良), -긔(中), -아긔(良中)'만 존재했고 처
격조사 '-애'가 존재하지 않았으므로 향가에서도 '米'를 '-매'로 해석
해낸다는 것은 불가능하다고 보았다. '米'를 어떻게 파악해야 하는
가에 대해서는 뚜렷한 대안이 없지만 적어도 향가에서 '-매'를 인정
하기 어렵다는 사실은 분명해 보인다. 그렇다면 자동적으로 명사형
어미 '-음'을 재구하는 하는 것도 성립하기 어려운 사실이 된다.

　지금까지 향가에 나타난 '음'에 대해 단독형 표기와 연철형 표기
로 구분해 살펴보았다. 이두자료에 비해 향가자료에서는 비교적 명
사형어미 '-음'이 확실히 나타난 것으로 받아들이는 것이 학계의 일
반적인 경향이었으나 실제적으로 향가에서도 명사형어미 '-음'의 확
실한 용례를 파악하기 어렵다.

3.2. 향가자료의 '-기'

　향가에서 [기]의 음가를 반영하여 표기할 수 있는 글자들은 여럿
존재하나 이 가운데 형식형태소를 표기할 수 있는 '기'는 '只'와
'支', 두 글자 정도로 축소된다.[22] 그러나 '只'는 '必只, 唯只, 密只'와

---

22) 향가에 사용된 글자 중에서 [기]음을 반영할 수 있는 글자는 '只, 支' 이외에도
　　'祈, 耆, 起, 期' 등 좀더 많은 글자들이 존재한다. 그러나 이런 글자들의 용례
　　를 살펴볼 때 명사형을 반영하지 않는 것이 너무나 명백하므로 제외한다.

깊이 부사 파생접미사니 말음첨기의 에, 그리고 '良只(아), 惡只(아),
遣只(곡)'과 같이 연결어미 뒤에 나타나는 강세보조사의 예만 나타
날 뿐 명사형과 연관 지을 수 있는 '只'는 나타나지 않는다. 반면
'攴'는 선행연구들에서 명사형어미로 거론되었던 글자이므로 이런
용례를 통해 명사형어미 '-기'의 존재 가능성을 검토해 본다.

> (9) 가. 逢烏攴惡知作乎下是 <慕竹>
>   나. 國惡攴持以攴知古如 <安民>
>   다. 郞也持以攴如賜烏隱 <讚耆>

(9)에 나타난 '攴(支)'를 명사형어미 '-기'로 해석하는 견해는 김완
진(1980)과 유창균(1994)에 보인다. 그러나 양주동(1965)에서는 동명
사어미 '-기'를 인정하지 않는데, 양주동(1965)에서는 (9가)를 '맛보
읍디 지소리'로, (9나)를 '나라악 디니디 알고다'로, (9다)를 '구믌ㅅ
다히 살손 物生'로 보아 '攴'를 의미 없는 부독자로 처리하였다.

(9가) '逢烏攴(맛보기)'의 '攴'를 명사형어미로 분석할 때 문제가
되는 것은 그 앞에 있는 '烏'이다. 김완진(1980)에서는 '攴'를 '-기'로
해석하면서도 이때의 '-오-'가 해석상 難點으로 남는다는 점을 밝힌
반면 유창균(1994:216)에서는 고대국어시기의 명사형어미 '-기'는 후
기중세국어의 '-옴/움-'처럼 선어말어미 '-오/우-'가 선행했던 것으로
파악하였다. 그러나 이러한 '-오기'의 존재는 '-기'의 발달과정을 고
려할 때 굉장히 기형적인 존재가 되어 버린다. 15세기국어의 '-기'
앞에는 어떤 선어말어미도 선행하지 않고 더욱이 '-기'의 세력기라
고 할 수 있는 근대국어시기에서도 '-기' 앞에 선어말어미 '-오/우-'
가 선행하는 경우는 없다. 따라서 '-기'의 발달과정을 고려하면 (9)

의 '-烏支'를 명사형어미 '-기'로 해석하기는 어렵다.

(9나)의 '支'를 '-기'로 해석하는 데에도 동의하기 힘든 부분이 많다. 김완진(1980)에서는 '持以支'를 하나의 문법 단위로 파악하여 '다니기'로 해석하였지만 삼국유사 원본에는 '以'와 '支'자 사이에 공백(띄어쓰기)을 두고 있기 때문에(國惡支持以 支知古如) '支'를 동사 '持-'의 어미로 해석하는 데 무리가 따르게 된다. 이 공백에 대해 김완진(1980)에서는 지정문자 '支'이 나타나야 할 자리가 공백으로 나타난 것으로 보았다. 즉 '國惡支持以支支知古如'로 나타날 것이 '國惡支持以_支知古如'로 나타난 것이라는 설명이다. 그러나 김완진 (1980)에서 정의한 지정문자의 기능은 '支'자 앞의 글자가 훈독되었음을 지시하는 것인데 '支' 앞의 글자는 동사 '持-'가 아닌 '以'자가 되는데 이런 형식형태소에 지정문자 '支'이 나타난다는 것도 이해하기 힘들다.

김완진(1980)에서는 (9다)의 '支'을 '支'의 誤字로 파악하고 (9나)의 '持以支'와 동일한 형태로 분석하였다. 그러나 (9나)의 해석도 받아들이기 힘든 상황에서 원문의 글자까지 수정하면서 해독한 분석이 얼마나 신빙성 있는가에는 회의를 품지 않을 수 없다. 이렇게 (9)에 나타난 '支'를 '-기'로 해석하는 것은 여러 향가 해독안 중에 소수의 의견일 뿐만 아니라 그 근거를 살펴볼 때 판독과정에서부터 문제가 있는 해석임을 확인할 수 있다. 역시 향가에서도 명사형어미 '-기'를 확인하기 어렵다.

4. 구결자료에 나타나는 '-음'과 '-기'

구결자료는 한문 원문을 우리말 어순으로 읽었는가, 어휘들을 우리의 고유어로 풀어 읽었는가를 기준으로 석독구결 자료와 음독구결 자료로 구분할 수 있다. 먼저 음독구결에서의 출현양상을 살펴본다. 여말선초시기까지의 음독구결 자료에서는 명사형어미 '-음'도 명사형어미 '-기'도 나타나지 않는다. '-기'는 그 이후의 후대 음독구결자료에서도 전혀 나타나지 않지만 '-음'은 대체적으로 중세국어시기부터 사용되기 시작한다.[23)]

다음으로 석독구결자료에서의 명사형어미 출현 양상에 대해 살펴본다. '기'는 '及ハ, 唯ハ, 當ハ, 復ハ, 必ハ, 最ハ, 但ハ, 爲ハ'처럼 접미사로 사용되거나 '-3ハ二-. -ナハ二-, -ㅌハ二-, -ロハ二-, -去ハ二-'처럼 선어말어미로 사용되거나 'ソ3ハ', 'ソロハ'과 같이 강세보조사로 사용된 예만 나타날 뿐 명사형어미로 사용된 예는 없다. '음'은 '爲氵立, 眞立, 心立, 者立, 壽立, 身立, 人立' 등과 같이 말음첨기로 사용된 경우와 [가능]·[당위]의 선어말어미 '立七(音叱)'를 제외시키고 나면 다음의 유형이 남게 된다.

(10) 가. 復ソ1 他方七 量ノ立 可七ソ1 不矢リㅌ七 衆 有七ナ𠂊

23) 음독구결 자료는 간경도감 언해를 기준으로 이것과 동일한 계통의 구결인가 아닌가로 나뉠 수 있다. 간경도감 한글구결과 계통이 같은 차자음독구결 자료들은 대체로 언해본의 한글 구결을 그대로 전사한 것인데 바로 이런 후대 자료들에서부터 명사형어미 '-음'이 나타나기 시작한다. 음독구결의 '-음'은 단독형으로 나타나는 경우는 없고 다양한 조사들과 연철되어 표기된다. 예를 들면, '미[ㅁ/명사형어미+이/주격조사]'는 '未, 米'로, 'ᄆᆞᆫ[ㅁ/명사형어미+ᄋᆞᆫ/보조사]'은 '万,萬', '믈[ㅁ/명사형어미+을/대격조사]는 '勿'로, '매[ㅁ/명사형어미+애/처격조사]'는 '賣, 馬ヽ' 등으로 나타날 수 있다.

<구인02:01-02>

나. 一切 衆生刂 成熟令刂ノ立 可七丷𠃍 乙{者} 見尸 不冬丷尓
<금광14:19-22>

다. 彼𠃍 {於}戱論界氵十 易亐 安住丷立 可七丷𠃍 亠 謂𠃍 {於}世間七 一切種淸淨氵十丷尸矢尓 <유가20:13-17>

(11) 가. 當八 此 如支丷ニ𠃍 經典乙 精勤修行丷メ立 應七丷𠃍 亠
<금광15:14-16>

나. 彼ラ十 施氵八 其 願乙 充滿令刂𢆶立 應七丷𠃍 刂氵七尓
<화소16:10-14>

다. 未生丷𠃍 善法刂 最初亐 生丷立 應七丷𠃍 ラ十 而灬 嬾惰{有}斗尓 <유가10:16-23>

(12) 所七 諸𠃍 妙物刂 無上尊ラ十 奉獻丷白𢆶立 應可七丷𠃍 乙 掌七 中氵十 悉氵 雨刂𢆶𠃍 ム <화엄15:22-23>

이승재(1995)에서는 '應七丷'를 '맞ᄒᆞ-'로 '可七丷'는 '직ᄒᆞ-'로 파악했고, 박진호(1997)과 장윤희(2004)에서는 두 형태 모두 '짓ᄒᆞ-'로 파악했다. '立 應七丷'와 '立 可七丷'의 해석에서 쟁점이 되는 것은 두 가지이다. 하나는 '可'와 '應'을 부독자로 처리할 것인가의 문제이고, 다른 하나는 '立應/可七丷'의 형태분석을 어떻게 할 것인가의 문제이다. 궁극적으로 명사형어미 '-음'의 분석에 있어 필요한 것은 두 번째 문제이지만 이를 위해서는 첫 번째 문제가 해결이 되어야 하므로 함께 살펴본다.

먼저 '可'와 '應'의 부독자 처리 문제이다. '可'와 '應'이 부독자라면 두 글자 앞에 나타나는 '立'과 '七'은 선어말어미 '立七(欱)'와 문법적 지위가 동일해 지게 되므로 이때의 '立'은 명사형어미로 분석할 수 없다. 그러나 '可'와 '應'가 부독자가 아니라면 이것은 좀더 분석이 필요한 형태로 남기 때문에 '可'와 '應'의 부독자 처리 문제는

'-음' 분석에서 선결되어야 할 중요한 쟁점이 된다.

<瑜伽師地論 권20>에는 '〻七丨'가 '〻應七丨'로도 나타나는데 남풍현(1993)에서는 이를 통해 '應'을 앞뒤의 '〻七'에 의해 전훈독 되는 부독자로 처리할 수 있다는 견해를 처음 제시하였다. 그 이후에도 '可'와 '應'를 부독자로 보는 견해는 계속 이어져 왔다.

(12) 量 無ㄱ 智慧七 光明氵十 三昧刂 傾動ノ〻七{可}ソㄱ 不矢ㅌ人
<금광07:02>

(13) 가. 謂由[역독선]三種雜染[34(・),24(・),33~43(/)]應知[42(\),51(・)]
: 三種 雜染乙 由氵ソㄱ 印 知ノ〻七{應}丨 <유가08, 01:06>

나. 復次於心心所品[42(・)?]中[=44(・)]有[역독선]心可得[42(\),33(/),55(・)]及五十三心所可得[42(\),53(/)]
: 復次 {於}心心所品七 中十 心 得ノ〻七{可}ソㄱ 有ㄘ 及 五十三 心所 得ノ〻七{可}ソㄱ 𠂉 <유가3, 05:17-18>

송신지(2006)에 언급된 것처럼 <金光明經>에서는 (12)처럼 '〻'과 '七'이 따로 분리되지 않고 '〻七{可}'처럼 함께 나타나는 예가 존재하며, 또 유가 계열의 각필구결 자료에서는 '應'구문과 '可'구문의 '〻七'가 따로 분리되어 나타나지 않고 (13)처럼 하나의 부호[42(\)]로 표시되고 있다.[24] (12)와 (13)의 예들을 근거로 '應'과 '可'를 부독자로 처리하는 견해가 잠정적으로 받아들여지고 있다.[25]

---

24) 송신지(2006)에서는 '應'구문과 '可'구문의 '〻七'도 '雖'구문에 나타나는 '-入斗', '如'구문에 나타나는 'ㄱ.支', '爲'구문에 나타나는 '刂尸入乙ソ-'처럼 앞뒤에 나타나는 구결자에 의해 한자가 전훈독 된 것으로 파악하였다.

25) 이런 분석에서는 선어말어미 '〻七(㕂)' 뒤에 접미사 'ソ(ᄒᆞ)'가 나타난다는 사실이 문제가 될 수 있다. 그러나 <구역인왕경>에 나타나는 '大寂室三昧氵十 入ソニソㄱ 緣乙 思ソ氵ホ<구인02:10-12>', '衆生ㅋ 根乙 得ニソㄱ 卽ろ <구인03:13-14>'에 선어말어미 뒤에 'ソ'가 후행하는 구성이 보이므로 '-㕂ᄒᆞ-'의 연결이 전혀 불가능한 것은 아니라는 것을 사석에서 안대현 선생님이 조언해 주

그러나 '應'과 '可'를 부독자로 처리하지 않고 어간 '짓ㅎ-(맞ㅎ-)'로 파악한다면 '應/可ㄴ' 앞에 나타나는 'ㅭ'이 명사형과 관련될 가능성이 없지는 않다. 이승재(1995)에서는 'ㅭ'을 명사형어미로 파악하고 이것이 어간 '짓ㅎ-, 맞ㅎ-'의 주어 역할을 수행하는 것으로 보아 '~함이 마땅하다, ~함이 可하다' 구성을 취하고 있는 것으로 보았다. 그러나 장윤희(2001)에서는 이승재(1995)의 분석이 필연적인 것이 아님을 지적하고 이것을 '동사구보문+보조형용사'의 구성으로 파악하면서 이때의 명사형어미 '-음'을 동사구 보문을 이끄는 보문소로 해석하였다. 이승재(1995)의 분석대로 이 형태가 '~함이 마땅하다, ~함이 가능하다'가 분명하다면 왜 주격조사 'ㅣ'가 'ㅭ' 뒤에 한 번도 나타나지 않는지가 의문스럽다. 더욱이 '應'과 '可'가 본동사로서의 명확한 서술 기능을 수행하는가가 불확실한데, 의미상 '應ㄴ'과 '可ㄴ'는 명사구에 나타난 명제를 서술하는 기능보다는 화자의 [당위]나 [가능]와 같은 양태적 의미를 들어내는 정도로 파악되므로 장윤희(2001)의 분석처럼 본용언보다는 보조용언으로 파악하는 것이 더 자연스럽다. 그러나 '應/可ㄴ✓'를 보조동사로 파악한다 하더라도 'ㅭ'이 명사형어미라는 확증은 없다. 보통의 동사구보문은 부사형어미에 의해 실현되므로 이때의 'ㅭ'도 부사형어미로 파악해야 할 가능성이 크다.

이승재(1995)와 장윤희(2001)의 의견을 수용하여 명사형어미 '-음'을 인정한다 하더라도 명사형어미 '-음'이 오직 'ㅭ 可ㄴ✓'와 'ㅭ 應ㄴ✓', '(良)音可爲' 같은 특정 구성에만 나타나는 것이 문제이다. 또 15세기 '-옴/움-'형과 관련시켰을 때 'ㅭ'과 '音' 앞에 선어말어미 '오

_____

셨다.

/우'기 필수적으구 나타나시 않는 섯노 벅시 해결되이야 힐 문제이
다. 더욱이 이두에 나타나는 '良홉可'에서는 '홉' 앞의 선어말어미가
'-오/우-'가 아니라 15세기 언해의 '-암/엄직-'과 동일하게 항상 '-良
(아/어)-'로 출현하는데 왜 이들이 '-오/우->-아/어-'로 변화했는가도
설명하기 힘든 부분이다. 따라서 '良홉可爲' 또는 '虍應可ㄴ〉'의 '홉
/虍'을 명사형어미로 볼 근거도 부족한 상황이며, 혹 명사형어미로
본다 하더라도 완전한 명사형어미로 정착했다고 하기는 어려울 것
이다.

5. 고대국어시기의 명사구 내포문의 실현 양상

2·3·4장에서 살펴본 것과 같이 고대국어자료에서 누구나 인정
할 수 있는 명사형어미 '-음'·'-기'는 쉽게 찾아지지 않는다. 국어사
자료에서 명사형어미 '-음'·'-기'가 뚜렷한 모습을 나타내기 시작한
것은 중세국어의 언해자료에서부터라고 말할 수 있다. 명사형어미
'-음'·'-기'의 가장 큰 기능은 명사구 내포문을 만드는 기능인데 '-
음'·'-기'가 이렇게 늦은 시기부터 본격적으로 사용되기 시작했다
면 그 이전에는 어떤 방식으로 명사구 내포문이 만들어졌는가에 대
해 생각해 보아야 한다. 고대국어시기라고해서 단문으로만 문장을
만들었을 수는 없을 것인데 어떻게 '-음'·'-기' 없이 명사구 내포문
이 구성되었을까?

이에 대한 해답을 동명사어미 '-n, -l'에서 찾을 수 있다.

(14) 가. 修叱賜乙隱(닷ᄀ싫은)頓部叱吾衣修叱孫丁　　　　　　<隨喜>
　　　나. 障礙 生死乙 怖畏ᄉ ᅡ ᄀ ᄁ 是ᄀ 無明ㅣ 罒 是乙 初地 障ᅩ ノ
　　　　　禾尒　　　　　　　　　　　　　　　　　<금광07:16-18>
　　　다. 異時ᄔ 因果﹕ 三世ᄔ 善惡﹕ ノ ᅀ ᄀ 一切之ᄔ 幻化ㅣ ナ ᄀ ㅣ
　　　　　罒(이견이라)　　　　　　　　　　　　　<구인14:10-11>

　(14)에서 '-尸'과 '-ᄀ' 뒤에 조사와 계사가 오는 것으로 보아 '-尸, -ᄀ'이 동명사어미인 것을 확실히 알 수 있고, 이런 동명사어미에 의해 명사절이 만들어지는 것을 확인할 수 있다. 따라서 고대국어시기에는 동명사어미 '-n, -l'이 널리 사용되다가 중세국어시기부터 명사형어미 '-m'이 본격적으로 사용되기 시작한 것이다. 그러나 동명사어미 '-n, -l'의 지위를 명사형어미 '옴/움'이 바로 대체한 것은 아니다. 명사구 내포문이 동명사어미 '-n, -l'에 의해 만들어지다가 '-음(옴/움)'형으로 변화는 중간 과정에 명사구보문을 사용하던 과도기적 단계가 한 단계 더 존재했던 것으로 보인다. 동명사어미 '-n, -l'은 고대국어시기까지만 해도 명사적 기능을 왕성하게 수행하고 있었지만 중세국어에서는 관형적 기능만으로 완전히 전용되고 명사적 기능은 몇몇 화석화된 용례만 남기고 사라진다. 그런데 이런 동명사어미의 쇠퇴와 명사구보문 구성이 밀접한 관계를 갖는다는 점이 이승재(1995)에서 주장되었다.

　그 변화 과정을 요약하면 다음과 같다.

동명사어미 → 동명사어미+조사 →
         | |
   [격표지의 명시화]   [동명사어미의 관형화 진행]

   → 관형사형어미+조사 → 관형사형어미#의존명사+조사
                          |
         [통사적 파격 해소를 위한 의존명사 삽입]

'동명사어미 단독으로 실현된 문장에서는 동명사문이 어느 격 기능을 담당하는지를 파악하기가 어렵다. 따라서 격 표지의 명확성을 위해 동명사어미에 조사가 결합된 형태가 나타난다. 그런데 동명사어미의 관형사화가 진행되자 '동명사어미+조사' 구성은 결국 관형사형 어미에 조사가 결합되는 기형적인 통사구조를 발생시키게 된다. 이런 통사적 파격을 해소하기 위해 의존명사가 삽입되고 이로써 명사구 보문 구성이 동명사어미 구성을 대체한다'는 것이 이승재(1995)의 논지이다.

이렇게 동명사어미 '-n, -l' 구성이 명사구 보문구성에 의해 대체되고 다시 명사구 보문구성이 명사형어미 '-음'구성으로 대체되는 경향을 음독구결자료를 통해 발견할 수 있다. 여말선초 음독구결 자료들에서는 명사구보문으로 나타나는 구성이 후대자료에서는 '-옴/움'으로 교체되는데 이런 변화는 대체로 15세기 중반, 즉 훈민정음 창제를 기점으로 해서 일어난 것으로 판단된다.

(15) 가. 引衆以問ﾉｺﾆﾄｱ(ᄒ실ᄉ) 決不能也ㅓㄴㅣ
                              <가람본 楞嚴01:51b_3>
    나. 引衆以問ﾉｺﾆﾄｱ(ᄒ실ᄉ) 決不能也ㅅㄴㅣ
                              <소곡본 楞嚴01:51b_3>

다. 引衆以問ノ∧勿ㄱ(ᄒ샤ᄆᆫ) 決不能也乁ㄴ・
<남권희본(묵색토) 楞嚴01:51b_3>

라. 引衆以問ノ∧勿ㄱ(ᄒ샤ᄆᆫ) 決不能也乁ㄴ・
<보물1248 楞嚴01:51b_3>

(15)는 동일한 원문에 각기 다른 토가 기입된 4가지 이본을 제시한 예문이다. (15가)와 (15나)에 제시된 가람본과 소곡본 능엄경은 13세기에서 14세기 초의 자료인데 이들 자료들에서는 명사형어미 '음'이 전혀 나타나지 않고 모두 보문구성만 나타난다. (15다)는 남권희본 능엄경으로 이 자료 역시 13세기경의 자료이다. 이 자료에는 두 가지 종류의 구결이 기입되어 있는데 1차로 기입된 朱書口訣과 2차로 기입된 墨書口訣이 그것이다. (15다)에 제시된 예문은 기입시기가 늦은 2차의 묵서구결이다.26) (15라)는 보물1248 능엄경으로 조선 성종(1488)에 간행된 자료이다. 따라서 구결 기입 시기는 1488년 이후일 수밖에 없다. 자료들에 기입된 구결기입 시기를 고려하면 여말 선초 자료인 (15가·나)에서는 보문구성인 'ᄒ실ᄉᆞ'이 나타나지만 그 이후 자료인 (15다·라)에서는 명사형어미를 포함한 'ᄒ샤ᄆᆫ'으로 나타나는 것을 볼 수 있다. 음독구결자료 속에 나타난 이런 교체를 보이는 예는 아주 흔하게 나타나는 것으로, 이런 자료를 통해 명사구 보문 구성이 명사형어미 '-음(옴/움)'으로 대체되고 있는 모습을 생생하게 관찰할 수 있다.

---

26) 가. [朱吐] 決擇正見ノㄱ 土(혼디) 無尙楞嚴矣ㄴ소
<남권희본 (주서) 楞嚴01:4a_30_본>

　　나. [默吐] 決擇正見ノ勿ㄱ(호ᄆᆫ) 無尙楞嚴矣ㄴ소
<남권희본 (묵서) 楞嚴01:4a_30_본>

6. 미무리

이번 연구에서는 명사형어미 '-음'과 '-기'가 고대국어 자료에서 어떻게 나타나는가에 대해 조사해 보았다. 그동안 알타이제어와의 연관성에 기대어 고대국어에서 명사형어미를 너무 쉽게 인정해 버린 기존 경향에 대한 반성에서 출발한 것이다.

이를 검토하기 위해 대상 시기의 자료들을 이두, 향가, 구결 자료로 구분하고 명사형어미로 논의되었던 용례들과 차자표기자료에서 [음]과 [기]를 전사할 수 있는 용례들을 추출하여 이 대상들이 명사형어미로 인정하는 데 문제가 없는지를 검토해 보았다.

검토 결과 논란의 여지없이, 누구나 인정할 수 있는 명확한 '-음'과 '-기'는 찾기 힘들었다. 단지 '-음'과 '-기'의 가능성을 부분적으로 고려해볼 수 있는 극소수의 예들이 있음을 확인할 수 있었다.

먼저 '-음'의 결과를 살펴보면, 대상 시기의 자료들에서 '-음'은 명사파생접미사로 해석되는 예가 대부분이다. 명사형어미로 해석될 가능성을 고려해 봄직한 형태가 구결자료에 나타나는 'ㅎ 可ㄴノ', 'ㅎ 應ㄴノ'와 조선초기의 이두자료에 나타나는 '(良)音可爲'를 들 수 있을 정도이다. 그러나 구결자료에 나타는 'ㅎ應/可ㄴ'는 '應, 可'를 부독자 처리하느냐 아니냐의 문제가 남아있기 때문에 명사형어미로 확증하기에는 많은 문제점이 남는다. 만일 '應'과 '可'가 부독자라면 이때의 'ㅎㄴ'는 선어말어미로 처리되므로 명사형어미 여부를 따질 수 없게 되고, 부독자로 처리하지 않는다 하더라도 'ㅎ 可ㄴノ', 'ㅎ 應ㄴノ', '(良)音可爲'에서 'ㅎ'과 '音'이 어떻게 분석되는가는 논란의 여지가 많다.

'-기'의 결과도 다르지 않다. 대상 시기의 자료들에서 '-기'는 '-음' 보다도 출현이 훨씬 제약적이고 가능성 여부를 짐작해 볼 수 있는 용례도 훨씬 적다. 그동안 이두자료의 '爲只爲(ᄒ기삼)'에서 명사형 어미 '-기'를 분석할 수 있는 것으로 보아왔지만 '爲只爲(ᄒ기삼)'이 사용된 문맥적 의미와 '爲只爲(ᄒ기삼)'의 형태 분석이 1:1로 대응되지 않는다는 문제와 '-기 위하여'라는 표현이 19세기 이후에야 사용된 구문이라는 것을 고려하면 '爲只爲(ᄒ기삼)'의 '-기'를 명사형 어미로 확정하기에도 미흡한 면이 있다. 또 일부 향가 해독에서는 향가의 '支'를 명사형어미 '-기'로 다루고 있는 견해들이 있었으나 이들 대부분은 해독과정에 문제가 보이기 때문에 그러한 분석도 신뢰하기 힘들다. 그리고 구결자료에서는 명사형어미 '-기'가 석독구결 자료에서도 음독구결 자료에서도 모두 나타나지 않는다.

결국 고대국어시기의 명사형어미 '-음'과 '-기'는 그 가능성을 짐작해볼 수 있는 극소수의 예들만 존재하고 확실한 명사형어미로 인정할 수 있는 '-음'과 '-기'는 15세기 한글문헌에서부터라고 말할 수 있다. 그렇다면 '고대국어시기에는 왜 명사형어미 '-음'과 '-기'를 찾아보기 힘든가?', '만일 나타난다 하더라도 왜 이렇게 특수한 구문과 한정된 자료에서만 나타나게 되는 것인가?'에 대한 설명이 필요하다.

이런 현상은 동명사어미 '-n, -l'과 명사구보문의 활발한 사용에서 원인을 찾을 수 있다. '-음'과 '-기'가 활성화되지 않았던 고대국어 시기에서는 이런 기능을 동명사어미 '-n, -l'이 담당하고 있었고 '-n, -l'이 점점 동명사어미로서의 기능을 잃게 되자 그 자리를 중세국어 시기에 명사형어미 '-음(옴/움)'이 담당하게 된 것으로 보인다. 그렇다고 명사구 내포문 형성방식이 '-n, -l'형에서 '-m'형으로 직접 변화한 것은 아니다. 그 중간 과정에 명사구 보문구성이 활발히 사용된 시기가 있었던 것으로 보인다. 그러나 명사형어미 '-n, -l'과 명사구 보문 그리고 명사형어미 '-음'과의 상관 관계와 교체 양상에 대해서는 좀더 깊은 연구가 필요할 것이다.

▌참고문헌▌

姜吉云. 1995. 「鄕歌 新解讀 硏究」 서울: 學文社.

강 영. 1998. 「大明律直解 吏讀의 語末語尾 硏究」 서울: 국학자료원.

고정의. 1992. "대명률직해의 이두 연구." 단국대 박사학위논문.

金善琪. 1967~1975. "향가의 새로운 풀이." 「現代文學」 145호-250호 사이 16회 分載.

金善琪. 1993. 「옛적 노래의 새 풀이(鄕歌新釋)」 서울: 보성문화사.

金完鎭. 1980. 「鄕歌解讀法硏究」 서울: 서울大學校 出版部.

金俊榮. 1979. 「鄕歌詳解」 서울: 敎學社.

김동소. 1998/2005. 「한국어 변천사」 서울: 형설출판사.

김무림. 2004. 「국어의 역사」 서울: 한국문화사.

김무봉. 1987. "중세국어의 동명사 연구- -ㄴ, -ㄹ形을 中心으로-." 동국대 석사학위 논문.

김민수. 1971. 「국어문법론」 서울: 일조각.

김방한. 1983. 「한국어의 계통」 서울: 민음사.

김승곤. 1984. 「한국어의 기원」 서울: 건국대학교출판부.

김완진. 1957. "-n, -l 동명사의 통사적 기능과 발달에 대하여." 「국어연구」 (국어학회) 2.

김완진. 1980. 『향가해독법연구』 서울: 서울대학교출판부.

김태균. 1971. "대명률직해의 이두형태 분석." 「논문집」 (경기대학교) 1.

김태균. 1975. "양잠경험촬요의 이두주해." 「논문집」 (경기대학교) 3.

남풍현. 1990. 「이두연구」 서울: 태학사.

박병채. 1989/2004. 「국어발달사」 서울: 세영사.

박용식. 2003. "이두의 생략 표기에 대한 연구-대명률직해를 중심으로-." 경상대 박사학위논문.

박진호. 1997. "차자표기 자료에 대한 통사론적 검토." 「새국어생활」(국립 국어연구원) 7-4.

박진호. 1998. "고대국어 문법." 「국어의 시대별 변천 연구 3」 국립국어연 구원.

박진호. 2005. "倒置 構文의 助詞 '-(이)여'에 대하여." 「우리말연구 서른아홉 마당」 서울: 태학사.

박진호. 2008. "향가 해독과 국어문법사." 「국어학」(국어학회) 51.

小倉進平. 1929. "鄕歌及吏讀の硏究." 「史學雜誌」(京城大學文學) 40編 7號.

서종학. 1995. 「吏讀의 歷史的 硏究」 경산: 영남대학교출판부.

송신지. 2006. "-ㅎ{可/應}ㄴ-'에 대하여." 「제32회 구결학회 전국학술대회 발표집」.

심재기. 1979. "동명사의 통사적 기능에 대하여." 「문법연구」(문법연구회) 4집.

안명철. 1998. "동사구 내포문." 「문법 연구와 자료」 서울: 태학사.

안병희. 1967. "한국어발달사." 「한국문화사대계Ⅴ」(고대민족문화연구소).

안병희. 1977. "양잠경험촬요와 우역방의 이두." 「동양학」(단국대 동양학연구소) 7.

안병희. 1985. "대명률직해의 이두의 연구." 「규장각」(서울대학교 도서관) 9.

안병희 · 이광호. 1990. 「중세국어문법론」 서울: 학연사.

양정호. 2003. 「동명사 구성의 '-오-' 연구(국어학총서44)」 서울: 태학사.

양정호. 2005. "중세국어의 '-기'에 대하여." 「우리말 연구 서른아홉 마당」 서울: 태학사.

梁柱東. 1942. 「古歌硏究」 서울: 一潮閣.

양주동. 1965/1990. 「增訂 고가연구」 서울: 일조각.

유창균. 1994/1996. 「鄕歌批解」 서울: 형설출판사.

이기문. 1967. "한국어형성사." 「한국문화사대계Ⅴ」(고대민족문화연구소).

이기문. 1972/74. 「국어사개설(개정판)」 서울: 탑출판사.

이기문. 1998/2004. 「신정판 국어사개설」 서울: 태학사.

이승욱. 1973. 「국어문법체계의 사적연구」 서울: 일조각.

이승재. 1992. 「高麗時代의 吏讀」 서울: 태학사.

이승재. 1995. "動名詞語尾의 歷史的 變化." 「國語史와 借字表記-南豊鉉先生回甲紀念論叢」 서울: 太學社.

이 용. 2003. 「접속어미의 형성에 관한 연구」 서울: 역락.

이철주. 1990. "대명률직해의 이문 해석1." 「인문과학연구소논문집」 (인하대학교 인문과학연구소) 16.

이필영. 1990. "관계화." 「국어연구 어디까지 왔나」 서울: 동아출판사.

이현희. 1990. "보문화." 「국어연구 어디까지 왔나」 서울: 동아출판사.

이현희. 1996. "향가의 언어학적 해독." 「새국어생활」(국립국어연구원) 6-1.

이현희. 2008. "韓國의 借字表記資料에 보이는 '可, 應' 構文의 讀法 試論." 「日本語と朝鮮語の對照研究」 II.

이희영. 2000. "현대 국어 체언화 내포문의 발달." 「현대 국어의 형성과 변천2-통사」 서울: 박이정.

이 탁. 1956. "향가신해독." 「한글」(한글학회) 114.

李 鐸. 1958. "鄕歌新解讀." 「國語學論攷」 서울: 정음사.

임홍빈. 1982. "동명사 구성의 해석방법에 대하여." 「백영 정병욱선생 회갑념논총」 서울: 新丘文化社.

장세경. 2001. 「이두자료 읽기 사전」 서울: 한양대학교 출판부.

장윤희. 2001. "중세국어 '-암/엄 직ᄒ-'의 문법사." 「형태론」 3권 1호.

장윤희. 2006. "고대국어의 파생 접미사 연구." 「국어학」(국어학회) 47.

정렬모. 1965. 「향가 연구」 평양: 사회과학원출판사.

정재영. 1995. "'ᄉ'형 부사와 'ㄷ'형 부사." 「國語史와 借字表記-南豊鉉先生 回甲紀念論叢」 서울: 太學社.

정재영. 1996. 「依存名詞 'ᄃ'의 文法化」 서울: 太學社.

조일규. 1997. 「파생법의 변천1」 서울: 박이정.

池憲英. 1947. 「鄕歌·麗謠新釋」 서울: 정음사.

채 완. 1979. "명사화소 '-기'에 대하여." 「국어학」(국어학회) 8.

최동주. 1996. "중세 국어 문법." 「국어의 시대별 변천 연구1」 국립국어연구원.

최범훈. 1976. 「한국어학논고」 서울: 통문관.

한영균. 1984. "제주방언 동명사 어미의 통사기능." 「국어학」(국어학회) 13.

홍기문. 1956. 「향가 해석」 평양: 조선민주주의 인민공화국 과학원출판사

홍순탁. 1974. 「이두연구」 서울: 광문출판사

홍종선. 1983 "명사하 어미의 변천." 「국어국문학」(국어국문학회) 89.

홍종선. 1990. 「국어체언화구문의 연구」 서울: 고려대학교민족문화연구소 출판부.

홍종선. 1997. "근대 국어 문법." 「국어의 시대별 변천 연구2」 국립국어연구원.

황선엽. 2006. "고대국어의 처격조사." 「한말연구」(한말연구학회) 18.

Poppe. 1950. Review : 「Ramstedt, studies in Korean Etymology」, HJAS 13, 3-4.

Poppe. 1955. Introduction to Altaic linguistics. Otto Harrassowitz; Wiesbaden.

Ramstedt, G.J. 1952. Einführung in die Altaische Sprachwissenschaft II (Formenlehre). Helsinki; Suomalais-Ugrilainen Seura.

국어 문법의 탐구 3

03 명사화소 '-음'과 '-기'의 의미적 특성에 관한 연구
─ 의미적 공통점을 중심으로 ─

:: 김 혜 령

1. 머리말

명사화 및 명사화소에 관한 논의는 명사화소인 '-음'과 '-기'가 갖는 문법적 특성과 의미적 특성을 살펴보는 방향으로 이루어져 왔다. '-음'과 '-기'는 명사화라는 동일한 기능을 갖는 요소이다. 기능이 같은 두 가지 요소가 문법적, 의미적 특성 역시 같은가, 혹은 어떤 차이를 갖는가에 대한 관심이 꾸준히 있어왔다. 특히 이들의 의미에 관한 연구가 다수 이루어졌다. 명사화소 '-음'과 '-기'의 의미에 관한 선행 연구를 살펴보면 '-음'과 '-기'가 갖는 의미가 완전히 동일하다거나, 또는 양자의 의미에 차이가 있다는 방향으로 진행되었다. 다시 말하면 '-음'과 '-기'의 의미가 완전히 동일하다는 입장이 있고, 또 '-음'과 '-기'가 갖는 의미적 공통성에 관한 언급은 없이 양자의 의미가 다르다고 보는 입장이 존재하는 것이다. 전자의 입장은 대체로 '-음'과 '-기'가 상위문 술어의 특성에 따라 서로 배타적인 분포를

보이며, 이들은 동일한 기능과 의미를 지니고 있다는 점을 근거로
들고 있다. 그런데 실제 쓰이는 예를 살펴보면 '-음'과 '-기'가 완전
히 배타적인 분포를 이루지 않는다는 사실이 드러난다. 말뭉치를 살
펴보면 지금까지 '-음'과 '-기' 가운데 어느 한쪽만을 쓰는 것이 가능
하다고 논의되었던 문장 가운데 많은 수가 실제로는 양자를 모두 쓰
는 것이 가능하다는 사실을 알 수 있다. 게다가 다른 요소가 모두
동일한 문장에서 명사화소의 차이만으로 문장의 의미가 달라지는
예가 발견되면서 '-음'과 '-기'의 의미가 다르다는 주장이 제기되었
다. 그런데 이러한 입장에서는 '-음'과 '-기'가 갖는 의미적 차이에만
집중할 뿐, 양자가 가질 수 있는 의미적 공통점에 관하여서는 관심
을 기울이지 않는다. 실제로 '-음'과 '-기'가 쓰인 예들을 살펴보면,
이들이 모두 쓰일 수 있는 문장이 언제나 확연한 의미 차이를 가져
오는 것은 아니다. '-음'과 '-기'가 완전히 동일한 의미를 갖는 것은
아니나, 쓰임에 따라 의미적 공통점이 존재하는 것이다.

　이에 본고에서는 명사화소 '-음'과 '-기'가 갖는 의미적 특성을, 그
들의 공통점을 중심으로 살펴볼 것이다. 2장에서는 본고의 연구 대
상과 관련된 선행 연구에 대하여 정리할 것이다. 3장에서는 명사화
소 '-음'과 '-기'가 갖는 분포의 특성에 관하여 살핀다. 4장에서는 먼
저 의미 판별의 기준을 세우고, 이후 '-음'과 '-기'의 분포를 상위문
술어의 특성과 관련하여 면밀하게 살펴보겠다. 그리고 이를 바탕으
로 하여 '-음'과 '-기'의 의미적 차이점 및 공통점에 관하여 논하도록
하겠다.

2. 선행 연구

명사화소 '-음'과 '-기'에 대한 연구는 그 동안 비교적 많이 이루어졌다. 선행 연구는 크게 '-음'과 '-기'에 관한 공시적 연구와 통시적 연구로 나눌 수 있다. 본고는 현대 국어에서 '-읗'과 '-기'의 특성을 살피는 것이 목적이므로 이 가운데 통시적 연구는 제외하고 공시적 연구만을 살펴보기로 하겠다.

명사화소에 관한 공시적 논의는 형태·통사적 특성에 관한 연구와 의미적 특성에 관한 연구로 크게 나누어볼 수 있다. 형태·통사적 특성에 관한 연구는 명사화 구문 및 명사화소인 '-음'과 '-기'가 갖는 문법적 특성에 대하여 다룬 것으로, 대부분의 연구에서 양자를 함께 다루고 있다. 의미적 특성에 관한 연구는 '-음'과 '-기'가 갖는 의미가 동일하다거나, 혹은 다르다는 의견을 제시하고 그에 관한 증거를 제시하는 방법으로 진행되었다.

이제 명사화 구문에 관한 연구를 형태적 특성, 통사적 특성, 의미적 특성의 세 가지로 나누어 살펴보겠다.

2.1. 형태적 특성에 관한 연구

명사화소와 관련하여 형태적 특성에 관한 연구로는 권재일(1981, 1982a, 1982b), 우형식(1987), 송창선(1990) 등을 들 수 있다. 형태적 특성에 관한 연구로는 선어말 어미 및 서술어와의 결합 양상에 관한 내용이 주로 다루어졌다.

명사화소의 형태적 특성에 관한 연구의 주제 중 첫 번째는 선어말 어미의 결합 양상에 대한 것이다. 본래 명사화는 일반적으로 선어말 어미가 결합하지 않고 동사 어간에 명사화소가 직접 결합하는 것을 뜻한다. 그러나 현대 국어에서 실제 명사화된 절은 상당수가 '-었-'과 '-겠-', 이른바 시제 형태소와 결합한 형태로 쓰이고 있다. '-음'의 경우 '-기'에 비하여 상대적으로 시제 형태소와의 결합이 자유롭다. '-음'의 경우에는 '-었-'과의 결합이 자유로우며, '-겠-'과는 제한적으로 결합이 가능하다. 반면 '-기'는 '-었-'과의 결합이 지극히 부자연스럽고, '-겠-'과는 제한적으로 결합이 가능하다.

이와 같은 현상에 대하여 대부분의 연구에서는 이를 명사화소 '-음'과 '-기'가 갖는 의미 특성과 연결하여 논의하고 있다. 각각의 명사화소와 시제 선어말 어미의 결합 양상이 달라지는 점을 들어, 각기 다른 의미적 특성을 가지고 있다고 본 것이다.[1] 먼저 홍종선(1983)에서는 '-음'과 '-기'가 선어말 어미 결합에서 차이를 보이는 이유를 명사화소 '-음'과 '-기'의 의미적 특성 때문인 것으로 파악하고 있다. 즉, '-음'의 경우 본래 현재성이라는 시제성을 가지고 있었으므로 시제 형태소와의 결합이 상대적으로 자유로울 수 있으나, '-기'는 본래 시제성을 가지고 있지 않았으므로 시제 형태소와의 결합이 부자연스럽다는 것이다.

송창선(1990)은 '-음'과 '-기'를 명제 명사화소와 문장 명사화소로 구분하여, 논의하고 있다. 시상 형태소, 즉 선어말 어미와 결합이 가능한 명사화소를 '-음1'과 '-기1'로 두고 명제 명사화소라고 보았다. 그리고 시상 형태소와 결합이 불가능한 명사화소를 '-음2'와 '-기2'

---

1) 그러나 이러한 해석은 명사화소의 의미는 선어말 어미와의 결합 관계를 통해 파악할 수 있고, 또 선어말 어미와의 결합 양상은 명사화소가 갖는 의미적 특성에 의한 것이라는 순환적인 논리로 귀결될 위험이 있다.

로 두고, 이를 문장 명사화소로 처리하였다. 송창선(1990)의 처리 방식은 '-음'과 '-기'를 각각 두 가지의 형태소로 보아 차이를 설명하려 한 것이다. 그러나 '-음1'과 '-음2', 그리고 '-기1'과 '-기2'는 시상 형태소 및 상태 동사의 결합에서 차이를 보이는 것을 제외하고는 그 기능에 차이가 없다고 보았다. 이러한 분석은 현상에 설명을 맞춘 것으로, 어째서 이런 현상이 나타났는지에 관한 근본적인 이유를 제시하지는 못한다.

  명사화소의 형태적 특성에 관한 연구의 주제 중 두 번째는 서술어의 결합 양상에 관한 것이다. '-음'과 '-기'는 서술어의 선택에서도 차이를 보인다. 형용사와의 결합 양상에서 차이를 보인다. 일반적으로 '-기'는 형용사 어간과의 결합에 제약이 따른다고 알려졌다. 다만 제한적으로 '-기'와 형용사 어간의 결합이 가능한 경우가 있는데, 특정한 조사 및 용언과 결합하여 쓰이는 경우이다. 이때의 '-기'는 일반적인 명사화의 의미를 갖는 것이 아니라 그러한 상태의 정도를 나타낸다. 정도나 척도를 나타내는 경우에 제한적으로 형용사에 '-기'가 결합하는 것이 가능하다는 설명이 제시되었다.[2]

  그런데 김일환·박종원(2003)에서는 실제 '-음'과 '-기'가 결합하는 서술어 유형의 빈도를 조사하여, '-기'가 형용사와의 결합이 제한된다고 보는 것에는 무리가 따른다고 지적하고 있다. 김일환·박종원(2003)에 따르면 '-기'는 비율상 동사 어간과 결합하는 경우가 압도적으로 많다. 그러나 5,000이 넘는 빈도가 존재하므로 '-기'가 형용사와는 결합할 수 없다는 것을 의미하지는 않는다는 것이다.

---

2) 파생 접사로 분석되는 '-기'가 '크기, 굵기, 빠르기' 등의 이른바 척도 명사를 형성한다는 사실과 연관시켜볼 수 있을 것이다.

지금끼지 '-음'과 '-기'의 형태적 특성을 다룬 연구에 관하여 살펴
보았다. 이제 다음 절에서는 이들의 통사적 특성에 관한 선행 연구
를 살펴보겠다.

2.2. 통사적 특성에 관한 연구

이 절에서는 명사화 구문과 명사화소의 통사적 특성에 관한 선행
연구를 살펴보겠다. 이때 통사적 특성으로 연구된 것은 상위문의 서
술어와 명사화소의 결합 관계 양상에 대한 연구로, 이는 비교적 연
구가 많이 이루어졌다. 어떤 특성을 가진 상위문의 서술어에 대하여
'-음'과 '-기'의 사용이 제약되는 양상에 관한 연구가 이에 해당되는
데, 대체로 '-음'과 '-기'는 상위문 술어와의 공기 양상에서 완연히 차
이를 보인다고 논의되었다. '-음'과 '-기'를 모두 논의한 연구로는 임
홍빈(1974), 홍종선(1983b), 우형식(1987), 송창선(1990), 등이 있고, '-
음'만을 대상으로 삼은 연구로는 권재일(1982a)이, '-기'만을 대상으
로 삼은 연구로는 채완(1979), 권재일(1981), 홍윤표(1995) 등이 있다.

먼저, 명사화소 '-기'와의 결합은 제약되고, '-음'과의 결합으로만
자연스러운 문장을 생성하는 경우이다. '알다, 모르다, 깨닫다' 등이
포함되는 이른바 인지 동사류의 경우 명사화소 '-기'와의 결합은 제
약되고, '-음'과의 결합만이 가능하다. 보고 듣고 느끼는 것을 표현
하는 지각 동사, 어떤 내용을 전달하거나 보고하는 유형의 동사, 사
실에 대한 평가의 의미를 갖는 유형의 동사이다. 이들은 모두 '-기'
와의 결합이 제약되며, '-음'과 결합할 때에만 자연스러운 문장이 될
수 있다. 이처럼 '-음'과의 공기만이 가능한 서술어의 유형에 관하여

서는 거의 이견이 존재하지 않는다. 인지 동사, 감각 동사, 보고 동사, 평가 동사가 상위문 술어로 올 경우에는 '-음'과의 결합이 자연스럽고 '-기'는 그렇지 않다는 점에서 임홍빈(1974), 홍종선(1983b), 우형식(1987), 송창선(1990), 권재일(1982a) 등이 모두 유사한 입장을 보이고 있다.

그러나 일부 술어에 관하여서는 연구자별로 입장이 갈린다. 바라는 바를 나타내는 소망의 동사, 약속을 나타내는 유형의 동사, 좋고 싫음을 나타내는 형용사, 명령이나 충고를 나타내는 유형의 동사들의 경우, 우형식(1987), 송창선(1990) 등에서는 이들은 대체로 '-기'에 의한 명사화가 더 자연스러운 것으로 보고 있다. 그러나 다른 연구의 경우에는 입장의 차이가 존재한다. 많은 연구에서 소망 동사의 경우 '-음' 명사화가 가능하다고 보아 '끝남을 바라다, 풀림을 기대하다' 등을 정문으로 보고 있으며, '먹음이 싫다' 역시 정문으로 보았다(임홍빈 1974, 홍종선 1983b 등). 또, '-음을 명령하다' 역시 정문으로 보고 있다(임홍빈 1974).[3]

이 내용을 정리하여 나타내면 아래 [표 1]과 같다.

[표 1] 명사화소와 상위문 술어의 공기 제약

	인지	감각	보고	평가	소망	약속	형용사	명령
-음	+	+	+	+	(+)[4]	—	(+)	(+)
-기	—	—	—	—	+	+	+	+

---

3) 문장의 문법성 판단에는 연구자의 직관이 개입되어 각기 다른 결과가 나올 수 있다. 그러나 각각의 연구에서 20~30년이 지난 지금, '-음'과 '-기' 명사화에 관한 문법성 판단이 달라졌을 가능성도 있다.

기존의 연구들은 대체로 이러한 통사적 공기 관계의 제약 양상이
명사화소인 '-음'과 '-기'가 갖는 의미적 특성 때문에 나타난다고 보
았다. 이제 명사화소의 의미적 특성을 다룬 논의들에 대하여 살펴보
겠다.

2.3. 의미적 특성에 관한 연구

명사화소의 의미에 관한 연구는 명사화와 관련된 주요한 연구 주
제 가운데 하나이다. 명사화소의 의미에 관한 연구는 크게 두 입장
으로 나뉜다. 먼저 명사화소에 고유한 의미 특성이 있다고 보는 견
해와, 명사화소가 갖는 의미는 없으며 상위문 술어의 특성에 따라
자동적으로 결정된다고 보는 두 가지 견해가 존재한다. 전자로는 최
현배(1937), 임홍빈(1974), 양동휘(1975), 심재기(1980), 홍종선(1983a,
1983b) 등이 있다. 그리고 후자에는 채완(1979), 권재일(1981, 1982)
등이 있다. 먼저 후자의 경우를 살펴보겠다.

채완(1979), 권재일(1981, 1982) 등은 '-음'과 '-기'의 의미가 동일
한 것으로 파악하고 있다. 이들은 동사가 '-음'이나 '-기'로 명사화되
어 상위문에 내포되고 그 명사화의 예들이 상위문 동사의 종류나 의
미에 따라 어떤 경우에는 '-음'으로 또 다른 경우에는 '-기'로 자동적
으로 결정된다고 보았다. 특히 채완(1979)에서는 중세 국어 시기 '-
음'과 '-기'의 교체 양상을 들어, 이들이 특정한 의미를 가지고 있다
고 보기는 어렵다고 하였다. 다만 구체적이고 1회적인 사건을 나타
내는 동사는 '-기'로 명사화되지 않는다는 사실을 지적하였다.

---

4) 선행 연구에서 의견이 갈리는 부분은 (+)로 표시했다.

이러한 설명은 상위문의 서술어 유형에 따라 '-음'과 '-기'가 상보적으로 분포한다면 충분히 설득력을 가질 수 있는 설명이다. 그러나 실제로 '-음'과 '-기'가 상위문의 서술어 유형에 따라 상보적으로 분포하지는 않는다.

   (1) ㄱ. 이 꽃은 아름다움이 제일이다.
       ㄴ. 이 꽃은 아름답기가 제일이다.　　(홍종선 1983b)

이 예문에서 (1ㄱ, ㄴ)의 차이는 명사화소인 '-음'과 '-기'의 차이뿐이며, 상위문의 서술어는 동일하다. 상위문 술어에 따라 '-음'이나 '-기'가 결정되었다고 볼 수 없는 것이다. 또한 대다수의 연구에서는 명사화소의 차이만이 존재하는 위와 같은 문장에, 의미 차이가 존재한다고 보고 있다. 만약 '-음'이나 '-기'에 고유한 의미 특성이 없다고 한다면, 이러한 현상을 설명할 수 없다. 명사화소에 기능만이 존재하고 그 기능이 동일하다면, 위의 (1ㄱ, ㄴ)은 모두 동일한 의미를 가지고 있다고 보아야할 것이기 때문이다. 물론 그러나 (1ㄱ)의 '아름다움'은 '이 꽃은 아름답다'라는 문장이 통사적인 명사화 과정을 거친 결과에 의해 생성되는 것이 아니라, '아름답다'라는 용언이 조어론적 명사화 과정을 거친 것이라는 입장을 취할 수도 있다. 그리고 아래 (2)와 같은 문장의 경우에는 (2ㄱ, ㄴ)의 두 문장에 의미 차이가 없다고 말할 수도 있을 것이다.

   (2) ㄱ. 나는 아침에 일찍 일어남이 싫다.
       ㄴ. 나는 아침에 일찍 일어나기가 싫다.

만약 이 두 문장에 의미 치이가 없다고 한다면, 명사화소 '-음'과 '-기'는 각각 고유한 의미 특성을 갖지 않는다고 할 수 있을 것이다. 그러나 (1)과 유사한 예로, (3)의 문장을 제시할 수 있다.

(3) ㄱ. 부자는 사업함이 좋다.[5]
    ㄴ. 부자는 사업하기가 좋다.   (임홍빈 1974)

(3)은 두 문장 사이에 의미 차이가 존재하는 예라고 할 수 있다. 이러한 예가 존재하므로, '-음'과 '-기'에 고유한 의미 특성이 없다고 주장하는 것은 다소 어려울 것이다. '-음'과 '-기'가 서로 다른 의미 특성을 가지고 있어, 이로 인하여 (3)과 같은 문장의 의미 차이가 나타나는 것으로 볼 수 있기 때문이다.

이제 다음으로 살펴볼 것은 명사화의 과정을 거칠 경우, 기저문과 명사화를 거친 명사절 사이에 의미 차이가 존재하는 것으로 보고, 명사화소에 고유한 의미 특성이 있는 것으로 파악하여, 이들의 의미 특성을 밝히고자 하는 입장이다.

'-음'과 '-기'의 의미 특성을 밝힌 연구로는 먼저 최현배(1937)에서 '-음'형은 "움직임 그것을 관념적으로 가리키는 이름꼴"이라 하여 "가리킴 이름꼴"이라 하였고, '-기'형은 "그 움직씨의 나아감을 가리키는 이름꼴"이라 하여 "나아감 이름꼴"이라고 언급하였다. 이후 여러 연구에서 '-음'과 '-기'의 의미 특성을 밝히려는 시도가 있었으며, 주로 이들의 대조를 통해 각각의 의미 특성에 대하여 논하고 있다.

---

5) 물론 이 문장은 화자에 따라 어색하게 느껴질 수 있다. 그러나 여기에서는 해당 예문을 제시한 연구자의 직관을 존중하고, 이 문장의 문법성에 관하여서는 논하지 않는다.

임홍빈(1974)의 경우 '-기'의 의미 특성을 밝히면서 '-음'과의 대조를 보이고 있다. '-기'는 미래지향적이며 우리의 오감을 통하여 지각될 수 없는 어떤 것을 나타내며 비대상적인 의미를 갖는다고 보았다. 반면 '-음'은 주로 오감을 통하여 지각될 수 있는 것을 나타내며 대상적인 의미를 갖는다고 본 것이다. 양동휘(1975)에서는 '-음'의 특성을 사실성으로, '-기'의 특성을 기대성으로 제시하였다. 심재기(1980)에서는 '-음'이 결정성을 가진 것으로, '-기'는 비결징싱을 가진 것으로 보았다.

홍종선(1983b)에서는 '-음'과 '-기'가 갖는 역사적 의미에 주목하여 이들의 의미 특성에 대하여 밝히고 있다. '-음'의 경우 기원적으로 현재성을 가진 명사화소였으므로 현재성과 관련하여 국시성, 순간성, 당시성, 현장성 등의 의미 특성을 가지게 되나, '-기'의 경우 시제적 특성을 가지지 않으며 동작이나 상태에 대한 단순한 인식을 의미 특성으로 갖게 된다고 보았다.

우형식(1987)은 '-음'과 '-기'의 분포 관계를 살펴, 이들이 의미적으로 상반 되는 관계에 있다고 보았다. '-음'의 경우에는 개별적, 구체적, 실제적 성격을 띠고, '-기'는 일반적, 추상적, 가상적 성격을 띤다고 보았다.

이남순(1988)에서는 '-음'과 '-기'의 역사적 교체 현상을 중심으로 하여 이들의 의미 기능에 관하여 밝히고 있다. 이들 명사화소의 의미 기능은 중세 국어 시기부터 변화가 없었다고 논의하고, '-음'의 경우 개념화된 행위를 나타내며, '-기'는 구체화된 행위를 나타낸다고 보았다.

홍종선(1983)에서는 '-음'이 역사적으로 현재의 시제성을 가지고

있다고 밝히고, 이와 같은 의미 특성이 현대 국어에도 그대로 반영
되어 있는 것으로 파악하였다. 그리하여 이 현재성으로부터 국시성
이나 순간성, 당시성, 현장성 등의 의미적 특성이 나타나는 것으로
보았다.

김일환·박종원(2003)에서는 각 명사화소의 공기 관계를 살펴, '-
음'이 존재성, '-기'는 비존재성의 의미적 특성을 갖는다고 보았다.

지금까지 정리한 내용을 간략하게 표로 정리하여 나타내면 아래
[표 2]와 같다.

[표 2] 연구자별 '-음'과 '-기'의 의미 특성 파악

	-음	-기
최현배(1967)	관념적, 추상적	구체적
장석진(1966)	형식적, 문어적, 추상적, 관념적	비형식적, 구어적, 구체적, 사실적, 양적
임홍빈(1974)	대상화, 객관적	비대상화, 주관적
양동휘(1975)	사실성	기대성
채완(1979)	구체적, 1회적	계속적, 반복적
심재기(1980)	[+결정성]	[-결정성]
홍종선(1983b)	국시성, 순간성, 당시성, 현장성	동작, 상태에 대한 단순한 인식
우형식(1987)	개별적, 구체적, 실제적	일반적, 추상적, 가상적
이남순(1988)	개념화된 동작	구체화된 동작
김일환·박종원(2003)	존재성	비존재성

이를 정리하여 보면, '-음'과 '-기'의 의미 파악에 있어서도 크게

두 입장으로 갈리는 것을 알 수 있다. 먼저 최현배(1967), 장석진(1966), 이남순(1988)등은 '-음'을 관념적이고 추상적인 것으로, '-기'를 구체적인 것으로 파악하였다. 반면 임홍빈(1974), 양동휘(1975), 심재기(1980), 홍종선(1983), 김일환·박종원(2003) 등은 '-음'을 객관적이고 구체적인 것으로, '-기'를 개념화되고 추상적인 것으로 파악하고 있음을 알 수 있다.

　지금까지 논의한 내용에 따르면, 명사화소에 관한 선행 연구에서는 '-음'과 '-기'의 분포에 관한 연구와 의미적 특성에 관한 연구가 주를 이루고 있었음을 알 수 있다. 이 가운데에서도 명사화소 '-음'과 '-기'의 의미적 특성에 관한 연구가 두드러지게 나타난다.

　선행 연구를 살펴보면 형태적 특성에 관한 연구에는 이견이 그다지 많지 않았다. 통사적 특성에 관한 연구에서는 상위문 술어의 유형에 따라 '-음', '-기'의 선택 양상에 관하여 연구자별로 다소의 차이가 있었다. 가장 두드러진 차이가 드러나는 부분은 의미적 특성에 관한 부분이다. 특히 '-음'과 '-기'의 의미가 같다거나, 혹은 다르다는 논의만 있을 뿐 이들이 의미적 공통점과 차이점을 동시에 가지고 있을 것이라는 논의는 찾아보기 어려웠다. 이제부터 본고에서는 '-음'과 '-기'가 의미적 공통점과 차이점을 동시에 가지고 있을 것이라는 입장에서 논의를 진행하고자 한다. 이를 위하여 먼저 '-음'과 '-기'의 분포를 3장에서 살펴보기로 한다.

3. '-음'과 '-기'의 분포

명사화소의 분포는 이들의 의미적 특성을 알아보는 데에 중요한 역할을 한다. 명사화소는 의존적인 형태소로, 단독으로 쓰인 용례가 발견되지 않는다. 따라서 해당 명사화소가 쓰인 문장 전체의 의미를 통하여 명사화소 '-음'이나 '-기'의 의미를 추출해야 한다. 이를 고려할 때, 명사화소의 의미를 파악하기 위해서는 이들의 분포를 파악하는 일이 반드시 필요한 것이다.

명사화문에서 명사화소가 쓰이는 부분은 하위문에 해당한다. 이때 하위문의 의미를 결정하는 것은 상위문의 술어가 갖는 의미적 특성이다. 상위문의 술어가 문장 성립을 위하여 하위문의 성격을 결정하게 된다. 예를 들어 '기다리다'가 명사화문의 상위문 술어로 쓰일 경우, 하위문은 발화 현재 일어나고 있는 일이나 이미 일어난 일이어서는 안 된다. '기다리다'가 하위문으로 취할 수 있는 사태는 아직 일어나지 않았거나 일어날 가능성이 없는 일이어야 한다. 이처럼 상위문의 술어는 하위문의 의미적 특성을 일정 정도 제한한다. 본고에서 살피고자 하는 명사화소가 하위문의 구성 요소이며, 따라서 하위문의 의미적 특성과 관련이 깊을 것임은 자명한 일이다. '-음'과 '-기'의 의미적 특성을 파악하기 위해서는 상위문 술어의 특징, 특히 해당 상위문 술어가 어떤 성격의 하위문을 요구하는지 살필 필요가 있는 것이다. 그러므로 명사화문에서 하위문의 의미를 파악하기 위해서는 상위문 술어의 특성을 파악하고, 상위문 술어의 유형에 따라 '-음'과 '-기'의 분포가 어떻게 달라지는지를 살피는 일이 반드시 필요하다고 하겠다.

지금까지의 연구에서는 어떤 문장에서 '-음'이나 '-기'가 쓰일 수 있느냐에 관한 판단이 온전히 연구자의 직관에 달려 있었다. 연구자에 따라 문장의 문법성 판단이 제각기 달라지는 것은 당연한 일이므로, 각각의 연구에서 '-음'과 '-기'의 분포에 관한 논의도 통일되지 않았다. 김일환·박종원(2003)에서는 세종 계획의 말뭉치를 검색한 결과를 기반으로 '-음'과 '-기'를 모두 선택할 수 있는 상위문 술어 목록을 정리하여 제시하고 있다. 이 연구에서는 '-음'과 '-기'를 사용한 빈도 2 이상인 술어들을 제시하였는데, 이에 따르면 '-음'과 '-기'는 상위문 술어로 상당히 많은 수의 용언을 공유하고 있음을 알 수 있다. 따라서 본고에서는 더 발전적인 논의를 위하여서는 '-음'과 '-기'의 분포를 먼저 살펴보아야 할 것으로 판단하였다.

이제 상위문 술어의 의미적 특성에 따라 '-음'과 '-기'가 어떤 분포를 보이는지 살펴보기로 하겠다. 이를 위하여 세종 균형 코퍼스에서 명사화소 '-음'과 '-기'가 사용된 예를 추출하고, 일부 웹페이지 검색 결과를 더하여 논의를 진행한다.6)

3.1. '-음' 명사화문만을 취하는 상위문 술어

먼저 지각 동사, 인지 동사, 대부분의 발화 동사류의 경우에는 '-음' 명사화문을 취할 수 있으나, '-기' 명사화문은 취할 수 없다.

(4) ㄱ. 자신이 초라해짐을 느꼈다.

---

6) 세종 균형 코퍼스는 문어 자료가 대부분을 차지한다. 그리고 실제 용례를 추출할 경우 빈도가 높은 일부 술어만이 반복적으로 나타난다. '-음'과 '-기'의 보다 다양한 용례를 파악하기 위하여 웹 검색 결과를 일부 활용하였다.

       ㄴ. *자신이 초리헤지기를 느꼈다.
   (5) ㄱ. 아기는 벌써 꽃이 예쁨을 안다.
       ㄴ. *아기는 벌써 꽃이 예쁘기를 안다.

  '알다, 모르다, 깨닫다' 등의 인지 동사와 '느끼다, 보다' 등의 지각
동사들은 '-음' 명사화문 실제 용례의 대다수를 차지하는 술어들이
다. 이러한 동사들의 경우 '-기'에 의한 명사화문은 쓰일 수 없다. 이
처럼 '-음'과 어울려 쓰이는 것은 가능하지만 '-기'와는 어울려 쓰일
수 없는 유형의 상위문 술어들을 1유형의 술어로 분류하기로 한다.

3.2. '-기' 명사화문만을 취하는 상위문 술어

  다음은 '-음' 명사화문이 쓰이지 않으며, '-기' 명사화문만이 쓰일
수 있는 경우이다. '-음'과 '-기'가 실제로 사용된 문장들을 살펴보
면, '-기' 명사화문만이 쓰일 수 있는 상위문 술어의 유형은 드물다
는 것을 알 수 있다. 대다수의 상위문 술어들이 명사화소로 '-음'과
'-기'를 모두 취할 수 있다. '-기'를 명사화소로 취하는 대표적인 상
위문 술어로 논의되는 '바라다, 원하다' 등의 소망류의 동사들 역시
'-음'을 명사화소로 선택한 예가 나타난다.

  아래는 발화류의 동사 가운데 일부로 '충고하다'의 예이다. '제안
하다, 충고하다' 등의 경우 대체로 '-기'와 어울려 쓰이며 '-음'과는
어울려 쓰이지 않는다.[7]

---

7) 사용 맥락에 따라 '-음'을 명사화소로 취할 수 있는 경우도 있다. 그러나 이는
  극히 제한적인 예이다. 관련된 논의는 3.3에서 할 것이다.

(6) ㄱ. 나는 그에게 그만 먹기를 충고했다.
　　ㄴ. *나는 그에게 그만 먹음을 충고했다.

'-기'에 의한 명사화문만을 취하는 상위문 술어의 경우 '-기'와 이른바 연어 관계를 맺고 있는 경우가 다수 존재한다. 이러한 예로는 '-기 마련이다, -기 십상이다, -기 그지없다' 등이 있다.

(7) ㄱ. 배가 고프면 아기들은 으레 울기 마련이다.
　　ㄴ. *배가 고프면 아기들은 으레 울음 마련이다.
(8) ㄱ. 화병에 꽂힌 꽃은 예쁘기 그지 없었다.
　　ㄴ. *화병에 꽂힌 꽃은 예쁨이 그지 없었다.

이러한 예는 관용 구성이나 강력한 연어 관계를 갖고 있으므로, '-기'와 상위문의 술어를 각각 살피는 것보다 함께 보아 처리하는 것이 더 타당할 것이다. 예를 들어 (7)에서 예로 든 '울기 마련이다'의 경우, '-기'와 '마련이다'를 별개의 단위로 분석하는 것보다는 '-기 마련이다'를 하나의 단위로 보는 편이 설명력을 높일 수 있다는 것이다. 이렇게 관용 구성이나 연어 관계인 술어들을 제외하고 나면, 상위문 술어 가운데 '-기'만을 명사화소로 선택하는 술어는 찾기 어려웠다.

3.3. '-음'과 '-기' 명사화문을 모두 취하는 상위문 술어

이 유형에 속하는 상위문 술어들은 '-음'과 '-기'가 모두 쓰일 수 있는 예에 해당한다. 기존의 연구에서 대체로 '-기'와 어울려 쓰이는

것만이 가능하다고 논의되었던 상위문의 서술어들이 다수 이 유형
에 포함된다.

'-음'과 '-기'가 모두 쓰일 수 있는 상위문 술어로는 '좋아하다, 싫
어하다, 미워하다' 등과 같은 감정 동사와, '원하다, 바라다' 등과 같
은 소망 동사가 대표적이다. 특히 소망 동사류는 많은 기존의 연구
에서 '-음' 명사화문을 취할 수 없는 대표적인 상위문 술어로 언급되
어 온 것이다. 그런데 실제 말뭉치의 용례를 살펴보면 소망 동사류
의 상위문 술어가 쓰인 경우 명사화소로 '-기' 이외에도 '-음'이 쓰인
예를 다수 찾아볼 수 있다. 그 외에도 '허가하다, 허락하다, 거부하
다'와 같은 허가류의 동사, '선택하다, 택하다' 등의 선택류, '좋다,
싫다' 등의 형용사, '요구하다, 요청하다, 강요하다' 등의 요구 동사
류 등 다양한 부류의 술어들이 명사화소로 '-음'과 '-기'를 모두 취하
고 있다.

(9) ㄱ. 부처는 모든 권속이 화합하게 됨을 바라는 중생을 구해 주신다.
　　　ㄴ. 네 꿈이 꼭 이루어지기를 바란다.
(10) ㄱ. 사람들은 단순히 그 이름이 비슷함을 싫어하기 때문이다.
　　　ㄴ. 나는 집에서 혼자 밥을 먹기를 싫어한다.
(11) ㄱ. 가스의 공급을 감소시켜 불꽃이 작아지도록 함을 선택할 수
　　　　 있도록 구성된 것을 특징으로 한다.
　　　ㄴ. 그것은 꺾이기보다는 부러지기를 선택하는 무모한 강직성
　　　　 으로 표상된다.
(12) ㄱ. 원칙에 근거하여 공정하고 공개적인 재판을 받을 권리가 있
　　　　 음을 요구한다
　　　ㄴ. 불법·탈법행위에 대해서도 침묵과 외면으로 일관할 것이
　　　　 아니라 적극적으로 대처해 주기를 요구한다.
(13) ㄱ. 가만히 있다면 강아지는 내가 만짐을 허락한다는 뜻이 된다.

ㄴ. 유복이는 그 자의 집으로 가기를 허락하였다.

(14) ㄱ. 우리는 다시 만남을 약속했다.

ㄴ. 죽을 때까지 함께 살기를 약속하는 결혼의 약속은 하지 말
아야 할 것이다.

(15) ㄱ. 나무는 그 자리에서 봄이 옴을 기다렸다.

ㄴ. 나무는 그 자리에서 봄이 오기를 기다렸다.

(16) ㄱ. 느리게 감을 실천해 더불어 다함께 살아가자는 취지로…

ㄴ. 생각, 말, 그리고 습관을 깨끗이 하기를 실천하라.

(17) ㄱ. 오늘 이렇게 우리가 다시 모이게 됨에 이르렀습니다.

ㄴ. 오늘 이렇게 우리가 다시 모이게 되기에 이르렀습니다.

(18) ㄱ. 죽음은 완전히 끝남을 지향하기 때문에 자포자기적이고 퇴
폐적 파괴주의로 흐르기 쉽다.

ㄴ. 우리는 세계 평화의 중심이 되기를 지향한다.

(19) ㄱ. 많은 기도가 동반되어야 함을 호소합니다.

ㄴ. 한국이 인권에 있어 세계에 모범을 보이는 길로 나아가기
를 호소하였다.

(20) ㄱ. 이제 우리가 서로 함께 함을 시작하여…

ㄴ. 이제는 관광가이드가 공항에서 호텔까지 가는 환승 버스에
이용 요금을 청구하기 시작했다.

이 유형들을 2유형의 술어로 분류하기로 한다. 2유형에 속하는 상
위문 술어들은 '-음'과 '-기'의 사용이 비교적 차이없이 나타난다고
판단되는 유형들이다. 그런데 이 외에도 맥락에 따라서 '-음'과 '-기'
양자가 모두 나타날 수 있거나, 또는 어느 한쪽만이 쓰일 수 있는
경우가 존재한다. 아래의 '주장하다'의 예를 살펴보자.

(21) ㄱ. 그녀는 동생이 학교에 다님을 주장했다.

ㄴ. 그녀는 동생이 학교에 다니기를 주장했다.

(21ㄱ, ㄴ)은 '-음'이 쓰인 (21ㄱ)과 '-기'가 쓰인 (21ㄴ)이 모두 성립 가능한 문장이다. 물론 (21ㄱ)과 (21ㄴ)은 그 의미가 다르다.8) 양자의 의미가 다소 다르지만, (21)에서 사용된 '주장하다'류의 동사는 '-음'과 '-기'를 모두 명사화소로 선택할 수 있는 상위문 술어로 분류할 수 있다. 그런데 (21)과는 달리, '주장하다' 류의 동사는 '-기'와의 결합이 불가능한 경우가 발견된다.

(22) ㄱ. 그는 계속 집으로 가야함을 주장했다.
ㄴ. *그는 계속 집으로 가야하기를 주장했다.

(22)의 '주장하다'와 같은 경우에는 제한적으로 '-음'과 '-기'가 모두 쓰일 수 있는 것으로 보고, 두 가지의 명사화소를 모두 취할 수 있는 상위문 술어로 분류하였다. 이는 '제안하다, 충고하다, 호소하다' 등 제안의 의미를 갖는 술어도 마찬가지이다. 이러한 술어들은 3유형으로 분류하기로 한다.

지금까지 논의한 내용을 정리하면 다음과 같다.

---

8) 이 절에서는 의미적 공통점이나 차이점에 관하여서는 관심을 두지 않고, '-음'과 '-기'가 사용된 분포에 관하여서만 다룬다. 즉 '-음'이 쓰인 문장과 '-기'가 쓰인 문장의 의미가 같으냐 다르냐, 또는 '-음'과 '-기'의 의미가 같으냐 다르냐에 관계없이 동일한 상위문 술어가 쓰인 문장에서 '-음'과 '-기'의 사용 양상만을 다룬다는 것이다. 이들의 의미적 특성에 관하여서는 다음 절에서 더 자세히 다루도록 한다.

[표 3] 상위문 술어에 따른 명사화소의 분포 양상

상위문의 술어 유형[9]			-음	-기
유형		예		
1	발화	선언하다, 이르다, 비유하다, 말하다, 명령하다 등	○	×
	감각	느끼다, 보다, 듣다 등	○	×
	인지	깨닫다, 알다, 떠올리다, 잊다 등	○	×
	평가	분명하다, 확실하다 등	○	×
	추측	추정하다, 추측하다, 헤아리다 등	○	×
2	요구	청하다, 요구하다, 요청하다, 촉구하다, 강요하다 등	○	○
	소망	꿈꾸다, 원하다, 고대하다, 기대하다, 바라다, 구하다 등	○	○
	약속	약속하다, 다짐하다 등	○	○
	감정	꺼리다, 부끄러워하다, 겁내다, 싫어하다, 사랑하다, 좋아하다, 두려워하다, 즐기다 등	○	○
	허가	사양하다, 거부하다, 허락하다, 허용하다 등	○	○
	학습	가르치다, 배우다, 기억하다 등	○	○
	보류	기다리다, 그치다, 막다, 멈추다, 포기하다, 계속하다, 거듭하다 등	○	○
	선택	결정하다, 꼽다, 선택하다, 택하다, 고집하다 등	○	○
	전개	전개하다, 저지르다, 실천하다, 꾀하다, 조절하다, 위하다, 잘하다, 추구하다, 지향하다, 시도하다 등	○	○
	상태	좋다, 싫다, 부끄럽다, 부담스럽다, 어렵다, 자유롭다 등	○	○
	착발	시작하다, 끝내다 등	○	○
3	제안	제안하다, 충고하다, 호소하다 등	○	○
	주장	강조하다, 주장하다 등	○	○

4. '-음'과 '-기'의 의미적 특성

3장에서 상위문 술어의 의미적 특성에 따라 '-음'과 '-기' 가운데 어떤 명사화소가 쓰일 수 있는지에 관하여 살폈다. 이를 기반으로 4장에서는 이제 '-음'과 '-기'가 갖는 의미적 특성에 관하여 알아보기로 하겠다. 먼저 명사화소가 사용된 문장의 의미 판별의 기준을 알아보고, 이후 '-음'과 '-기'의 의미적 차이점과 공통점에 대하여 논의하도록 한다.

4.1. 의미 판별

앞서 언급한 바와 같이 명사화소 '-음'이나 '-기'는 자립 형태소가 아니므로, 단독으로 쓰인 예는 찾을 수 없으며 문장의 일부로 쓰인 예만이 발견된다. 그리고 문법 형태소에 속하므로 의미보다는 기능이나 분포 특성이 더 중요한 요소라고 할 수 있다. 이러한 이유로 '-음'과 '-기'의 의미적 특성을 파악하기는 쉬운 일이 아니다. 의존적 성격을 갖는 문법 형태소 의미적 특성을 파악하기 위하여서는 다른 요소들과 함께 나타난 용례에서 의미를 추출해야 한다. 명사화소의 경우에도 그 의미를 파악하기 위해서는 명사화소가 사용된 명사화

---

9) '-기 마련이다, -기 때문이다' 등과 같이 관용 구성이나 강력한 연어 관계로 판단되는 것은 분류에서 제외하였다. '-기 마련이다'와 같은 예는 그것이 이미 한 단위로 굳어져 쓰이므로 구성 요소를 별개로 보아 의미를 파악하는 것보다 '-기 마련이다' 자체가 어떤 의미를 보이는 것으로 파악하는 것이 더 타당하기 때문이다. 그러나 '좋다, 싫다, 쉽다' 등의 술어는 '-기'와 어울려 쓰이는 것 외에도 다른 요소와 쓰이는 예가 다수 발견된다. 따라서 명사화소와 술어를 분리하여 다루는 데에 의미가 있을 것으로 판단하고 술어의 유형 분류에 포함하였다.

문의 의미를 살피고, 그 가운데에서 명사화소 '-음'이나 '-기'의 의미를 파악해야 한다.

기본적으로 '-음'과 '-기'는 문장을 명사화하는 기능을 갖는다는 공통점을 갖는다. 명사화소가 어휘적 요소가 아니라 문법적 요소임을 고려할 때, 기능이 동일한 '-음'과 '-기'는 일차적으로는 서로 큰 차이를 보이지 않을 것으로 추측하는 것이 가능하다. 이는 의미적인 측면에서도 마찬가지이다. 따라서 '-음'과 '-기'가 어느 부분에서 기능적, 또는 의미적 차이를 보인다고 말하기 위해서는 분명한 근거가 있어야 한다. '-음'과 '-기'의 의미적 차이를 설명할 수 있는 근거로 3장에서 살핀 상위문 술어와 '-음', '-기'의 분포 특성을 활용할 수 있다. 동일한 기능을 가진 다수의 형태소가 분포상에서 차이를 보인다면 이는 해당 형태소들이 갖는 특성의 차이를 드러내는 증거가 될 수 있기 때문이다.

'-음'과 '-기'의 분포 특성 가운데에서 먼저 고려할 수 있는 것은 '-음'이나 '-기' 가운데 한쪽의 명사화소만을 선택하는 경우, 즉 주로 1유형의 상위문 술어이다. '-음'만을 명사화소로 선택하는 상위문 술어라면 '-기'가 갖지 않는 '-음'의 의미적 특성을 알 수 있기 때문이다. 따라서 1유형의 술어들과 그 예문을 살펴보면 '-음'이나 '-기'가 갖는 의미적 차이를 파악하는 것이 가능할 것이다. 그리고 '-음'과 '-기'를 모두 선택할 수 있는 경우, 즉 2유형의 술어들을 살펴보면 의미적 차이와 공통점을 모두 알아볼 수 있을 것이다. 2유형의 술어들 가운데에는 명사화소 '-음'과 '-기' 가운데 어떤 것을 선택하느냐에 따라 문장의 의미가 확연히 달라지기도 하고, 명사화소를 달리 쓰더라도 의미에 별 차이가 나타나지 않기도 한다. 전자의 경우 달라진 문장의 의미를 기반으로 '-음'과 '-기'의 의미적 차이를 파악할 수 있다. 아래에 (21)의 예를 다시 가져온다. (21)은 '-음'이나 '-기'를 모두 명사화소로 선택할 수 있지만 그 문장의 의미가 확연히 달라지는 경우이다.

    (21) ㄱ. 그녀는 동생이 학교에 다님을 주장했다.
        ㄴ. 그녀는 동생이 학교에 다니기를 주장했다.

  이러한 예문은 '-음'과 '-기'가 갖는 의미적 차이를 알아보는 데에 더없이 유용하다. (21ㄱ)과 (21ㄴ)은 분명히 다른 의미를 갖는 문장이다. (21ㄱ)은 한 여자가 현재 자신의 동생이 학교에 다니고 있다는 사실을 주장하는 것이며, (21ㄴ)은 한 여자가 자신의 동생이 앞으로 학교를 다녀야 한다고 주장하는 것이다. (21ㄴ)의 경우에는 동생이 현재 학교에 다니지 않거나, 현재 다니고 있더라도 앞으로는 다니지 않게 될 가능성이 높다. 이러한 의미 차이는 각 문장이 쓰일 수 있는 맥락에서도 확인된다.[10]

    (23) ㄱ. 경찰은 동생을 학교에 입학시키기는 했느냐고 추궁했다. 그
          래서 그녀는 동생이 학교에 다님을 주장했다.
        ㄴ. 경찰은 동생을 학교에 입학시키기는 했느냐고 추궁했다.
          *그래서 그녀는 동생이 학교에 다니기를 주장했다.

---

10) '-음'과 '-기'는 문장의 의미에 관여하는 요소임을 수차례 밝혔다. 문장의 의미는 해당 문장이 쓰인 맥락에 의해서 확실하게 해석되며, 문장이 고립된 상태에서는 명확한 의미를 파악하기가 쉽지 않다. 따라서 문장의 의미를 파악하기 위해서는 맥락 안에서 문장이 어떤 의미를 갖게 되는지 살피는 것이 중요하다고 할 것이다. 이러한 이유로 본고에서는 명사화소가 쓰인 문장의 의미를 파악하기 위해, 해당 문장을 어떤 맥락 안에서 검토해 볼 것이다.

(24) ㄱ. 동생이 고등학교에 입학하지 않겠다고 말했다. *그러자 그
　　　녀는 동생이 학교에 다님을 주장했다.
　　ㄴ. 동생이 고등학교에 입학하지 않겠다고 말했다. 그러자 그녀
　　　는 동생이 학교에 다니기를 주장했다.

(23ㄴ)과 (24ㄱ)은 선행 문장과 어울려 쓰일 수 없다. 즉 다른 맥락을 요구하는 것이다. 이와 같은 경우 양자는 다른 부분에서는 차이가 없으며 오직 사용된 명사화소의 종류에 차이가 있을 뿐인데 명확한 의미 차이가 존재한다고 할 수 있다. 따라서 이 두 문장이 나타내는 의미 차이는 명사화소의 차이에서 말미암은 것이라고 보는 것이 타당하다.

　본고에서는 (23, 24)에서 확인할 수 있는 바와 같이 명사화소의 차이에 의해 문장 의미에 현저한 차이를 불러오는 (21)과 같은 경우에만 양자가 다른 의미를 갖는 것으로 처리할 것이다. 현저한 의미 차이란 다른 명사화소가 쓰였을 경우 명백하게 서로 상이한 맥락을 요구하게 되는 것을 의미한다. (21) 외에도 임홍빈(1974)에서 제시한 아래의 (3)과 같은 예가 명사화소의 차이로 인해 현저한 의미적 차이를 나타내게 되는 경우라고 할 수 있다.

(3) ㄱ. 부자는 사업을 함이 좋다.
　　ㄴ. 부자는 사업을 하기가 좋다.　　　　　(임홍빈 1974)

(3ㄱ)은 여러 가지 직업 가운데 부자가 사업가라는 직업을 선택하는 것이 이롭다는 의미이고, (3ㄴ)은 부자가 환경이나 제반 시설 등을 고려하였을 때 사업을 하는 데에 유리하다는 의미가 된다. 즉 (3

ㄱ)은 사업 외에도 부자가 운동, 예술, 학문, 취업 등의 선택지를 가지고 있다는 맥락이 존재하며, 이 맥락에 (3ㄴ)의 문장을 쓰는 것은 불가능하다. 반면 (3ㄴ)은 사업을 하는 데에 영향을 미치는 여러 요소들에 관한 평가라는 맥락이 존재하며, (3ㄱ)의 문장을 쓰는 것이 불가능하다. 따라서 (3ㄱ, ㄴ)은 의미적으로 서로 현저한 차이를 갖는다고 할 수 있다.

반면, '-음'과 '-기'를 모두 선택할 수 있는 경우라도, 명사화소의 차이에 따라 현저한 의미적 차이를 드러내지 않는 경우가 존재한다. 이때에는 명사화소인 '-음'과 '-기'의 의미에도 차이가 없을 것으로 예상된다. 따라서 의미적 공통점을 파악하는 근거가 될 것이다. (25)의 예를 검토해 보자.

(25) ㄱ. 나는 집에서 혼자 밥을 먹음을 싫어한다.
ㄴ. 나는 집에서 혼자 밥을 먹기를 싫어한다.

(25ㄱ, ㄴ)은 (21)이나 (3)에서 드러난 현저한 의미 차이를 찾을 수 없다. (25ㄱ)이 쓰이는 맥락에서 (25ㄴ)을 쓰는 것이 가능하며, 이렇게 문장을 교체하여도 의미 차이가 드러나지 않는다.

(26) ㄱ. 어제도 온종일 밥을 굶었다. 나는 집에서 혼자 밥을 먹음을 싫어하기 때문이다.
ㄴ. 어제도 온종일 밥을 굶었다. 나는 집에서 혼자 밥을 먹기를 싫어하기 때문이다.

(26)은 (25)의 문장을 수정하여, 동일한 장면의 서술에 각각의 문장

을 삽입하여 본 것이다. 이때 (26ㄱ)이나 (26ㄴ) 가운데 어느쪽도 부자연스럽다고 할 수 없으며, 다른 맥락을 나타낸다고도 할 수 없다. 따라서 이러한 경우에는 두 문장이 공통적인 의미를 가지고 있으며, 명사화소 '-음'과 '-기'도 공통적인 의미를 갖는 것으로 파악할 수 있다.

이제 이러한 방법을 사용하여 비교적 분명하게 확인할 수 있는 명사화소 '-음'과 '-기'가 갖는 차이점을 살펴본 후, 이어 공통점에 관하여서도 살펴보도록 하겠다.

4.2. 의미적 차이점

선행 연구에서 살펴본 바와 같이 '-음'과 '-기'의 의미에 관한 선행 연구는 크게 두 가지 입장이 있음을 지적하였다. 하나는 양자의 의미에 차이가 없다는 것이며, 다른 하나는 차이가 존재한다는 것이다. 4.1에서 이미 '-음'과 '-기'의 선택에 의해 문장의 의미가 달라지는 경우가 있음을 보였고, 이는 해당 명사화소가 각기 다른 의미를 가지고 있다는 사실에서 기인함을 밝혔다. 그렇다면 '-음'과 '-기'는 의미적 차이가 존재한다고 할 수 있다. 이제 '-음'과 '-기'의 의미 차이가 드러나는 예들을 제시하고, 구체적으로 어떤 차이를 보이는지 알아보겠다.

먼저 상위문의 술어가 상태를 나타내는 형용사인 경우이다.

> (3) ㄱ. 부자는 사업을 함이 좋다.
>   ㄴ. 부자는 사업을 하기가 좋다.　　　　　(임홍빈 1974)

(3ㄱ, ㄴ)과 같은 문장은 서로 다른 맥락에서 쓰이는 것을 확실히 알
수 있다. (3ㄱ)은 부자는 사업, 취직 등 여러 가지 활동 가운데 사업
을 선택하는 것이 유리하다는 의미이다. 반면 (3ㄴ)은 부자에게는
제반 환경이 다 마련되어 있으므로, 사업이라는 경제 활동을 하는
데에 유리하다는 의미가 된다. 이처럼 상태를 나타내는, 이른바 형
용사가 상위문의 서술어로 선택될 때에는 문장의 의미가 달라진다.
이때 각각의 문장에 쓰인 '-음'과 '-기'는 각각 다른 의미를 나타낸다
고 보아야할 것이다.

    형용사가 상위문 술어로 쓰인 경우 외에도 '주장하다'가 상위문
술어로 쓰였을 때 명사화소의 차이에 의해 문장의 의미가 달라질 수
있다는 사실도 역시 4.1에서 이미 살펴보았다. (21)의 예를 다시 제
시한다.

        (21) ㄱ. 그녀는 동생이 학교에 다님을 주장했다.
             ㄴ. 그녀는 동생이 학교에 다니기를 주장했다.

(21ㄱ)과 (21ㄴ)은 '주장하다'라는 동일한 부류의 상위문 술어에 '-
음'과 '-기'를 모두 사용할 수 있다. 그러나 명사화소의 차이에 의해
각각의 문장은 현저한 의미 차이를 드러낸다. (21ㄱ)은 지금 동생이
학교에 다니고 있다는 사실이며, (21ㄴ)은 지금 다니고 있지 않으나
앞으로 다녀야 한다는 것이다. (21ㄱ)의 경우 '-음'으로 나타난 의미
는 동생이 학교에 다닌다는 특정화된 사실을 나타내며, (21ㄴ)은 앞
으로의 희망을 나타내는 것으로, 실현 여부도 불확실한 사건이다.
따라서 (21ㄱ)의 문장은 명사화소로 '-음'을 선택하여 하위문은 성취

되어 특정화된 사건을 나타내게 되고, (21ㄴ)의 문장은 '-기'를 선택하여 그 하위문이 성취되지 않았으며 특정화되지 않은, 일반화된 사건을 나타내게 된 것이다. 결국 이를 통하여 '-음'과 '-기'가 갖는 의미 차이는 특정성과 일반성으로 정리하여 말할 수 있다.

이와 같은 차이는 '-음'이나 '-기' 가운데 어느 한쪽만을 취하는 상위문 술어를 통하여서도 확인할 수 있다. 먼저 '-음'과 어울려 쓰이는 것만이 가능한 1유형의 술어들을 살펴보겠다.

먼저 '추측하다, 추정하다, 헤아리다' 등의 추측류의 술어들을 살펴보자. 이들은 '-기'와는 어울려 쓰이지 않고, '-음'과 어울려 쓰이는 예만이 발견된다.

(27) ㄱ. 죽음에 저항하는 데에 중요한 잠재적인 역할을 함을 추측해
　　　　볼 수 있다.
　　　ㄴ. *죽음에 저항하는 데에 중요한 잠재적인 역할을 하기를 추
　　　　측해 볼 수 있다.

(27ㄱ)은 시제 형태소를 삽입하여 과거에 있었던 사건, 즉 성취된 것으로서 특정화된 사건으로 바꾸어 쓰는 것이 가능하다. 개별적, 특정적인 사건으로 가장 대표적인 것은 명백히 과거에 있었던 사건이 되므로, 하위문의 사건이 과거 사실로 나타날 수 있다는 것은 하위문이 특정화된 사건을 나타낸다는 증거가 될 것이다. 즉, 하위문에 과거 시제 형태소인 '-었-'을 삽입하여, 이를 과거에 있었던 특정 사건으로 변화시켰을 때에도 문장이 성립한다면, 이때의 '-음'은 특정적 의미를 갖는다고 할 수 있는 것이다.11)

---

11) 이때 전제는 특정화 이전의 문장과 이후의 문장에서 각각의 하위문이 시제 차

(28) 죽음에 저항하는 데에 중요한 잠재적인 역할을 했음을 추측해
　　　볼 수 있다.

(28)에서와 같이 (27ㄱ)의 하위문을 과거의 사건으로 특정화하여도
문장은 성립한다. 따라서 이때 '-음'은 특정적인 사건을 나타내는 의
미로 해석할 수 있다.

　발화나 인지, 보고, 지각 류의 술어들 역시 마찬가지이다. 아래
(29)는 지각 동사인 '느끼다'의 예이다. '-기'를 사용한 (29ㄴ)은 비문
이다.

(29) ㄱ. 자신이 초라해짐을 느꼈다.
　　　ㄴ. *자신이 초라해지기를 느꼈다.

　'느끼다, 알다, 보다' 등은 특정화한 사태가 아닌, 불특정한 즉 일
반화된 사태와는 쓰일 수 없다. 화자가 느끼는 것은 어떤 이유로 인
해 자신이 초라해진 특별하고도 아주 구체적인 사건이지, 초라해지
는 것이 일반화된 추상적인 개념이 아니기 때문이다.

　다음으로 살펴볼 것은 3유형에 속하는 술어들이다. 3유형의 술어
인 주장이나 제안류의 술어들은 '-기'와 제한적으로 결합이 가능하
다. (30)에서 '주장하다'를 예로 살펴본다. '주장하다'는 언제나 '-음'
과 '-기'를 모두 취할 수 있는 술어는 아니다. 아래 (30)과 같은 예에
서는 '-음'에 의한 명사화문만이 가능하다.

(30) ㄱ. 그는 계속 집으로 가야함을 주장했다.

───────────────

　이 이외에는 다른 의미적 차이를 보이지 않아야 한다는 것이다.

ㄴ. *그는 계속 집으로 가야하기를 주장했다.

이때 (30)을 통해서 나타내고자 하는 주장의 내용은 그저 막연하게 알고 있는 '귀가'가 아니다. 그가 가진 여러 가지 행동의 방법, 그 자리에 남아 있거나 교회로 가는 것 등이 아닌 실제 집으로 가는 것이다. 따라서 이는 특정화된 내용이며, 특정적이지 않은 일반화된 의미를 갖는 '-기'를 쓰는 것은 불가능하다.

다음으로 살펴볼 것은 '-기'가 갖는 척도의 의미이다. (8)의 예를 다시 제시한다.

(8) ㄱ. 화병에 꽂힌 꽃은 예쁘기 그지 없었다.
    ㄴ. *화병에 꽂힌 꽃은 예쁨이 그지 없었다.

(8ㄱ)은 '-기'가 형용사와 결합하여, 하위문이 척도의 의미를 갖게 되는 경우이다. (8ㄱ)의 '예쁘기'는 단순히 명사화하여 예쁜 것이라는 의미를 나타내는 것이 아니라 예쁜 정도를 나타낸다. 이는 '-음'이 나타낼 수 없는, '-기'만이 갖는 의미이다. 이때의 '-기'는 특정성을 가진다고 할 수 없고, 그렇다고 해서 일반성을 가진다고도 할 수 없다. 앞서 말한 일반성은 특별하지 않고 개별적이지 않은 것인데, (8ㄱ)의 '-기'가 보이는 의미 특성은 단순히 특별하지 않다거나 개별적이지 않다는 것만으로 설명할 수 없다. 이때의 '-기'가 갖는 척도의 의미는 실체적이거나 구체적일 수 있는 요소가 완전히 제거된 상태인, 추상성을 갖는다고 보아야 한다.

이로 미루어보면 '-음'의 경우 특정화되고 개별적 사태를 나타내며, '-기'는 일반화되어 특정적이지 않은 사태를 나타낸다.[12) 그리고

대단히 추상화된 의미라고 할 수 있는 척도의 의미 역시 '-기'만이
나타낼 수 있다. 이 차이를 정리하여 보이면 아래와 같다.

[표 4] '-음'과 '-기'의 의미적 특성(1)[13]

	특정성, 성취성	일반성, 미성취성	추상성, 척도
-음	○	×	×
-기	×	○	○

그러나 '-음'과 '-기'가 모두 쓰일 수 있는 경우, 각각의 문장에서
모두 '-음'과 '-기'가 갖는 의미적 차이가 분명하게 드러나는 것은 아
니다. '-음'과 '-기'에 의해 명사화된 하위문이 쓰인 상당수의 문장은
'-음'과 '-기'가 교체되어 쓰여도 분명한 의미 차이를 드러내지 않는
다. 다음 절에서는 '-음'과 '-기'가 바뀌어 쓰여도 의미 차이가 나타
나지 않는 문장들을 살펴보고 이를 기반으로 하여 명사화소 '-음'과
'-기'가 갖는 의미적 공통점에 대하여 알아보겠다.

---

12) 이러한 입장은 선행 연구 가운데 '-기'가 추상적인 의미를 갖고, '-음'이 구체
적인 의미를 갖는다고 보는 입장과 유사하다고 할 수 있다. '-기'가 구체적이
라고 파악하는 연구 가운데, 아래와 같은 예를 근거로 제시하는 경우가 있다.
'꿈, 잠'과 '꾸기, 자기'를 대비시켜, '-음' 형은 관념적이고 추상적이며, '-기'
형은 구체적이라고 보는 것이다. 그런데 (ㄱ)의 경우에는 이미 파생 명사화한
것이고, (ㄴ)은 통사적인 명사화를 거친 것이다. 결국 (ㄱ)은 비록 그 성격이 추
상적이나 특정한 지시를 갖는 명사가 되고, (ㄴ)은 동사의 성격을 그대로 지닌
이른바 동명사가 된다. 따라서 범주 특성상 (ㄱ)의 '-음'이 '-기'에 비하여 구체
적인 특징을 가지는 것처럼 보이게 되는 것이다. 따라서 이와 같은 예를 통하
여 '-음'과 '-기'의 의미적 특성을 밝히는 데에는 무리가 따를 것으로 판단할수
있다. '-음'의 경우 그에 의해 형성된 명사화 구문이 동사로서의 특성을 가지
고 있는 반면, '-기'의 경우에는 그 명사화 구문이 비교적 추상화되어 동사로
서의 특성보다는 명사로서의 특성을 더 강하게 갖고 있는 것으로 보인다.
13) 이 표는 '-음'과 '-기'의 의미적 차이점만을 고려하여 그린 것이다. 다음 절에
서 '-음'과 '-기'의 의미적 공통점을 논한 이후 수정될 것이다.

4.3. 의미적 공통점

4.2에서 의미 차이를 살펴볼 때에는 '-음'이나 '-기' 중 어느 한쪽만이 선택되는 문장을 찾고, 해당 문장에서 공통적으로 발생하는 의미를 파악하는 방법을 사용하였다. '-음'과 '-기'의 의미적 공통성을 알아보기 위해서는 이와는 다른 접근 방법이 필요하다.

동일한 유형의 구문에 '-음'과 '-기'가 모두 출현하는 경우, 이때의 '-음'과 '-기'의 의미가 동일할 것으로 추측할 수 있다. 이를 확인하기 위하여 3.1에서 살펴본 '-음'과 '-기'의 분포 가운데, 양자가 모두 출현하는 2유형 술어들의 예를 검토할 필요가 있다. 아래에 '-음'과 '-기'를 모두 선택할 수 있는 2유형의 상위문 술어 유형을 다시 제시한다.

[표 5] 2유형의 상위문 술어와 분포

		상위문 술어의 유형	-음	-기
2	요구	청하다, 요구하다, 요청하다, 촉구하다, 강요하다 등	○	○
	소망	꿈꾸다, 원하다, 고대하다, 기대하다, 바라다, 구하다 등	○	○
	약속	약속하다, 다짐하다 등	○	○
	감정	꺼리다, 부끄러워하다, 겁내다, 싫어하다, 사랑하다, 좋아하다, 두려워하다, 즐기다 등	○	○
	허가	사양하다, 거부하다, 허락하다, 허용하다 등	○	○
	보류	기다리다, 그치다, 막다, 멈추다, 포기하다, 계속하다, 거듭하다 등	○	○
	선택	결정하다, 꼽다, 선택하다, 택하다, 고집하다 등	○	○
	전개	전개하다, 저지르다, 실천하다, 꾀하다,	○	○

	조절하다, 위하다, 잘하다, 추구하다, 지향하다, 시도하다 등		
착발	시작하다, 끝내다 등	○	○

이를 보면, 상당한 수의 술어가 하위문의 명사화소로 '-음'과 '-기'를 모두 취할 수 있다는 사실을 알 수 있다. 이 술어들의 용례를 살펴 '-음'과 '-기'가 어떠한 의미적 공통점을 가지고 있는지를 먼저 살핀다. 그리고 '-음'이나 '-기'만을 선택하는 술어 가운데에서도 의미적 공통점에 관하여 논할 만한 예가 발견되므로, 이에 관하여서도 살펴보기로 한다.

4.1에서 '-음'과 '-기'에 실제로 의미 차이가 존재한다면, '-음'과 '-기'가 쓰인 문장이 각기 다른 맥락에서 유의미하게 쓰여야 함을 밝혔다. 그러나 '-음'과 '-기'가 쓰인 문장이 다른 맥락에서 쓰이지 않으며, 서로 대치가 가능하다는 것만으로 양자가 의미적 공통성을 갖는다고 판단하기에는 부족함이 있다. 따라서 본고에서는 서로 공통적인 의미를 가지는지를 판단하기 위하여 더 정밀하게 살피고자 한다.[14]

먼저 '좋아하다, 싫어하다, 부끄러워하다' 등의 감정 동사 부류의 경우를 살펴볼 수 있다. 4.1에서 '싫어하다'를 상위문 술어로 하는 문장의 예를 논의하였다.

---

14) '-음'과 '-기'가 의미적 차이를 갖는 경우, '-음'은 구체적인 의미를 갖고 '-기'는 추상적인 의미를 갖게 됨을 논의하였다. 이 절에서는 '-음'과 '-기'가 기본적으로 의미 차이를 가질 것이라고 보고 논의를 진행한다. 동일한 문장에서 명사화소만 달라진 경우, 각각의 문장이 실제로 다른 의미를 갖는지를 면밀히 검토하였다.

(25) ㄱ. 나는 집에서 혼자 밥을 먹음을 싫어한다.
　　 ㄴ. 나는 집에서 혼자 밥을 먹기를 싫어한다.

(25ㄱ, ㄴ)은 서로 동일한 맥락에서 사용되며, 현저한 의미 차이를 갖는 다른 맥락이 발견되지 않는다. 이런 점을 고려하여 볼 때, (25ㄱ)의 '-음'과 (25ㄴ)의 '-기'는 의미적 공통점을 가지고 있을 가능성이 존재한다. 그렇다면 (25ㄱ)의 '-음'과 (25ㄴ)의 '-기'가 어떤 의미적 공통점을 가지고 있는지 살펴보아야 한다.

　앞서 '-음'과 '-기'가 갖는 의미적 차이점에 관하여 논하면서, '-음'은 성취성, 특정성을 의미적 특성으로 갖고 '-기'는 미성취성과 일반성, 그리고 척도, 추상성을 의미적 특성으로 갖는다고 정리한 바 있다. 만약 (25ㄱ)이 현재에 벌어지는 사건에 제한된 의미만을 갖는다면, 곧 (25ㄱ)의 '-음'이 특정화된 의미를 갖는다고 할 수 있다. '-음'이 특정화된 의미를 갖는지 확인하기 위하여, (25ㄱ)의 하위문을 구체적인 특정 사건으로 변화시켜볼 수 있다.

　(31) *나는 집에서 혼자 밥을 먹었음을 싫어한다.

(31)의 예로 미루어볼 때, (25ㄱ)에 시제 형태소를 삽입할 경우에는 문장이 성립하지 않는다. (25)의 '싫어하다'는 구체적이고 특정화된 사태를 하위문으로 요구하지 않고 일반화된 사태를 요구한다. 그러므로 이 문장에서 쓰인 '-음'은 특정한 사건을 나타내지 않으며, '-기'와 마찬가지로 밥을 먹는 행동이 일반화된, 불특정한 의미를 갖는 것으로 파악할 수 있다.

　다음은 '기다리다' 등의 보류의 의미를 갖는 상위문 술어의 경우를 들 수 있다.

> (15) ㄱ. 나무는 그 자리에서 봄이 옴을 기다렸다.
>   ㄴ. 나무는 그 자리에서 봄이 오기를 기다렸다.

(15ㄱ, ㄴ)에서 나무가 기다리는 것은 동일한 사건이다. (15ㄱ)에서 나무가 기다리는 사건과 (15ㄴ)에서 나무가 기다리는 사건이 완전히 다른 것이라고 볼만한 맥락을 제시할 수 없다.

> (32) ㄱ. 아직 봄이 오려면 멀었다. 그래도 나무는 그 자리에서 봄이
>   옴을 기다렸다.
>   ㄴ. 아직 봄이 오려면 멀었다. 그래도 나무는 그 자리에서 봄이
>   오기를 기다렸다.

보류의 술어에서도 (32ㄱ, ㄴ)과 같이 동일한 맥락에서 각각의 문장을 적용하는 것이 가능하다. 이때 상위문 술어인 '기다리다'가 요구하는 하위문은 아직 실현되지 않은 사건이므로 미성취된 것이고, 이는 구체적인 개개의 사건이 일반화된 사건을 의미한다고 보아야 한다. (32ㄱ)의 '봄이 옴'이라는 사건이 일어난 시점을 과거로 바꾸어 특정한 사건으로 바꾸면 성립하지 않는다.

> (33) *그래도 나무는 그 자리에서 봄이 왔음을 기다렸다.

결국 (32ㄱ)의 하위문은 구체적인 사건을 나타낸다고 할 수 없고, 이때 하위문을 명사화하는 '-음' 역시 성취되었거나 특정화된 사태를 의미한다고 할 수 없는 것이다. 이때의 '-음' 역시 '-기'와 마찬가

지로 미성취되었고, 일반화된 사태를 나타내는 기능을 하는 것으로
파악된다.

이는 '약속하다, 다짐하다' 등의 약속을 나타내는 술어에서도 마
찬가지이다. 아래 (34)의 문장은 동일한 맥락에서 자연스럽게 사용
된다.

(34) ㄱ. 우리는 함께 집에 돌아감을 약속했다.
ㄴ. 우리는 함께 집에 돌아가기를 약속했다.
(35) ㄱ. 밥을 먹고 우리는 역 앞에서 헤어졌다. 그리고 함께 집에 돌
아감을 약속했다.
ㄴ. 밥을 먹고 우리는 역 앞에서 헤어졌다. 그리고 함께 집에 돌
아가기를 약속했다.

이때 (34ㄱ, ㄴ)은 (35ㄱ, ㄴ)에서와 같이 동일한 맥락에서 사용된다.
이때 약속하는 것은 아직 일어나지 않은 사건으로, 미성취성을 가지
고 있다. 따라서 (34ㄱ, ㄴ)의 하위문은 모두 불특정적인 사건의 영
역에 해당한다고 할 수 있다. 그리고 (34ㄱ)의 문장을 특정 사건과
하여 '돌아갔음'이나 '돌아가겠음' 등으로 쓰는 것은 불가능하다. 따
라서 (34ㄱ)의 '-음'이 (34ㄴ)의 '-기'와 마찬가지로 미성취된 불특정
적인 사태를 나타낸다고 할 수 있을 것이다.

'시작하다, 끝내다' 등이 포함되는 착발의 술어도 '-음'과 '-기'의
의미적 차이를 찾을 수 없는 예 가운데 하나이다. 아래 (20)의 예를
다시 제시한다.

(20) ㄱ. 이제 우리가 서로 함께 함을 시작하여…
ㄴ. 이제는 관광가이드가 공항에서 호텔까지 가는 환승 버스에

이용 요금을 청구하기 시작했다.

(20ㄱ)과 (20ㄴ)의 하위문은 각각 특정 사건화할 경우 문장이 성립하지 않는다. 먼저 (20ㄴ)의 경우를 보면, 이 문장에서 하위문의 사건은 가이드가 특정한 개인에게 버스 요금을 청구하는 특정화된 사건이 아니다. 이는 가이드가 환승 버스를 사용하는 불특정 다수에게 요금을 청구하는, 일반화된 사건을 나타낸다. (20ㄱ)의 경우 '-음'을 명사화소로 선택하였으나, 여기에서 쓰인 '함'을 '했음'으로 바꾸어 과거에 일어난 특정 사건으로 처리할 경우 비문이 된다. 따라서 이때에 쓰인 '-음'과 '-기'는 불특정적인 의미를 갖는다는 점에서 공통적이라고 할 수 있다.

다음으로는 '배우다, 가르치다, 학습하다' 등이 포함되는 학습류의 술어를 살펴보겠다.

> (36) ㄱ. 동물은 한 감각을 잃으면 다른 감각 체계에 의존함을 배우게 된다.
>
> ㄴ. 동물은 한 감각을 잃으면 다른 감각 체계에 의존하기를 배우게 된다.

(36)의 예문은 이미 그 자체가 (36ㄱ)과 (36ㄴ)이 동일한 맥락에서 사용되고 있음을 나타낸다. 또한 (36ㄱ)의 '의존함'을 과거 시제 형태소를 삽입하여 '의존하였음'과 같은 과거의 특정한 사건으로 구체화할 수 없다.[15] 따라서 (36ㄱ)의 '-음'도 불특정적인 의미를 나타낸

---

15) 물론 완연한 과거 사실의 학습을 나타낼 때에는 이러한 구체화가 가능하다. "나는 바로 어제 1443년에 한글이 창제되었음을 배웠다"와 같은 문장이 그러한 예이다. 이때의 하위문은 성취된, 특정 사태를 나타낸다. '-음'의 의미 역시 성취성과 특정화로 정리될 수 있다. 이 문장이 "나는 바로 어제 1443년에 한

다고 할 것이다.

　다음으로 살펴볼 유형은 요구에 속하는 술어로, '요구하다, 강요
하다, 요청하다' 등이다. 이 술어들 역시 '-음'이 결합한 예와 '-기'가
결합한 예를 모두 찾을 수 있다.

　　(37) ㄱ. 그는 나에게 가만히 있음을 요구했다.
　　　　 ㄴ. 그는 나에게 가만히 있기를 요구했다.
　　(38) ㄱ. 내가 자꾸 시끄럽게 군다며, 그는 나에게 가만히 있음을 요
　　　　　　 구했다.
　　　　 ㄴ. 내가 자꾸 시끄럽게 군다며, 그는 나에게 가만히 있기를 요
　　　　　　 구했다.

(37ㄱ)과 (37ㄴ) 역시 동일한 맥락에서 교체가 가능하다. 요구를 나
타내는 술어는 앞서 살핀 약속류의 술어와 마찬가지로 일어나지 않
은 사태, 즉 미성취된 사태를 하위문으로 요구한다. (38ㄱ, ㄴ)에서
하위문은 공통적으로 내가 부산스럽게 행동하고 있으며, 그런 행위
를 중단하는 것을 나타낸다. 따라서 (37ㄱ, ㄴ)에서 나타내고자 하는
것은 특정적이고 개별적인 사건이 아니라, 아직 일어나지 않아 관념
적으로만 존재하는 불특정적인 사건이 된다. 이는 (37ㄱ)의 문장의
하위문에 시제 형태소를 삽입하여 '가만히 있었음'이나 '가만히 있
겠음' 등의 특정화된 사건으로 적용할 경우 비문이 되는 데에서도
확인할 수 있다.

　이는 '허락하다, 거부하다, 허가하다' 등 허가와 거부를 나타내는
술어에서도 마찬가지이다.

　글이 창제되었기를 배웠다"와 같이 쓰일 수 없다는 사실을 고려하면 이러한
점은 더욱 분명하게 드러난다.

(39) ㄱ. 나는 결국 그가 방에 들어옴을 허락했다.
　　　ㄴ. 나는 결국 그가 방에 들어오기를 허락했다.
(40) ㄱ. 동생은 그가 방 안으로 들어오지 못하게 막고 있었다. 하지
　　　만 나는 결국 그가 방에 들어옴을 허락했다.
　　　ㄴ. 동생은 그가 방 안으로 들어오지 못하게 막고 있었다. 하지
　　　만 나는 결국 그가 방에 들어오기를 허락했다.

명사화소만 달리한 (39)의 문장은 (40)에서 보이는 바와 같이 동일한 상황의 기술에서 쓸 수 있다. 그리고 (39ㄱ)과 (39ㄴ)을 구분하는 현저하게 다른 상황 맥락이 발견되지 않는다. 허가류의 술어는 하위문으로 아직 일어나지 않은 일어나지 않은 일을 요구한다. (39)에서 '허락하다'가 요구하는 것은 방 밖에 있는 한 남자가 방 안으로 들어오게 되는 아주 가까운 미래의 사건, 즉 미성취된 사건이다.

　다음으로는 '선택하다, 택하다, 고르다' 등의 선택 술어들의 경우를 살펴볼 수 있다.

(41) ㄱ. 그녀는 나와 함께 감을 선택했다.
　　　ㄴ. 그녀는 나와 함께 가기를 선택했다.

(41ㄱ, ㄴ)은 동일한 맥락에서 무리없이 사용될 수 있다.

(42) ㄱ. 사람들이 그녀에게 누구와 함께 가겠느냐고 물었다. 물론
　　　그녀는 나와 함께 감을 선택했다.
　　　ㄴ. 사람들이 그녀에게 누구와 함께 가겠느냐고 물었다. 물론
　　　그녀는 나와 함께 가기를 선택했다.
(43) ㄱ. 사람들이 그녀에게 나와 무엇을 하겠느냐고 물었다. 물론
　　　그녀는 나와 함께 감을 선택했다.
　　　ㄴ. 사람들이 그녀에게 나와 무엇을 하겠느냐고 물었다. 물론

그녀는 나와 함께 가기를 선택했다.

(42)과 (43)은 명사화소로 어떤 것을 선택한 문장이라도 자연스럽게 맥락 안에서 사용될 수 있음을 보여준다. 여러 가지 행동의 선택지 가운데 어떤 행동을 고른다는 점에서 이들은 동일한 의미를 갖는다고 할 수 있다. 그리고 (41ㄱ)의 문장을 특정 사건으로 바꾸어 과거 시제 형태소를 삽입할 경우 문장이 성립하지 않는다.

(44) *그녀는 나와 함께 갔음을 선택했다.

따라서 이때 (41ㄱ)에서 쓰인 '-음'은 성취되었고 특정화된 사태를 나타내는 의미로 쓰였다고 할 수 없다. '-기'와 마찬가지로 구체적인 사건이 일반화된 불특정적 사태를 나타내는 의미로 쓰였다고 보아야 할 것이다.

'지향하다, 전개하다' 등이 속하는 전개의 술어에서도 동일한 양상을 찾아볼 수 있다.

(45) ㄱ. 세계 평화의 중심이 됨을 지향한다.
     ㄴ. 세계 평화의 중심이 되기를 지향한다.
(46) ㄱ. 우리는 미래에 대한 목표를 다시 세웠다. 이제 우리가 세계 평화의 중심이 됨을 지향한다.
     ㄴ. 우리는 미래에 대한 목표를 다시 세웠다. 이제 우리가 세계 평화의 중심이 되기를 지향한다.

(45ㄱ, ㄴ)은 (46)에서 제시한 바와 같이 동일한 맥락에서 모두 자연스럽게 쓰일 수 있다. 또한 '지향하다, 전개하다' 등은 모두 미래에

일어날 일이나 적어도 현재의 상황에서 이루어지지 않은 일을 하위
문으로 요구한다. (45ㄱ)의 경우, 하위문을 '중심이 되었음'과 같이
고쳐쓸 수 없으므로, 전개류의 술어와 어울려 쓰이는 명사화소 '-음'
은 특정한 의미가 아니라 미성취된 불특정한 의미를 갖는 것으로 파
악된다.

지금까지 '-음'과 '-기'를 모두 선택할 수 있는 상위문 술어들을
중심으로 '-음'과 '-기'가 갖는 의미적 공통점에 대하여 살펴본 결과,
'-음'이 상위문 술어의 종류에 따라 미성취된 불특정적, 일반화된 의
미를 나타내는 경우가 있음을 알게 되었다.

앞서 [표 4]에서는 '-음'이 미성취된 불특정적 사태를 나타낼 수
없다고 정리하였다. 그러나 4.3에서 논의한 내용에 따르면 '-음'은
불특정적인 사태를 나타낼 수 있으므로, [표 4]의 내용은 수정되어
야 한다. 이를 반영하여 정리하여 보면 아래의 표와 같다.

[표 6] '-음'과 '-기'의 의미적 특성(2)

	특정성, 성취성	일반성, 미성취성	추상성, 척도
-음	○	○	×
-기	×	○	○

명사화소 '-음'과 '-기'가 이와 같은 의미적 특성을 보이는 데에는
그것의 분포가 영향을 미친다. 먼저 '-음'의 경우를 살펴보자. '-음'
을 요구하는 상위문 술어의 종류에는 발화, 보고, 인지, 지각, 착발
등의 술어가 있다. 이들은 '-음'과 결합하는 것만이 가능하며, 이때
에 하위문은 주로 과거 시제 형태소인 '-었-'이 결합된 구성으로 쓰

이는 것이 더 자연스럽다. 이 술어들은 특정적인 사건을 요구한다. 특히 가장 대표적인 술어로 꼽을 수 있는 인지 및 지각 동사들은 인지 및 지각하는 대상은 구체물이거나, 과거 및 현재에 반드시 실제로 일어난 사태여야 한다. 이를 고려한다면, '-음'이 갖는 가장 고유한 의미 영역은 개별적이고 특정한 사태를 나타내는 것이라고 할 만하다.

반면 '-기'의 경우에는 형용사와 결합할 경우 '-음'이 갖는 구체성과는 반대편에 있는 추상화된 척도의 의미를 나타낸다. 비록 상위문 술어와는 관련이 없으나, '-음'이 나타낼 수 없는 의미 영역을 나타내므로, 이것이 '-기'가 갖는 가장 특징적인 의미 영역이라고 할 것이다.

'-음'과 '-기'를 모두 택할 수 있는 상위문 술어는 감정, 요구, 허가, 학습, 보류, 약속, 선택 등의 술어들이다. 이 가운데 요구, 허가, 학습, 보류, 약속, 선택 등은 공통적으로 하위문으로 현재에 일어나지 않았거나 현재의 상황과는 반대되는 사태를 요구한다. 감정 술어의 경우는 실현 여부와는 관계없으나 특정화된 개별적인 사태가 아니라 일반화된 동작이나 상태를 요구한다. 이러한 사태의 일반화는 특정한 사태가 어느 정도의 추상화를 거친 결과라고 할 수 있다. 일반성이라는 의미 특성이 특정성과 추상성이라는 양 극단의 중간 지점에 위치하는 것으로 보이지만, 이것이 다소의 '추상화' 과정을 거쳤다는 점을 고려한다면 특정성을 갖는 '-음'보다는 추상성을 갖는 '-기'의 의미에 좀 더 가깝다고 할 수 있을 것이다. 따라서 '-음'과 '-기'를 모두 택할 수 있는 상위문 술어들의 경우, 일반적인 사태의 의미를 나타내는 데에 '-음'을 사용하는 것이 불가능한 것은 아니지만

'-기'를 사용하여 나타내는 것이 더 자연스럽게 여겨지는 것이다. 실제로 공통적인 의미를 나타내는 문장에서 '-음'을 사용하는 것보다는 '-기'를 사용하는 것이 더 자연스럽게 여겨지며, 출현 빈도에서도 '-기'가 압도적인 것은 이 때문이라고 하겠다.

5. 마무리

명사화소 '-음'과 '-기'는 명사화라는 동일한 기능을 수행하지만 그 분포나 의미적 특성이 완전히 동일한 것은 아니다. '-음'과 '-기'는 시제 형태소와의 결합이나 상위문 술어에 따른 분포 양상에서 차이를 보인다. 그리고 의미 특성에서도 상당한 차이를 보인다. '-음'과 '-기'의 의미적 특성은 상위문 술어의 성격과 관련되어 나타난다. 상위문의 술어가 어떤 성격의 하위문을 요구하느냐에 따라 '-음'과 '-기'의 분포가 달라지기 때문이다.

'-음'의 경우 사건의 특정성과 성취성을 의미적 특성으로 갖는다. 이는 '-기'가 갖지 못하는 특성이다. 반면 '-기'는 '-음'이 갖지 못하는 척도와 추상성의 의미를 갖는다. 이들은 '-음'과 '-기'가 분명하게 나타내는 의미적 차이라고 할 수 있다. '-음'과 '-기'는 의미적 공통점도 분명히 갖는다. 상위문 술어의 성격에 따라 하위문의 사건이 미성취된 불특정적인 성격을 가지게 될 때에는 '-음'과 '-기'가 모두 쓰일 수 있다. 결국 '-음'과 '-기'는 사건의 불특정성, 즉 일반성과 미성취성을 의미적 공통점으로 가진다고 할 것이다. 이처럼 '-음'과 '-기'가 의미적 공통점을 가지며 동일한 문장에서 의미 차이 없이 쓰일 수 있다. 그러나 예문을 살펴보면 일반성과 미성취성을 나타낼 때에 명사화소로 '-음'을 쓰는 것보다는 '-기'를 쓰는 경우가 더 많으며, 그것이 더 자연스럽게 느껴진다. 이는 '-음'과 '-기'의 의미적 공통성인 일반성과 미성취성이, '-음'의 의미적 특성인 특정성과 성취성보다, '-기'의 의미적 특성이 척도와 추상성에 좀 더 가깝기 때문인 것으로 볼 수 있다.

▌참고문헌▌

권재일. 1981. "현대국어의 '-기' 명사화 내포문 연구."「한글」(한글학회)
　　　171.

권재일. 1982a. "현대국어의 '-음' 명사화 내포문 연구."「한국어문논집」
　　　(한국어문교육연구회) 2.

권재일. 1982b. "명사화 내포문의 통사 특성."「조규설 교수 환갑기념 국
　　　어학 논총」대구: 형설출판사.

권재일. 1992.「한국어 통사론」서울: 민음사.

권재일. 1995. "20세기 초기 국어의 명사화 구문 연구."「한글」(한글학회)
　　　229.

김일환·박종원. 2003. "국어 명사화 어미의 분포에 관한 계량적 연구."
　　　「국어학」(국어학회) 42.

민현식. 1990. "명사화."「국어연구 어디까지 왔나」서울: 동아출판사.

서정목. 1993. "한국어의 구절구조와 엑스-바 이론."「언어」(한국언어학회)
　　　18.

송창선. 1990. "명사화소 '-(으)ㅁ, -기'의 통사 특성."「국어 교육」(한국국
　　　어교육연구회) 22.

신은경. 1995. "현대국어의 명사화소 '-음', '-기'."「도솔어문」(단국대 국어
　　　국문학과) 2.

심재기. 1980. "명사화의 의미 기능."「언어」(한국언어학회) 5-1.

양동휘. 1975. "On complementizer in Korean."「언어」(한국언어학회) 5-1.

양정석. 2005.「한국어 통사구조론」서울: 한국문화사.

우형식. 1987. "명사화소 '-(으)ㅁ, -기'의 분포와 의미 기능.「말」(연세대학
　　　교 한국어학당) 12.

이관규. 2002. "국어의 문장 구성에 대한 연구와 전망".「한국어학」(한국
　　　어학회) 16.

이남순. 1988. "명사화소 '-ㅁ'과 '-기'의 교체."「홍익어문」(홍익대 홍익어
　　　문연구회) 7.

이맹성. 1968. "Nominalizations in Korean."「어학연구」(서울대 어학연구소) 4-1.

이익섭·임홍빈. 1983. 「국어문법론」 서울: 학연사.

이익섭·채 완. 1999. 「국어 문법론 강의」 서울: 학연사.

임홍빈. 1974. "명사화의 의미특성에 내하여." 「국어학」(국어학회) 2.

채 완. 1979. "명사화소 '-기'에 대하여." 「국어학」(국어학회) 8.

최현배. 1937. 「우리말본」 서울: 정음사.

홍윤표. 1995. "명사화소 '-기'." 「국어사와 차자표기」 서울: 태학사.

홍종선. 1983a. "명사화 어미의 변천." 「국어국문학」(국어국문학회) 89.

홍종선. 1983b. "명사화 어미 '-음'과 '-기'." 「언어」(한국언어학회) 8-2.

홍종선. 1986. "국어체언화 구문의 연구." 고려대 박사학위논문.

국어 문법의 탐구 3

04 국어 부사화소 '-이'와 '-게'에 대하여

:: 최 정 은

1. 머리말

본고는 부사 파생 접미사 '-이'와 부사형 어미 '-게'를 대상으로 이들의 결합 양상을 현대 국어 공시적인 관점에서 살핀 연구이다. '-이'와 '-게'는 동일한 용언의 어기[1])에 결합하여 자유롭게 교체 가능하다는 점에서 많은 관심을 받아 왔다. 하지만 '-이'와 '-게'가 결합하는 용언의 부류 목록에는 많은 차이를 보인다. 각각의 어기 부류의 특성이 분명하게 드러나지 않았기 때문에 이전의 연구들에서는 이들의 부류를 주로 의미론적 특성으로 무리 짓거나, 의미 자질로 설명하는 것이 대부분이었다. 본 연구에서는 말뭉치를 기반으로 하여 '-이'와 '-게'가 결합하는 용언의 목록을 뽑아 그 결합 양상을 형태·음운론적인 측면에서 살펴볼 것이다. 특히 사전에 등재된 '-이'

---

1) '-이'는 부사 파생 접미사라는 점에서 어근과 결합하여 부사화 되고, '-게'는 부사형 어미라는 점에서 어간과 결합하여 부사화 된다. 그러나 본 연구에서는 기술의 편의를 위해 파생과 굴절의 단어 형성 근간이 되는 요소인 '어기'라는 용어를 사용한다.

부사뿐만이 아니라 실제 생활에서 사용되는 '-이'부사를 살펴 이들의 결합 조건을 더욱 명확하게 하고자 하였다.

　'-이'와 '-게'의 문법 범주가 다르다는 점에서 둘을 동일 선상에서 다루는 것에 대한 지적이 있을 수 있다. 즉 '-이'는 형태론에서, '-게'는 통사론에서 다루어야 한다고 주장할 수 있기 때문이다. '-이'와 '-게'는 문법적 지위는 다르지만, 기능적인 면에서 수식 등의 부사적인 기능을 하고 있다는 점과, '-이'와 '-게'가 결합할 수 있는 용언 목록의 상당수가 겹쳐 나타난다는 점에서 서로 세력 경쟁의 대상이 될 수 있으므로 '-이'와 '-게'의 공시적인 비교 연구가 유의미하다고 할 수 있겠다.

2. 선행 연구과 연구 방법

2.1. 선행 연구

　'-이'와 '-게' 부사화에 대한 연구는 다각도에서 진행되어 왔다. 이러한 '-이'부사어와 '-게'부사어에 대한 선행 연구는 크게 세 부분으로 나누어 연구의 흐름을 파악할 수 있다. 첫째는 '-이'와 '-게'의 문법 범주 설정에 관한 연구이고[2], 둘째는 '-이'와 '-게'의 의미를 분석하여 그 의미 차이를 밝히는 연구이며[3], 셋째는 형태·음운론적 측

---

2) '-이'와 '-게'의 문법 범주를 다룬 연구로는 남기심(2001), 황화상(2006), 김영희(1976), 우순조(2001), 최웅환(2003), 김종록(1989), 이양혜(2000), 이익섭(2003) 등이 있다.
3) '-이'와 '-게'의 의미를 다룬 연구로는 김종택(1974), 임홍빈(1976), 심재기

면에서의 '-이'와 '-게'와 결합하는 어기의 결합 양상을 살핀 연구이다. 이 세 측면서의 다양한 논의들 중, 본 연구에서 본문의 내용과 관련된 형태·음운론적인 선행 연구를 바탕으로 '-이'부사어와 '-게' 부사어에 대해 살피도록 하겠다.

형태론적 측면에서의 '-이'와 '-게'를 다룬 연구는 이광정(1983)과 유필재(2007), 박성현(1990), 유혜원(2007), 이양혜(2000) 등이 있다. 이 연구들은 중세 국어와 현대 국어의 공시적인 측면에서의 형태·음운론적 현상을 기술하고 있다. 먼저 중세 국어에서 현상을 다룬 연구로는 이광정(1983)과 유필재(2007) 등이 있다. 유필재(2007)에서는 '-이'의 형태·음운론적 교체 양상을 살피기 위해 어기가 '-ㅎ-'에 의한 합성인 경우와 그렇지 않은 경우로 나누어 성조와 '-이' 실현 현상에 대해서 기술하고 있다. 또한 이광정(1983)에서는 '-이'와 결합하는 용언 어기의 목록을 어간 말음이 자음으로 끝나는 것과 모음으로 끝나는 것으로 정리하고, 이들의 분류에서 특이할 만한 현상이 발견되지 않음을 밝히고 있다. 또한 '-ㅎ다', '-답다', '-롭다' '-브다'의 형식으로 형성된 용언의 어기를 분류하여 이들의 어떻게 실현되는가를 정리하였다. 하지만 '-이'의 현상 설명에 그치고 있을 뿐, 왜 이러한 현상이 나타났는지에 대한 이유나 근거에 대한 설명이 없다는 점이 아쉬움으로 남는다.

이양혜(2000)에서는 '-게'가 가지는 특징을 을 형태·통어적인 관점에서 네 가지 부류로 나누었다. 문장 연결 기능의 '-게'와 낱말 연결 기능의 '-게'인 사동·피동 표현, 부사형 형성 기능의 '-게'와 파생 접미사 '-게'가 그것이다. 임채훈(2007)에서 지적한 것과 같이 '-

---

(1982), 이재인(1983), 김지홍(1984), 박성현(1990), 송철의(1992) 등이 있다.

게'의 기능을 설명함에 있어 의미적인 측면 보다는 형태·구조적인 측면을 강조하였기 때문에, "우리 집은 배달원이 <u>따뜻하게</u> 피자를 배달한다"와 같은 중의성을 가지는 문장이 어떻게 구조적으로 중의 성을 갖는지 설명하기 어렵다. 또 '종이를 <u>크게</u> 말아라!'의 문장에서 도 '크게'의 주어를 적절하게 해석할 수 있으려면 의미적인 추론 역 시 중요시 되어야 하므로 '-게'의 기능을 구조적인 면으로만 설명하 려 하는 데서 문제점을 지적할 수 있다.

유혜원(2007)에서는 현대 국어를 대상으로, 코퍼스에 나타난 '-게' 의 다양한 속성과 기능을 살펴 '-게'의 형태·통사적 특성을 규명하 고자 하였다. '-이', '-게'와 결합하는 용언을 형용사와 동사로 나누 어 빈도별 상위 20위의 목록과 빈도를 제시하여, '-게'와 결합하는 동사와 형용사 중 형용사의 빈도가 높다는 것을 밝혔다. '형용사+- 게'부사형이 가장 많은 쓰임을 보이는 것이 부사 고유 기능인 수식 의 기능임을 밝혔고, '동사+-게'부사형은 '형용사+-게'와 구별되게 일정한 패턴을 보이는 형태가 생산적으로 나타나고 있음을 보였다. 즉 '-게'가 용언의 결합 범주에 따라 그 속성을 달리 한다고 보았다. 이 연구는 현상에 대한 나열에 그친다는 것이 아쉽지만, 실제 코퍼스 에 나타나는 '-게'의 계량적 속성을 바탕으로 논의가 이루어지고 있 으므로 실생활에서의 사용 양상을 보여 준다는 점에서 의의가 있다.

본 연구에서는 현대 국어 공시적인 관점에서의 '-이'와 '-게'의 결 합 양상에 대한 음운론적 연구가 자세히 다루어지지 않았다는 점에 착안하여 '-이'와 '-게'의 결합 분포를 살펴보았다.

2.2. 연구 방법

국어에 용언을 부사화하는 방법에는 두 가지가 있다. 하나는 용언의 어근 뒤에 부사 파생 접미사를 붙이는 것이고, 다른 하나는 용언의 어간 뒤에 부사형 어미를 결합하는 것이다. 본고에서는 이들 중 부사 파생 접미사 '-이'와 부사형 어미 '-게'를 그 연구 대상으로 한다.

현대 국어의 부사 파생 접사 '-이'4)는 결합하는 어기의 성격에 따라 세 가지로 구분할 수 있다.

(1) ㄱ. 나날이, 집집이, 곳곳이 면면이, 겹겹이, 낱낱이, 가락가락

---

4) 고려대학교 민족문화연구원에서 편찬중인 국어사전에는 '-리'를 다음과 같이 설정하고 있다.

'-리' 回 형용사 '멀다'의 어간 뒤에 붙어, '그런 상태로'의 뜻을 더하여 부사를 만드는 말. ¶멀~.

위 사전에서는 예로 들고 있는 '멀리'는 '멀-' 어기에 '-리'가 붙은 것으로 파악하였지만, 본고에서는 '멀-'어기에 '-이'가 결합한 것으로 보겠다.

또한 'X+-하다' 용언의 어기에 부사 파생 접미사가 결합하면 두 가지 유형으로 실현된다.

(1) ㄱ. 영원하- + -이 -> 영원히 / 조용하- + -이 -> 조용히
 ㄴ. 깨끗하- + -이 -> 깨끗이

(1ㄱ)에서는 '-하-' 뒤에 '-이'가 결합하여 '-히'로 실현되었지만, (1ㄴ)에서는 '-이'로 실현되고 있다. <표준국어대사전>에서는 '-히'를 "('―하다'가 붙어 형용사가 되는 어근 뒤에 붙어) 부사를 만드는 접미사"로 정의하고, 하나의 표제어로 따로 명시하고 있다. 시정곤(1998)에서 역시 '-이'와 '-히'의 넘나듦이 심하므로 공시적 기술에서는 '-히'의 구조를 상정하는 것이 바람직하다고 하고 있다. 이와 반대로 허웅(1975)에서는 중세 국어의 '가뿐히'류의 구조를 '가뿐ㅎ+이'로 설정하고 있는데, 통시적으로 'X+-ㅎ-' 어간에 '-이'가 결합하여 'X+-히'의 형태로 나타난 것이 현대 국어에 까지 이어져 오고 있으며, 공시적으로도 '-히'보다 '-이'가 훨씬 생산적이므로 본 논의에서는 '-히'와 '-리'를 포함하여 '-이'를 대표형으로 삼겠다.

　　　　이, 걸음걸음이 등
　　ㄴ. 일찍이, 더욱이, 곰곰이, 빵긋이, 생긋이, 가뜩이 등
　　ㄷ. 게을리, 많이, 오래, 널리, 배불리, 재빨리, 낯부끄러이, 괴로
　　　　이, 가까이, 두터이, 바삐, 슬피, 안타까이, 반가이 등

　첫째는 (1ㄱ)의 '-이'부사어에서와 같이 명사반복어에 결합하여 파생
부사를 만드는 '-이'이고, 둘째는 (1ㄴ)과 같이 '부사+-이'의 형태로
부사에서 다시 부사를 파생시키는 '-이'이며, 셋째는 (1ㄷ)에서처럼
용언의 어기에 '-이'가 결합하여 파생 부사를 형성시키는 '-이'이다.
본 논의에서는 셋째 유형인 용언의 어기에 '-이'가 결합하여 파생 부
사를 만든 것만을 그 대상으로 삼으며, 순수 용언과 복합 용언과 결
합한 '-이'부사어를 모두 다루었다.

　본 연구에서는 현대 국어에서의 '-이'와 '-게'의 분포 및 결합 양
상을 살피기 위해 두 가지 방법의 연구를 진행하였다. 먼저 현대 국
어 말뭉치에서 용언의 어기에 '-게'와 '-이'가 결합한 부사형을 추출
하고, <표준국어대사전>을 이용하여 '-이'부사어를 뽑아 목록화하였
다. 이때 말뭉치에는 등장하지만 사전에 표제어로 등재되어 있지 않
거나, 사전에 표제어로 등재되어 있는데 말뭉치에 등장하지 않는 '-
이'부사어와 같이 두 자료의 결과가 일치하지 않을 경우에도 추출된
용언 모두를 논의 대상으로 삼았다.

　이렇게 구축된 용언 목록을 '-이'부사어와 '-게'부사어를 결합 양
상에 따라 세 가지 유형으로 나누어 분류하였다. 그리하여 첫째, '-
이'만이 결합 가능한 용언의 부류, 둘째, '-게'만이 결합 가능한 용언
의 부류, 셋째, '-이'와 '-게'가 모두 결합 가능한 용언의 부류로 분류
한다.

또 이들의 용언 목록을 크게 품사에 따라 형용사와 동사로 구분하여 살폈다. 그 결과 동사와 '-이'와의 결합이 한 단어를 제외하고는 나타나지 않았으므로 '-이'와 '-게'의 결합 양상을 형용사만을 연구 대상으로 삼았다. 4장 이후로는 형용사만을 그 논의 대상으로 한다.

본 연구를 위해 21세기 세종 계획의 일환으로 구축된 문어 형태 분석 말뭉치 2007년 배포본을 각 장르별 비율에 맞추어 100만 어절로 축소한 축소 균형 말뭉치를 대상으로 하였다. 'UltraEdit-32 Version 10.20a'와 '한마루'를 통하여 '*이<MAG>', '*이<EC>', '*게<MAG>', '*게<EC>'가 포함된 예문을 검색하여 '-이'부사어와 '-게'부사어를 추출하여, 이들 어휘를 목록화하였다. 이렇게 구축된 자료를 바탕으로 '-이'와 '-게'의 결합 분포와 양상을 정밀하게 검토하였다. 특히 2007년에 배포된 말뭉치로부터 추출한 예문은 최근에 구어에서 용언의 어기와 '-이'와 '-게'의 결합이 어떻게 이루어지고 있으며, 그 빈도가 어떠한지 보여주기에 적절하다고 생각된다. 이는 본 연구에서 살펴볼 현대 국어 공시적 측면에서의 '-이'부사어와 '-게'부사어의 분포 양상을 파악하는 데 좋은 자료가 된다고 판단된다.

최근에 생성되어 아직 사전에 등재되지 않은 신조어들과 임시어를 살펴보기 위해서 인터넷 검색 사이트 '구글(www.google.co.kr)' '네이버(www.naver.com)', '다음(www.daum.net)'을 이용하여, 생산적으로 사용되고 있다고 생각되는 어휘들을 추출하였다. 현대 국어에서의 '-이'와 '-게'의 공시적 생산성을 알아보기 위해 신조어에서의 결합 양상을 살펴보는 것이 좋다고 판단되어 이를 적극적으로 이용하였다.

이렇게 구축된 100만어절 말뭉치와 신조어, <표준국어대사전>의

'-이'부사어에서 추출한 용언을 모아 표로 정리하여 본고의 마지막
에 실었다.

본고에서는 위와 같은 연구 방법을 바탕으로 다음과 같은 논의를
진행할 것이다. 3장에서는 '-이'와 '-게'의 분포 양상이 용언의 어기,
즉 품사에 따라 다르게 나타나는 것을 보인다. 이 결합 양상을 바탕
으로 3.2절에서는 신조어의 공시적 결합 양상 역시 그러한지를 살피
고자 한다.

4장에서는 '-이'의 결합 제약이 음운론적 조건인 어기의 말음과 관
계된다는 것을 밝힐 것이다. 4장의 각 절에서는 용언을 형성할 때 생
산적으로 결합하는 '-하다', '-되다', '-없다'와 결합하여 형성된 합성
어와 파생어들에서 보이는 '-이'와 '-게'의 분포 차이를 살필 것이다.

3. 어기의 품사에 따른 분포 차이

3.1. '-이', '-게'와 결합하는 동사와 형용사의 분포

'-이'와 '-게'는 일반적으로 동일한 용언의 어기에 서로 교체되어
사용되지만 반드시 그러한 것은 아니며 용언에 따라 선택적으로 결
합하는 모습을 보인다. 어떠한 조건에 따라 이들의 결합 양상이 달
라지는지 살펴보기 위해 이번 장에서는 현대 국어에서 '-이'와 '-게'
가 결합하여 부사화되는 용언을 품사에 따른 구분으로 살펴보겠다.

본 연구에서는 '-이'와 '-게'의 결합 양상을 살피기 위해, '-이', '-
게'와 결합하는 용언을 분류하는 데에 아래와 같은 체계를 바탕으로

하였다. 먼저 '-이', '-게'와 결합한 용언의 목록을 뽑고, 이들을 크게 형용사와 동사로 나누어 그 분포를 살펴보았다. 아래의 [표 1]과 [표 2]는 '-이'만이 가능한 경우와 '-게'만이 가능한 경우, 그리고 '-이'와 '-게'가 모두 결합 가능한 경우를 각각 형용사와 동사로 구분하여, 이들 각 부류의 단어 수를 표로 정리한 것이다.

[표 1] {형용사} 부사화의 결합 양상

어기	부사화소5)	형용사의 수 (전체 804개)
형용사	'-이'만	17
	'-게'만	203
	'-이'와 '-게' 모두	584

[표 2] {동사} 부사화의 결합 양상

어기	부사화소	동사의 수 (전체 252개)
동사	'-이'만	0
	'-게'만	251
	'-이'와 '-게' 모두	1

[표 1]과 [표 2]는 형용사와 동사가 각각 '-이', '-게'와 결합하여 부사형을 만드는 단어수를 나타낸 것이다. <표준국어대사전>에서 '-이'부사를 검색하여 목록화하고, 100만 어절 말뭉치에서 '-이'와 '-게'가 결합된 어기를 추출한 것의 총합이 1056개였다. 이 중 형용사

---

5) 본고에서는 '-이'와 '-게'를 용언을 부사화 시키는 요소라는 점에서 기능적 부분에 초점을 두어 형태·통사론적인 측면을 모두 아울러 부사화소로 설정하였다.

는 804개, 동사는 252개의 단어가 대상이 되었다. 어기에 '-이'가 결합할 수 있는 단어의 수는 형용사의 경우는 601개이지만 동사에서는 1개[6]밖에 나타나지 않았다. '-이'가 결합할 수 있는 한 개의 동사역시 '-게'와 어기를 공유하고 있다. 형용사와 '-이'가 결합하는 비율은 74.5%로 나타났으며, 동사의 경우 '-이'와 0.39%의 비율로 결합하는 것으로 나타났다. 이것은 '-이' 스스로가 동사와 결합하는 것을 제한하는 것으로 볼 수 있으며, '-게'가 '-이'의 자리를 대신하여 동사를 부사화하는 역할을 맡고 있다는 것을 보여준다. 즉 동사는 '-게'를 허용하여 부사형을 생성하며, '-이'와는 결합하지 않으려는 성향을 보인다.

하지만 현대 국어와는 달리 중세 국어에서는 (2)의 예와 같이 '-이'가 동사에 결합한 예들이 발견된다.

> (2) ㄱ. 그 나못 불휘를 쌔혀 그우리 부러 (석보 6:30)
> ㄴ. 모맷 骨髓 니르리 뼈 호미 이러호니 (석보 11:22)
> ㄷ. 逆入은 거스리 들 씨라 (석보 23:14)
> ㄹ. 東海옛 도즈기 智勇을 니기 아스바 一聲白螺를 들줍고 놀라니
>   (용비어천가 59장)
> ㅁ. 처엄브터 만촌매 드리 다숫 굴비 흐리니라 (능엄 4:81)

(2ㄱ-ㅁ)에 나타난 부사어들은 모두 동사 어기인 '그울-', '니를-', '거슬-', '닉-', '들-'에 '-이'가 결합하여 '-이'부사가 생성된 예들이다. 하지만 중세 국어에서의 이러한 예들은 현대 국어에서 동사의 어기에 '-이'형 부사가 실현될 수 없는 현상과는 대조적인 모습을 보인

---

6) '-이'와 결합 가능한 하나의 동사는 '철렁하다'이다.

다. (2)에서 '-이' 부사 파생을 허용한 어기들은 현대 국어 용언으로
는 각각 '구르다', '이르다', '거스르다', '익다', '들다'로 이들 간에
특별한 부류별 특성은 나타나지 않는 것으로 보인다.

> (3) ㄱ. 부톄 神力 내샤 無量衆을 <u>즈래</u> 겻그니 (월석 7:25)
>   ㄴ. 흔 옷 <u>즈래</u> 지슬가 (번역노걸대 하:28)

  (3)은 '즈라-'를 어기로 하여 '-이'부사 파생이 이루어진 형태가 나
타난 예문이다. 중세 국어에서 '즈라다'는 동사로는 '생물체가 성장
하거나 점점 커지다'의 뜻으로, 형용사로는 '많아지거나 넉넉하게
되다'의 두 가지 품사로 사용되었다. 하지만 중세 국어 자료에서 '즈
라-'가 '-이'부사로 나타나는 경우는 형용사로 사용되었을 때뿐이다.
(3)과 같이 하나의 용언이 형용사와 동사를 모두 통용하는 경우 형
용사로 사용될 때만 '-이'부사로 쓰이는 예들이나, (2)에서 나타난
소수의 어휘만을 대상으로 '-이'가 동사와 결합하는 모습을 보이는
것으로 보아 중세 국어에서부터 동사에는 '-이'부사 파생이 자유롭
지 않았다는 것을 알 수 있다.
  현대 국어에서 '-이'가 동사와 결합하지 못하는 현상은 중세 국어
의 영향을 받은 것으로 판단된다. 중세 국어에서는 용언을 부사화할
때 형용사의 경우 주로 '-이'가 결합하고, 동사의 경우엔 부사 파생
접미사 '-오/우'가 붙어 실현되는 것이 일반적이었다. 하지만 현대로
오면서 '-오/우'가 사라졌는데, '-오/우'의 자리를 '-게'가 대신하게
되면서 동사의 영역을 '-게'가 담당하게 된 것으로 보인다.
  또 중세 국어에서 형용사와 결합하여 부사어를 만들던 '-이' 역시

현대 국어에서는 아래 (4)의 예들에서처럼 더 이상 결합하지 못 하
는 모습을 보인다.

    (4) ㄱ. 이룰 能히 <u>볼기</u> 아디 몯홀 씨라 (능엄 10:36)
       ㄴ. 世尊ㅅ 말ᄋᆞᆯ <u>깃비</u> 너기니 (월인천강지곡 상:66)
       ㄷ. 즈개 無明 <u>어두이</u> ᄀᆞ료믈 기리 다ᄋᆞ실ᄊᆡ (법화 2:83)
       ㄹ. 大集은 <u>키</u> 모들 씨니 (석보 6:46)
       ㅁ. 샐리 자바미여 오라 ᄒᆞ니 엇뎨 <u>느지</u> 오뇨 (권념요록 6)

중세 국어에서는 (4)의 밑줄 친 부분과 같이 '-이'가 결합하여 '-이'
부사의 생성이 가능했던 형용사 어기가 현대 국어에서와는 더 이상
'밝-', '기쁘-', '어둡-', '크-' '늦-' 등의 어기에 '-이'가 결합하지 못하
게 되고, '-이' 대신 '-게'가 이들의 어기에 결합하여 부사형을 생성
한다. 이러한 현상은 '-이'가 차지하던 영역의 일부를 '-게'가 점차
획득해 가는 모습을 보여주는 근거 중 하나이다.

  위의 표와 예를 통해 현대 국어의 부사화는 동사의 부사화에서는
'-이'와의 결합이 제약되어 '-게'가 그 영역을 모두 담당하고 있으며,
형용사의 부사화에서는 '-이'와 '-게' 모두가 결합 가능하지만 중세
국어에서 비해 '-이'가 담당하는 범위가 줄고, '-게'가 차지하는 분포
가 훨씬 넓으며 생산적인 모습을 보인다. '-이'의 자리를 '-게'가 포
괄해 나가는 흐름은 어휘화된 '-이'부사나 '-이'부사와 '-게'부사형의
의미 차이가 큰 부사들을 제외하고는 시간이 흐를수록 더 커질 것으
로 판단된다.

3.2. 신조어에서 보이는 분포 차이

'-이'와 '-게'의 용언에 따른 결합과 분포의 특성이 신조어에서도 실현되는지 살펴보기 위해, 신조어들을 대상으로 이들의 어기와 '-이'와 '-게'가 결합할 때 어떤 실현 양상을 보이는지 살펴볼 것이다.[7] [표 3]은 본 연구에서 대상으로 삼은 신조어를 동사와 형용사로 나누어 정리한 것이다.[8]

[표 3] 연구 대상으로 삼은 신조어 단어 목록

어기	신조어 어휘 대상
동사	돈질하다, 삽질하다, 포샵하다, 문자질하다, 펌질하다, 인터넷질하다, 팬질하다, 서핑질하다, 다운로드받다 등.
형용사	스마트하다, 랜덤하다, 샤프하다, 아이러니하다, 샤방하다, 새끈하다, 깔삼하다, 쿨하다, 노무현스럽다, 조중동스럽다, 오타쿠스럽다 등.

신조어에서의 '-이'와 '-게'의 결합 양상을 예문을 통해 살펴보자.

---

7) 국립국어연구원에서 발행한 신조어 사전에서는 신조어를 찾기 어려웠으므로 이 장에서 다룬 신조어에는 사전에 등재되어 있는 단어와 사전에 등재되지는 않았지만 인터넷과 일상생활에 자주 사용되고 있는 단어를 모두 연구 대상으로 삼았다. 검색 사이트(www.daum.net, www.naver.com)를 검색하여 최근에 생성되었으며 자주 사용되는 단어 목록을 추출하였다. 사전에 등재된 단어는 '돈질하다, 삽질하다, 스마트하다, 랜덤하다, 아이러니하다'이며, 등재되지 않은 어휘 목록은 '포샵하다, 문자질하다, 펌질하다, 인터넷질하다, 릴렉스하다, 샤방하다, 깔쌈하다, 쿨하다'이다.

8) '다운로드받다'와 같은 '명사+-받다'형 동사의 경우는 신조어 목록에서 제외하였다. 어간말이 '-ㅂ' 자음으로 끝나는 어간의 경우 '-이'형의 결합이 제약되기 때문이다. '등받이, 총알받이, 턱받이'와 같이 같은 형식의 '명사+받다'형에 명사 파생 접미사 '-이'가 결합한 형태가 있기 때문에 부사 파생 접미사 '-이'의 결합이 저지(blocking)되는 것으로 보인다.

(5) ㄱ. 오늘도 <u>스마트하게</u>/ *스마트히 생겼다.
　　ㄴ. 민지와 <u>쿨하게</u>/ *쿨히 산다.
　　ㄷ. 나영이는 <u>샤방하게</u>/^{??}샤방히 웃는다.
　　ㄹ. 저 사람은 <u>노무현스럽게</u>/^{??}노무현스레 행동한다.

(5ㄱ-ㄷ)의 예문들은 모두 'A+-하다' 파생어에 '-이'와 '-게'가 결합한 형태가 사용된 예이고, (5ㄹ)의 예문은 'A+-스럽-'에 '-이'와 '-게'가 결합한 형태가 사용된 문장이다. (5)의 문장에 사용된 '-이'부사와 '-게'부사형 중 '-게'부사형만이 자연스러운 것을 볼 수 있다. 즉 [표 3]에 나타난 모든 신조어가 '-게'와의 결합만이 자연스럽고 '-이'와의 결합에서는 제한적인 것을 보여 준다.

　(5)의 예문들에 사용된 부사형의 어기의 형태를 살펴보면 (5ㄱ,ㄴ) '외래어+하다' 형태의 파생어이고, (5ㄷ)은 '의태어+하다' 형태의 파생어, (5ㄹ)은 '고유명사+하다'의 형태의 파생어에 '-이'와 '-게'가 결합한 모습인데, 이들 모두에 '-이' 부사 파생이 쉽게 허용되지 않는 모습을 보이고 있다. [표 3]의 형용사 목록에 있는 어휘들이 모두 '-게'부사형만이 자연스러운 것으로 보아 모든 신조어에서의 부사화는 '-게'가 담당하는 것으로 보인다. 3.1절에서 살펴보았듯이 '-이'는 동사와의 결합이 제한되므로 '-게'와만 결합하는 것은 필수적이지만, '샤방하다', '쿨하다', '스마트하다' 등의 형용사의 경우에도 '-게'와만 결합이 가능한 양상을 보이므로, 신조어가 부사화할 때 '-게'와의 결합만을 선호하고, '-이' 부사 파생은 더 이상 생산적이지 않은 것으로 판단된다.

4. 어기의 말음에 따른 분포 차이

이 장에서는 용언의 어기에 '-이'와 '-게'가 선택적으로 결합하는 조건을 어기의 말음에 따른 측면에서 고찰해 보고자 한다.

4.1. 어기의 말 모음

먼저 어기의 말음이 모음인 경우에 대해서 살피겠다. [표 4]는 어기의 말음이 모음으로 끝나는 어기에 접사 '-이'가 결합하여 부사화할 때의 실현 가부를 확인하기 위해, 어기의 끝소리 모음별 용언의 목록을 정리한 것이다. 표의 어두운 부분은 해당 모음을 어기의 말음에 취하는 용언이 없음을 표시한다. 국어의 모음자는 21개이지만, 모든 모음이 어기의 끝음절에 사용되지 않는다. 우리말의 모음자 21개 중 용언 어기의 끝음절에 사용되는 모음자는 'ㅐ, ㅛ, ㅝ, ㅠ'를 제외한 'ㅏ, ㅑ, ㅒ, ㅓ, ㅔ, ㅕ, ㅖ, ㅗ, ㅘ, ㅙ, ㅚ, ㅜ, ㅞ, ㅟ, ㅡ, ㅢ, ㅣ'의 17개이다. 이때 결합하는 용언이 동사이냐 형용사이냐에 따라 실제 사용 가능한 음절 말음에는 차이가 있다. [표 4]에서는 어기의 말 음절이 CV인 경우만을 대상으로 '-이'와 '-게'가 결합하는 용언을 품사에 따라 분류하였다. 형용사의 경우 어기 말에 사용되지 않는 모음자는 'ㅒ, ㅖ, ㅛ, ㅝ, ㅞ, ㅠ'이고 동사의 어기 말에 사용되지 않는 모음자는 'ㅑ, ㅒ, ㅘ, ㅙ, ㅛ, ㅝ, ㅞ, ㅠ'이다.(김양진·정경재 2008). '-' 표시는 해당 조건을 만족하는 단어가 없음을 뜻한다.

[표 4] '-이'와 '-게'가 결합하는 용언의 품사와 어기 말 모음에 따른 단어 목록9)

	-이		-게	
	형용사	동사	형용사	동사
ㅏ	훌륭하다, 간단하다	철렁하다	차다, 빼어나다	가다, 나다.
ㅐ	-	-	배다10)	대다, 재다.
ㅑ	-		-	
ㅒ				
ㅓ	-	-	-	서다.
ㅔ /ㅐ/	-	-	세다	건네다, 설레다
ㅕ	-	-	-	헛물켜다, 펴다
ㅖ		-		예다
ㅗ	-	-	외오다11)	오다, 보다
ㅘ	-		-	
ㅙ	-		-	
ㅚ	헛되다, 욕되다	-	외다12)	괴다, 뇌다
ㅛ				
ㅜ	-	-	돋우다	꾸다, 다투다
ㅝ				
ㅞ		-		꿰다
ㅟ	-	-	바냐위다13),	뛰다, 쥐다

---

9) 외오다 [형] : 궁중에서, '멀다'를 이르던 말.
　외다 [형] : ①물건이 좌우가 뒤바뀌어 놓여서 쓰기에 불편하다. ②마음이 꼬여 있다.
　바냐위다 [형] : 반지랍고도 아주 인색하다.
　바자위다 [형] :성질이 너그러운 맛이 없다.

			바자위다14)	
ㅜ				
ㅡ	빠르다, 슬프다	-	쓰다	모르다, 트다
ㅓ	-	-	희다	여의다,
ㅣ	더디다	-	끈질기다, 시다	떨어지다

앞 절에서 언급한 바와 같이 동사의 어기와 '-이'가 결합한 예를 찾아 볼 수가 없었다. 김양진·정경재(2008)에서는 형용사의 경우 어기의 말음이 CV형일 때 열다섯 개의 모음만이 자리에 올 수 있다 고 하였는데 실제 사전 검색에서 나온 모음 어기의 말음은 열 개였 다. 특히 /ㅜ/나 /ㅟ/, /ㅚ/ 등을 말음에 갖는 어기 자체가 적었다. '-이'부사의 사전 검색 결과 어기의 끝음절이 모임일 경우 /ㅡ/를 제외 한 나머지 '-이'부사형이 나온 모음 어기는 '더디-'의 '-이'부사형 '더 디' 하나만 출현 하고, 나머지 모음 어기로 끝나는 모음은 /ㅡ/만이 결합이 가능하였다. '더디'형이 가능한 것은 형용사의 어기가 그대 로 부사로 쓰이는 일이 많았으므로 중세국어에서 '더듸-'의 '-이'부 사형 '더듸'가 존재하였고, 더듸다'가 '더디다'로 변화하게 되면서 '더듸' 또한 '더디'로 사용되어 온 것으로 보인다.

[표 4]을 바탕으로 어기의 말음이 모음일 경우의 예문들을 살펴보

---

10) **배다** 형 1. 물건의 사이가 비좁거나 촘촘하다.
          2, 생각이나 안목이 매우 좁다.
11) **외오다** 형 궁중에서, '멀다'를 이르던 말
12) **외다** 형 1. 물건의 좌우가 뒤바뀌어 놓여서 쓰기에 불편하다.
          2, 마음이 꼬여있다.
13) **바냐위다** 형 형용사 반지랍고도 아주 인색하다.
14) **바자위다** 형 형용사 성질이 너그러운 맛이 없다.

면 다음과 같다.

(6) ㄱ. 'ㅏ/벅차다' : 나는 졸업식에 경수가 와서 가슴 <u>벅차게</u>/[*]<u>벅차</u>-
기뻤다.
ㄴ. 'ㅐ/배다' : 모를 <u>배게</u>/[*]<u>배</u>- 심었다.
ㄷ. 'ㅔ/세다' : 투수가 공을 <u>세게</u>/[*]<u>세</u>- 던졌다.
ㄹ. 'ㅗ/외오다' : 상궁전이 <u>외오게</u>/[*]<u>외오</u>- 느껴졌다.
ㅁ. 'ㅚ/외다' : 색연필이 여기저기 <u>외게</u>/[*]<u>외</u>- 있어 사용하기 편
하다.
ㅂ. 'ㅜ/돋우다' : 저 모자는 <u>돋우게</u>/[*]<u>돋우</u>- 느껴진다.
ㅅ. 'ㅟ/바냐위다' : 옆집 영감은 <u>바냐위게</u>/[*]<u>바냐위</u>- 생겼다.
ㅇ. 'ㅡ/빠르다' : 정열이가 우리 반에서 가장 <u>빠르게</u>/<u>빨리</u> 달린다.
ㅈ. 'ㅢ/희다' : 소녀의 얼굴은 갑자기 <u>희게</u>/[*]<u>희</u>- 변했다.
ㅊ. 'ㅣ/시리다' : 선희는 <u>시리게</u>/[*]<u>시리</u>- 아름다웠다.

(6)은 형용사만을 대상으로 제시한 예이다. 앞 절에서 살펴봤듯이 동사일 경우에 '-이'와의 결합이 저지되기 때문에 어기의 말음이 모음일 경우의 결합 양상을 보여주지 못 하기 때문이다. (6)에서 형용사 어기 말이 모음으로 실현되는 'ㅏ, ㅐ, ㅔ/ㅐ/, ㅗ, ㅚ, ㅜ, ㅟ, ㅡ, ㅢ, ㅣ'의 10가지 예를 보였는데, (6ㄱ-ㅊ)까지 제시된 어기의 말음에 '-게'는 항상 결합이 가능하지만 '-이'의 경우에는 /ㅡ/를 어기 말음을 가진 (6ㅇ)에서만이 결합이 가능한 것을 볼 수 있다. 즉 '-이'는 '더디'를 제외한 어기의 말음이 /ㅡ/일 경우에만 결합이 가능하다. 이것은 국어의 무표 모음인 /ㅡ/가 삽입이나 탈락이 용이하기 때문인 것으로 보인다.

(7) ㄱ. 건방지다/[*]건방지-, 멋지다/[*]멋지-, 기름지다/[*]기름지-,

값지다/*값지- 등.

(7)은 형용사 파생 접미사 '-지-'에 의해 형성된 형용사들이다. 어기의 말 모음이 /ㅣ/인 '-지-'에 의한 파생 형용사들은 '-이'부사 파생이 제약되는 것을 확인할 수 있다.

하지만 중세 국어에서의 '-이' 부사화는 현대 국어의 결합 양상과는 달리 실현되었다.

> (8) ㄱ. 맛나- + -이 → 맛내
> /a/ + /i/ → /aʲ/
> ㄱ´. 功羞盛饌을사 맛내 좌시며 (월인 상:43)
> ㄴ. 크- + -이 → 키
> /ɯ/ + /i/ → /i/
> ㄴ´. 大集은 키 모들 씨니 부톄 一切 大衆을 ᄀ장 모도아 니
> ᄅ샨 經이라 (석보 6:46)

(8)은 중세국어의 예이다. 중세 국어에서는 (8ㄱ)에서는 /ㅏ/로 끝나는 어기에 '-이'가 결합되면 'ㅐ'로 실현되었고, (8ㄴ)는 /ㅡ/로 끝난 어기에 '-이'가 접미될 때는 /ㅡ/가 탈락하여 '-이' 부사가 생성되었다. 하지만 현대 국어에서는 /ㅡ/외의 모음으로 끝나는 어기에는 '-이'가 결합하지 않는다는 것을 위에서 살펴보았으며, (8ㄴ)과 같이 어기의 말음이 'ㅡ'로 끝나는 경우만이 중세 국어와 같음을 보인다. 하지만 현대 국어로 와서 /ㅏ/나 /ㅓ/ 등과 같은 모음 어기가 '-이'와 결합하지 않게 되는데, 이러한 현상은 16세기 이후 단모음화 현상에 의해 일어난 것으로 판단된다. 16세기 이후 /ㅐ, ㅔ, ㆎ/의 단모음화가 진행되면서 모음어미 뒤에 쓰이던 /j/가 더 이상 사용되지 않게

되었고, 그 결과 모음으로 끝나는 어기와 /ㅣ/와의 결합에 제약이 생기게 된 것으로 보인다. '더디'를 제외한 '빠르다, 슬프다, 나쁘다' 등과 같은 /ㅡ/를 말음을 가진 어기만이 '-이'부사형으로 실현되는 것을 확인할 수 있었다. 결국 '-이'는 모음으로 끝나는 어기 중 /ㅡ/로 끝나는 형용사와만 접미하고, '-게'는 어기의 말음에 별다른 제약 없이 대부분의 어기와 결합한다.

4.1.1. 'X+-되다' 파생어

위에서 부사 파생 접미사 '-이'는 어기의 말 모음이 /ㅡ/가 아닌 모음으로 끝날 경우 결합하지 못한다는 것을 알 수 있었다. 하지만 본 절에서 살펴볼 'X+-되다' 파생어의 경우 어기 말 모음이 /ㅡ/가 아닌 /ㅚ/로 끝나지만 {X+-되-+-이}의 형태인 '-이'부사형이 존재하고 있다. '-되이'가 실현 가능한 것은 통시적인 영향의 결과로 판단된다. (9)의 예들은 '-ᄃᆞᄫᅵ'가 '-되이'로 변해가는 과정들에 나타난 예들이다.

(9) ㄱ. 사ᄅᆞ미 法 자본 病이 하거늘 부텨도 病ᄃᆞᄫᅵ 너기시니라 (월석 13:27)
　　ㄴ. 得道ᄒᆞᆫ 사ᄅᆞᄆᆞᆫ 吉慶ᄃᆞᄫᅵ 너겨 ᄒᆞ더라 (월석 10:14)
　　ㄷ. 그 잘 호ᄆᆞ로 ᄂᆞ믈 病ᄃᆞᄫᅵ 너기디 아니홀식 (원각 서9~10)
　　ㄹ. 일즉 인방의 나ᄃᆞᆫ니기 니그면 일편도이 나그내를 에엿비 너기고 (번역노걸대 상:41)
　　ㅁ. 져 개야 秋風 落葉을 헛도이 즈저셔 날 소길 줄 엇졔오 (교본역대시조전서2)
　　ㅂ. 방학을 헛되이 보냈다.
　　ㅅ. 아저씨는 아들만 편벽되이 사랑한다.

<표준국어대사전>에서는 '-두비'를 '(일부 명사 뒤에 붙어) '답게', '되게'의 뜻을 더하고 부사를 만드는 접미사'로 정의하고 있다. '-두비'는 '-들-'에 부사 파생 접미사 '-이'가 결합한 것으로 순경음 비읍이 존재하던 15세기 중기 문헌에 나타난 부사 파생 접사이다. 하지만 순경음 비읍의 소실로 '-두비'가 '-두이'로 변화하였고, /ᄫ/이 '-오/우-'로 변하면서 '-두이'는 다시 '-도이'로 형태로 나타났다. '-도이'의 '-이'가 앞선 '-도-'에 영향을 주어 '-되-'의 형태가 되었는데 여기에 부사 파생 접미사 '-이'가 결합하여 '-되이'의 형태로 현대 국어에서 현대 국어에서 '-되다'의 '-이'부사형으로 나타나고 있다.[15)]

즉 '-들-'의 형태를 가지고 있는 '-되-'는 표면적으로는 모음으로 끝난 것으로 보이지만, /ᄫ/을 포함하고 있는 /ㅚ/는 기원적으로 말음이 순경음 비읍으로 끝나는 것으로 보아야 할 것이다. 그러므로 '-되다'의 '-이'부사형 '-되이'는 모음으로 끝나는 것이 아니라 자음으로 끝난 것이라 볼 수 있다. 본 연구는 공시적 측면에서 '-이'와 '-게'의 결합 양상을 살피는 것이 목적이지만, '-되-' 어기에 '-이'가 결합하여 '-이'부사형으로 실현되는 것을 통시적으로 설명하여야 CV형에서의 어기 말음이 /ㅡ/로 끝나는 경우에만 접사 '-이'와 결합할 수 있다는 본고의 입장을 뒷받침 하는 근거가 될 수 있다.

'X+되다' 파생어에 '-이'와 '-게'가 결합하여 부사화할 수 있는 용언의 단어 목록을 정리하면 아래 [표 5]와 같다.

---

15) 형용사 파생 접미사 '-둡-'의 통시적 변화에 관한 것은 본고의 논의 대상에서 벗어나므로, 이에 대한 논의는 김현(1998)을 참고할 수 있다.

[표 5] {X+-되다}의 '-이'와 '-게' 부사화 단어 목록

부사화소	어휘 목록
'-이'	無
'-게'	호되다. 명령되다. 개정되다, 기억되다, 일관되다 등.
'-이'와 '-게' 모두	공변되다. 망령되다. 외람되다. 욕되다, 참되다, 편벽되다, 한갓되다, 헛되다.

{X+-되다} 파생어에서 '-이'가 결합할 수 있는 단어는 8개로 모두 형용사였다. '-게'만이 결합 가능한 {X+-되다}의 경우 '호되다'를 제외한 용언은 모두 동사로 나타났다. '-되다'형에서도 역시 동작 동사와 '-이'와의 결합이 저지된다는 것을 알 수 있다.

4.1.2. 'X+-하다' 파생어

이 절에서는 말뭉치에서 추출한 '-이'와 '-게'의 결합 용언의 단어 수의 반 정도를 차지하는 'X+-하다' 파생어에 대해서 논의해 보고자 한다. 중세 국어에서도 이들 'X+-ᄒ-'의 어기에 '-이'가 결합한 형태가 생산적으로 나타났다. [표 6]은 'X+-하다'의 어기에 '-이'와 '-게'가 결합하는 용언의 수를 형용사와 동사로 나누어 나타낸 것이다.

[표 6] {X+-하다}의 결합 양상

어기	부사화 어미	용언의 수
{X+-하다} 형용사	'-이'만	0
	'-게'만	43
	'-이'와 '-게' 모두	373
	계	416

{X+-하다} 동사	'-이'만	0
	'-게'만	65
	'-이'와 '-게' 모두	1
	계	66

[표 6]에서 나타나듯이 'X+-하다' 파생어 형태의 형용사와 동사에서 모두 '-이'와의 결합이 단독으로만 가능한 용언은 없다. 'X+-하다'의 어기에 '-이'와 '-게' 모두 결합 가능한 용언은 형용사가 대부분이며, '철렁하다'의 형용성 동사 1개를 제외한 다른 모든 동사의 어기와 '-이'와의 결합은 제한된다. {X+-하다} 형태의 형용사의 어기의 경우 '-게'가 결합 되는 것이 '-이'와 결합 가능한 것보다 43개 더 많다. [표 6]을 통해 {X+-하다} 형태에서도 '-게'의 생산성이 더 크다는 것을 확인할 수 있다. 접사 '-하-' 파생어의 경우 어기의 말음이 모음이지만 '-이'가 결합 가능한 이유는 중세 국어에서부터 '-ㅎ-'와 '-이'가 결합할 때 'ㆍ'가 탈락하여 '-히'의 형태로 나타난 것이 현대 국어에까지 이어져 온 것으로 보인다.

결합하는 어기의 의미 속성에 따라 '-이'와 '-게'가 결정된다는 송철의(1992) 등의 선행 연구들이 있었다. 그 중 필수적으로 등장하던 어휘가 색채어류이다. 하지만 '-하다'와 결합한 이러한 의미장은 다른 결과를 가져 온다.

(10) ㄱ. 색채어 : 붉다, 푸르다, 검다, 희다, 노랗다 등
        거무스름하다, 발그스름하다, 희푸르스름하다, 노
        르스름하다 등
    ㄴ. 공간어 : 넓다, 좁다, 짧다, 얇다 등

넓찍하다, 짤막하다, 얄팍하다 등
ㄷ. 날씨어 : 맑다, 밝다, 흐리다 등
　　　　말그스름하다, 발그스름하다, 흐리멍텅하다, 축축
　　　　하다, 따뜻하다, 음산하다, 축축하다 등
ㄹ. 미각어 : 달다, 쓰다, 짜다, 맵다, 시다 등
　　　　달착지근하다, 달큰하다, 달콤하다, 씁쓸하다, 짭
　　　　짤하다, 시큼하다 등

　(10)의 단어 목록은 각각 색채어, 공간어, 날씨어, 미각어를 나타
낸 것으로, 이러한 것들은 의미 유형에 따라 분류된 것이다. 첫째 줄
형용사들은 기본 어형이고 둘째 줄의 형용사들은 기본어형에 접사
'-하다'가 결합하여 각각의 부류를 이루고 있다. 이렇게 분류된 색채
어류의 형용사들은 기존의 논의들에서 '-이'와의 결합이 저지되고 '-
게'부사형만을 허용하는 것으로 보았다. 하지만 (10)의 각각의 둘째
줄에 놓인 어휘들은 모두 '-이'와의 결합이 가능하다.

　(11) ㄱ. 색채어 : 붉게/*붉이, 푸르게/*푸르이, 검게/*검이, 희게/*희
　　　　　　이, 노랗게/*노라히.
　　　　　　거무스름하게/거무스름히, 발스름하게/발그스름
　　　　　　히, 희푸르스름하게/희푸르스름히, 노르스름하게/
　　　　　　노르스름히.
　　　ㄴ. 공간어 : 넓게/*넓이, 좁게/*좁이, 짧게/*짧이, 얇게/*얇이.
　　　　　　널찍하게/널찍히, 짤막하게/짤막히, 얄팍하게/얄
　　　　　　팍히.
　　　ㄷ. 날씨어 : 맑게/*맑이, 밝게/*밝이, 흐리게/*흐리이.
　　　　　　말그스름하게/말그스름히, 발그스름하게/발그스
　　　　　　름히, 흐리멍텅하게/흐리멍텅히, 축축하게/축축
　　　　　　히, 따뜻하게/따뜻히, 음산하게/음산히.
　　　ㄹ. 미각어 : 달게/*달이, 쓰게/*쓰이, 짜게/*짜이, 맵게/*맵이,

시계/*시이.
달착지근하게/달착지근히, 달큰하게/달큰히, 달
콤하게/달콤히, 씁쓸하게/씁쓸히, 짭짤하게/짭짤
히, 시큼하게/시큼히.

(11)은 (10)의 단어 목록에 '-이'와 '-게'를 결합시킨 것이다. '맑다'
나 '검다', '넓다', '달다' 등의 기본어형에는 '-게'만을 허용하고 '-
이'가 결합하지 못하지만, 이들 기본어형에 '-하다'가 결합한 '말그
스름하다', '거무스름하다', '널찍하다', '달콤하다' 등의 용언의 어기
에는 '-이'가 결합할 수 있는 것을 확인할 수 있다.

박선우(1993)에서는 색채어에 '-으스름-'이 붙으면 '-게' 부사형이
허용된다고 기술하고 있다. 하지만 '-으스름-'뒤에는 항상 '-하다'가
동반하여 나타나고, 색채어와 더불어 위에서 살펴본 공간 형용사나
날씨 형용사, 미각 형용사 등의 경우에도 기본형에 '-하다'가 결합할
때 '-게' 뿐만이 아니라 '-이'와의 결합을 허용한다. 그러므로 이러한
유형의 형용사들이 의미 속성 분류에 따라 '-이'를 거부하고 '-게'만
을 취한다고 할 수는 없기 때문에 이들 형용사와 '-이'와 '-게'의 결
합 조건을 의미론적인 제약에 따른 것으로 볼 수 없다. 이 부류의
속성을 지닌 'X+-하다'형의 형용사의 경우에 접사 '-하-'에 의해 '-
이'와 '-게'형이 모두 가능하게 되는 것으로 보아 '-하-'의 어떠한 기
능에 의해서 '-이'와의 결합이 자유롭게 허용되는 것으로 보인다.

4.2. 어기의 말 자음

다음으로 어기의 말음이 자음인 경우에서의 '-이'와 '-게'의 결합

양상을 살펴보겠다. 어기의 말음이 자음으로 끝나는 경우 '-이'와 '-게'의 부사화 분포 양상을 아래의 [표 7]과 같은 예들을 통해서 확인해 보고자 하였다. 하지만 어기의 말음이 자음인 경우에는 어기의 말음이 모음인 경우와는 달리 일정한 결합 조건이 나타나지 않았다. '-' 표시는 해당 조건을 만족하는 단어가 없음을 뜻한다.

[표 7] '-이'와 '-게'와 결합하는 용언의 품사와
어기 말 자음에 따른 단어 목록[16)]

	'-이'		'-게'	
	형용사	동사	형용사	동사
ㄱ	멋쩍다, 겸연쩍다	-	수상쩍다	먹다, 막다
ㄴ	점잖다, 적잖다	-	귀찮다	신다, 안다
ㄷ		-		받다, 걷다
ㄹ	옳다	-	낯설다, 가늘다	들다, 살다
ㅁ		-	주제넘다, 검다	머금다, 품다
ㅂ[17)]	가볍다, 고맙다	-	손쉽다, 따갑다	
ㅅ		-	낫다	짓다, 솟다
ㅇ		-		
ㅈ	애꿎다	-	늦다, 알맞다	끝맺다, 갖다
ㅊ		-		

16) 연구 대상에 포함되어 있는 '점잖다', '적잖다', '-찮다'는 어간 말음이 /ㄴ/으로 발음 되므로 'ㄴ'의 목록에 포함, '옳다'는 어간 말음이 /ㄹ/으로 발음 되므로 'ㄹ'의 목록에 포함시켰다.
17) 현대 국어에서는 중세국어와 달리 'ㅂ'으로 끝나는 어기일 경우에 접사 '-이'

ㅋ		-		
ㅌ	감쪽같다	-	옅다	
ㅍ	깊다, 높다	-		
ㅎ	좋다	-	사이좋다	놓다, 닿다

형용사의 경우 '-이'와 결합하여 나타난 어기의 말 자음은 /ㄱ, ㄴ, ㄹ, ㅂ, ㅈ, ㅌ, ㅍ, ㅎ/이고, '-게'와 결합하여 나타난 어기의 말 자음은 /ㄱ, ㄴ, ㄹ, ㅁ, ㅂ, ㅅ, ㅈ, ㅌ, ㅎ/으로 크게 차이가 없다. 어기가 /ㄱ, ㄴ, ㄷ, ㄹ, ㅁ, ㅅ, ㅈ, ㅎ/으로 끝나는 동사의 경우에도 일정한 패턴 없이 '-게'와 결합하는 모습을 보인다. 이것은 어기 말 자음이 '-이'와 '-게'의 결합에 아무런 영향을 미치지 못하는 것을 보여준다.

'-답-', '-스럽-', '-롭-', '-맞-', '-다랗-', '-쩍-' 등의 형용사 파생 접미사로부터 형성된 많은 형용사들이 있다. 하지만 이들 중 특히 '-

---

와 결합하면 끝음절이 '-이'의 형태로 실현된다.

(2) 가볍다 : 가볍- + -이 -> 가벼이

하지만 중세 국어에서는 어기의 말음이 'ㅸ'일 때, 끝음절이 '-이'나 '-비', '-ㅸ'의 세 가지 형태로 실현되는 모습을 보인다.

(3) ㄱ. ᄀᆞ장 술 마시고 <u>어러이</u> 놀애 블로ᄆᆞᆫ (두언, 16:5)
    ㄴ. <u>쉬이</u> 알와뎌 ᄇᆞ라노니 (능엄, 8: 44)
    ㄷ. 뵳 사라미 讀誦을 <u>어려비</u> 너기거니와 (월석, 서:23)
    ㄹ. 옷밥 <u>쉬비</u> 어드니만 몯다 (월석, 13:12~3)
    ㅁ. <u>수ᄫᅵ</u> 슬허ᄒᆞ노니 (두언, 15:5)

(이광정 1983)

(3ㄱ)과 (3ㄴ)은 각각 어기 '어렵-'과 '쉽-'에 부사파생접미사 '-이'가 결합하여 끝음절이 '-이'로 나타났고, (3ㄷ)과 (3ㄴ)은 '어렵-'과 '쉽-' 어기와 '-이'의 결합으로 끝음절이 '-비'로 실현되었으며, (3ㅁ)은 어간 '쉽-'에 '-이'가 접미하여 끝음절이 '-비'로 나타남을 확인 할 수 있다.

이'와의 결합이 생산적인 것들이 있다.

> (12) ㄱ. 정답다, 아름답다, 참답다, 꽃답다, 남자답다 등.
> ㄴ. 궁상맞다, 능글맞다, 능청맞다, 청승맞다, 쌀쌀맞다 등.
> ㄷ. 높다랗다, 굵다랗다, 깊다랗다, 커다랗다, 길다랗다 등.
> ㄹ. 미심쩍다, 미안쩍다, 겸연쩍다, 수상쩍다, 의심쩍다 등.
> ㅁ. 한가롭다, 슬기롭다, 자유롭다, 까다롭다, 경이롭다, 괴롭
> 다, 번거롭다, 수고롭다 등.
> ㅂ. 복스럽다, 맛깔스럽다, 자랑스럽다, 걱정스럽다, 사랑스럽
> 다, 과감스럽다 등.

> (13) ㄱ. 정다이, *아름다이, *참다이, *꽃다이, *남자다이.
> ㄴ. *궁상맞이, *능글맞이, *능청맞이, *청승맞이, *쌀쌀맞이.
> ㄷ. *높다라이, *굵다라이, *깊다라이, *커다라이, *길다라이.
> ㄹ. 미안쩍이, 미심쩍이, 겸연쩍이, *수상쩍이, *의심쩍이.
> ㅁ. 한가로이, 슬기로이, 자유로이, 까다로이, 경이로이, 괴로
> 이, 번거로이, 수고로이.
> ㅂ. 복스레, 맛깔스레, 자랑스레, 걱정스레, 사랑스레, 과감스레.

(12)의 형용사 목록은 형용사 파생 접미사들에 의해 형성된 파생어
이고, (13)는 이들 파생어 어기에 '-이'가 결합하여 부사화한 것이다.
(12ㄱ-ㄹ)까지의 형용사들에서는 '-이'와의 결합이 가능한 것과 불가
능한 것이 불규칙적으로 있어 일정하지 않은 것으로 보아 생산적이
지 않은 모습을 보인다. 하지만 (12ㅁ-ㅂ)의 '-롭-'과 '-스럽-'에 의해
형성된 형용사들에서는 모두 '-이'부사파생이 자연스러운 것을 볼
수 있다. 이것은 다른 파생 형용사들에 비해 '-롭-'과 '-스럽-'을 어기
로 한 형용사일 때 거의 모든 경우에서 '-이'와의 결합을 허용하는
데, 이러한 것으로 보아 현대 국어에서 아직 '-이' 부사 파생이 생산

성을 잃지 않은 것으로 보인다.

4.2.1. 'X+없다' 합성어

다음으로 생산적인 'X+없다' 형태의 용언 어기에 '-이'와 '-게'가 결합하는 양상을 살펴보고자 한다. '없-'과 결합한 경우 '-게'만이 결합 가능한 예가 발견되지 않는다. 즉 '없다'로 끝난 형용사의 경우 '-이'는 항상 결합되지만 '-게'를 허용하면 어색한 예들이 나타난다.

> (14) ㄱ. 정은이는 <u>정신없이</u>/정신없게 그 문제를 풀었다.
> ㄴ. 현진이는 <u>실없이</u>/실없게 웃으면서 말했다.
> ㄷ. 나는 네가 <u>숨김없이</u>/?숨김없게 진실 된 모습을 보여 주길 바란다.

(14ㄱ, ㄴ)은 'X+없-' 뒤에 '-이'와 '-게'가 모두 결합하여 사용되는 용언의 예이고, (14ㄷ)은 'X+없-' 뒤에 '-이'는 자연스럽지만 '-게'가 붙으면 어색한 예이다. 또한 'X+없-' 뒤에 '-이'와 '-게'가 모두 결합 가능한 경우에도 '-이'가 사용되는 것이 더 자연스럽고 그 빈도 또한 더 많다. 이것은 '없-'이 '-이'와 더 빈번하게 결합하여 사용되며, 더 잘 어울리는 것으로 파악된다. '-게'보다 생산성과 범위가 훨씬 작은 '-이'가 'X+없-' 합성어의 경우 더 강한 결합력을 보이는 것은 특이할 만하다.

중세 국어에서도 (15)와 같이 '없-'에 '-이'가 결합한 '업시'형의 부사가 드물지 않게 나타난 것을 확인할 수 있다.

> (15) ㄱ. 서르 獻ᄒ며 酬ᄒ야 爵을 <u>수업시</u> 호미 이시니 (가례언해

10:29)

ㄴ. 쇽절업시 (월석)

ㄷ. 부졀업시 (어록해)

　하지만 '있다'의 경우에는 '없다'와는 달리 '-이' 부사 파생을 허용하지 않는다.

(16) ㄱ. 지은이는 <u>조리없이/조리없게</u> 설명했다.

　　ㄱ´. 지은이는 [*]<u>조리있이/조리있게</u> 설명했다.

　　ㄴ. 그 아이는 <u>재수없이/재수없게</u> 생겼다.

　　ㄴ. 그 아이는 [*]<u>재수있이/재수있게</u> 생겼다.

(16ㄱ,ㄴ)의 문장에 쓰인 'X+없다' 합성어의 경우 '없이', '없게'와 같이 '-이'부사와 '-게'부사형을 모두 허용하는데 반해, 'X+-있다' 파생어의 경우에는 '-게'부사형만을 허용한다. 이러한 현상은 3.1장에서 살펴본 품사에 따른 분류에 기인한 것으로 보인다. <표준국어대사전>에서는 '있다¹'을 동사로, '있다²'를 형용사로 분류하고 있으며, '없다'는 형용사로 설정하고 있다.[18] 형용사를 어기로 하는 경우에

---

18) <표준국어 대사전>에 정의된 '있다'와 '없다'는 다음과 같다. 다수의 뜻 중 첫 번째와 두 번째에 위치하고 있는 의미만을 기술하였다.

　'있다' 동 1. 사람이나 동물이 어느 곳에서 떠나거나 벗어나지 아니하고 머물다. ¶내가 갈 테니 너는 학교에 있어라.

　　2. 사람이나 동물이 어떤 상태를 계속 유지하다. ¶우리 모두 함께 있자.

　형 1. 사람, 동물, 물체 따위가 실제로 존재하는 상태이다. ¶날지 못하는 새도 있다.

　　2. 어떤 사실이나 현상이 현실로 존재하는 상태이다. ¶기회가 있다

　'없다' 형 1. 사람, 동물, 물체 따위가 실제로 존재하지 않다. ¶그는 귀신이 없

는 '-이'와 '-게'의 결합이 모두 가능하지만 동사를 어기로 할 경우 '-
이'부사 파생을 제한하기 때문에, 형용사인 '없다'는 '없이'와 '없게'
가 모두 가능하며, 동사를 품사로 하는 '있다'의 경우 '*있이'의 형태
는 불가능하고 '있게'만을 허용하는 것으로 판단된다.

5. 마무리

이상에서 '-이'와 '-게'가 품사에 따라, 또 어기 말음에 따라 어떠
한 결합 양상을 보이는지 살펴보았다. 본고는 실제 말뭉치를 바탕으
로 형태·음운론적인 측면에서 '-이'와 '-게'의 결합 환경을 살폈다
는 것이 기존 연구와 차별되는 점이다.

먼저 용언 목록을 동사와 형용사로 나누어 '-이', '-게'와 결합하는
분포 양상을 살폈는데, 동사의 경우 '-이'와의 결합이 제약되었고, '-
게'와만 결합하는 것으로 나타났다. 형용사의 경우에도 '-이'와의 결
합이 빈번하지만 '-게'와의 결합 분포가 훨씬 넓고 더 생산적인 것으
로 나타났다. 이러한 실현 현상은 신조어에서도 동일하게 나타났다.

또 음운론적 조건을 살펴보기 위해 결합하는 어기의 말음을 살폈
다. 어기의 말음을 어기 말 모음과 어기 말 자음으로 나누어 그 결
합 환경을 알아보고자 하였다. 그 결과 어기가 자음으로 끝나는 경
우에는 일정한 결합 조건이 나타나지 않았다. 그러나 어기가 모음으

다고 믿었다.
2. 어떤 사실이나 현상이 현실로 존재하지 않다. ¶이제 그런 기회는
   없다.

로 끝나는 경우에는 /ㅡ/로 끝나는 경우에만 '-이'가 결합할 수 있는
것을 확인할 수 있었다. 이것을 하향 이중 모음의 단모음화 현상으
로 설명하였다.

생산적으로 어휘를 파생시키는 '-하다', '-없다'의 합성어와 '-되
다' 파생어와 결합하는 '-이'와 '-게'의 결합 환경도 살펴보았다.
'X+-되-' 파생어의 경우 어기가 /ㅡ/가 아닌 /ㅚ/로 끝나고 있지만 '-
이'의 결합을 허용한다는 점이 문제가 되었다. 하지만 통시적으로
'되이'는 순경음 비읍의 변화로 '둏-+-이>두병>두이>도이>되-+-이'
의 과정을 거쳐 형성된 것이므로 '되'의 /ㅚ/는 /ㅸ/을 포함하고 있으
며, '되이'는 순경음 비읍으로 끝난 어기, 즉 어기 말 자음으로 끝난
것으로 보아야 함을 밝혔다.

'X+-하-' 파생어에 '-이'만이 결합하는 단어는 없었으며, '-게'만이
결합 가능하거나 '-이'와 '-게' 모두 결합 가능한 형태만 나타났다.
기존의 연구들에서는 주로 의미적인 부류에 의해 색채어류와 같은
단어에는 '-이'의 결합이 제약되는 것으로 보았지만, '-하다' 파생의
색채어류 등에서는 '-이'부사파생이 자연스러운 것을 확인할 수 있
었다.

하지만 'X+없-' 합성어의 경우 앞에서 살펴본 것과 조금 다른 결
합 양상을 보였다. 'X+없-'의 어기에 '-이'만이 결합 가능한 경우와
'-이', '-게'가 모두 결합 가능한 단어들이 존재했지만 '-게'만이 결합
가능한 단어는 존재하지 않았기 때문이다. 다른 어기들과는 달리 '-
없다' 합성어에서는 '-이'의 결합이 '-게'보다 생산적이며 더 넓은 분
포를 가지고 있었다.

파생 접미사 '-이'는 어미 '-게'에 비해 확실히 품사와 음운론적인

부분에서 모두 제약이 컸다. 그러나 '-게'의 결합적 제약에 대해서는 분명한 특성을 찾아낼 수 없었다. 의미론적인 연구와 더불어 더 많은 말뭉치를 이용해서 면밀히 연구하여 이를 명확히 밝히는 것이 본 연구의 남은 과제이다.

▌참고문헌▌

구본관. 1997. "의미와 통사범주를 바꾸지 않는 접미사류에 대하여."「국어학」(국어학회) 29.

구본관. 2004. "중세국어 'Xㅎ.- + -이' 부사 형성."「국어국문학」(국어국문학회) 136.

국립국어원. 1999.「표준국어대사전:CD롬」서울: 두산동아.

김건희. 2006. "형용사의 부사적 쓰임에 대하여 - '-이'와 '-게' 결합형을 중심으로 -."「형태론」8-2.

김양진·정경재. 2008. "국어사전에서 '-어/-아' 계열 어미의 결합 정보 기술에 대하여."「한국사전학」8.

김영신. 1988. "形態素 {-이}, {-게}의 對比에 대한 比判的 檢討."「白鹿語文」5.

김영희. 1976. "형용사의 부사화 구문."「어학연구」(서울대학교 어학연구소) 12.

김일환. 2007. ""-이"와 "-게"의 범주와 의미 해석."「언어」(한국어학회) 32.

김지홍. 1984. "{-게} 의 통합적 의미와 그 통사에 대하여."「서강어문」(서강어문학회) 4.

김 현. 1998. "중세국어 형용사 파생 접미사 {-답-} 의 이형태 빈도와 역사적변화",「관악어문연구」(서울대학교 국어 국문학과) 23.

박동근. 1998. "어찌씨 파생의 뒷가지 '-이' 연구",「한말연구」(한말연구학회) 4.

박병채. 2005.「국어발달사(보정판)」서울: 세영사.

박선우. 1993. ""-이" 부사와 "-게" 부사형에 대하여."「한성어문학」(한성대학교 한성어문학회) 12.

박성현. 1990. "{-이}형 부사어와 {-게}형 부사어의 분포상의 차이에 대하여 -어휘화의 측면에서-."「언어연구」(서울대학교 언어연구회) 2.

박순봉. 1986. ""이", "게" 부사의 통사-의미 분석 - "분명히"와 "분명하게"를 중심으로-."「건대학술지」30.

송철의. 1992.「국어의 파생어형성 연구」서울: 태학사.

송철의. 2008. 「한국어 형태음운론적 연구」 파주: 태학사.

시정곤. 1993. "부사화접사 '-이'의 통사적 해석." 「어문논집」(민족어문학
　　　회) 32.

시정곤. 1998. 「국어의 단어형성 원리(수정판)」 서울: 한국문화사.

신지영·차재은. 2006. 「우리말 소리의 체계」 서울: 한국문화사.

안예리. 2008. "형용사 파생 접미사의 어기 공유 현상." 「형태론」 10-1.

우순조. 1997. "'-게'의 통합적 분석 - 문법적 기능, 통사 층위, 형태론적 지
　　　위 -." 「한국어학」(한국언어학회) 20.

유필재. 2007. "후기중세국어 부사파생접미사 "-이"의 형태음운론." 「국어
　　　학」(국어학회) 49.

유현경. 2005. "부사절을 필수적으로 요구하는 구문에 대한 연구." 「한국
　　　어학」(한국어학회) 29.

유혜원. 2007. "'-게'에 대한 형태론적 고찰." 「형태론」 17.

이광정. 1983. "15世紀 國語의 副詞形語尾 「-게」와 「-이」에 對하여." 「국어
　　　교육」(한국어교육학회) 44.

이윤하. 2006. "副詞形 語尾 '-게' 構成의 統辭·意味 機能에 대하여." 「국
　　　어교육」(한국어교육학회) 121.

이익섭. 2003. 「국어부사절의 성립」 서울: 태학사.

이재인. 1983. "'-이' 副詞의 形成과 그 特性." 「서강어문」(서강어문학회) 3.

임지룡. 2003. 「국어의미론」 서울: 탑출판사.

임채훈. 2007. ""형용사+게" 부사어의 문장 의미 구성." 「국어학」(국어학
　　　회) 49.

임홍빈. 1976. "부사화와 대상성." 「국어학」(국어학회) 4.

장기용. 1995. "현대국어 「-게」와 「-도록」의 통어적 기능 연구." 건국대 석
　　　사학위논문.

전상범. 1995. 「형태론」 서울: 한신문화사.

정미경. 1988. "부사형 어미 '-게'의 통사·의미론적인 기능에 대하여."
　　　「수련어문논집」(수련어문학회) 15.

최웅환. 2003. "현대국어 "-이"형 부사화의 문법적 특성 -형용사 어간/(상
　　　태성) 어근을 어기로 하는 부사화를 중심으로-." 「언어과학연구」

(언어과학회) 27.

최현배. 1971. 「우리말본」 서울: 정음사.

허 웅. 1975. 「우리 옛말본」 서울: 샘문화사.

홍석준. 2005. "현대국어 'A+-이' 및 'A+-게'형 부사와 부사형 비교." 서울
    대 석사학위논문.

홍양추. 1989. "국어 부사절 내포문 연구." 「한글」(한글학회) 203.

황화상. 2006. "'-이'형 부사어의 문법 범주." 「한국어학」(한국어학회) 32.

Bybee, Joan L. 1985. Morphology : a study of the relation between meaning
    and form. Amsterdam/Philadelphia: J. Benjamins. (이성하 · 구현정
    역. 2000. 「형태론」. 서울: 한국문화사.)

┃ 부록┃

1. '-이'만이 결합 가능한 용언의 목록

거처없다	관계없다	너나없다	더없다
도움없다	도움없다	반영없다	사정없다
소문없다	수많다	수없다	숨김없다
쉼없다	아낌없다	엄하다	울적하다
이름없다	이유없다	전진없다	지체없다
표정없다	하나같다	해명없다	

2. '-게'만이 결합 가능한 용언의 목록

가늘다	가늠할만하다	가다	가입하다
가져오다	가파르다	각인하다	값싸다
강하다	갖다	개정되다	거세다
거슬리다	거치다	거칠다	건방지다
걷다	걸다	걸맞다	검다
겁나다	겨루다	겪다	견디다
결심하다	결혼하다	경쟁하다	계시다
구르다	귀찮다	규정하다	그르다
그리다	기다리다	기대다	기록하다
기막히다	기억되다	기억하다	기울다
깊이있다	까닭모르다	까맣다	깔다
깔삼하다	깨다	깨닫다	깨우치다
깨지다	꿈꾸다	끄덕이다	끈기있다
끈덕지다	끈질기다	끊어지다	끝나다
끝맺다	나가다	나가떨어지다	나다

나다니다	나르다	나아가다	나오다
남자답다	낫다	낮다	낯설다
낳다	내다	내리다	넘다
넘어가다	넘치다	노랗다	노무현스럽다
놀다	놀라다	놀랍다	높다랗다
놓다	누렇다	눈뜨다	눈부시다
느끼하다	늘어지다	늦다	다니다
다부지다	다운로드받다	다지다	다치다
다투다	단아하다	닫다	달다
달리다	닿다	대포답다	더럽다
데다	도달하다	돈질하다	돋보이다
돌다	돌아가다	돌아보다	동그랗다
되다	되돌아보다	되바라지다	되새기다
되씹어보다	두드러지다	둥글다	뒤늦다
뒤집다	뒤집히다	드러나다	드물다
들끓다	들다	들뜨다	들어가다
따갑다	따라다니다	떠내려가다	떠들다
떠올리다	떨어지다	똑떨어지다	뚫어지다
뛰어나다	뜨겁다	뜨다	띄다
랜덤하다	마르다	마시다	마주앉다
막다	막히다	만끽하다	만나다
말다	맑다	맛보다	맛있다
망설이다	망치다	맞다	맞이하다
맥빠지다	맺다	머금다	먹다
멀다	멀어지다	멋들어지다	멋있다
멋지다	면하다	모국어답다	모르다

모질다	몰라보다	못살다	못지않다
못하다	묘하다	무감동하다	무겁다
무디다	무릎꿇다	무리하다	무섭다
무성의하다	무식하다	무위하다	무의미하다
무자비하다	무지막지하다	무질서하다	무책임하다
물러나다	미치다	미행하다	밀도있다
바꾸다	바라보다	바르다	받다
발견하다	발사하다	밝다	밤늦다
방목하다	배달하다	배치되다	벅차다
번거롭다	번드르르하다	벌겋다	별나다
별천지답다	보다	보존하다	부러워하다
부러지다	부옇다	부진하다	불가피하다
불리다	불리하다	불투명하다	불티나다
붉다	비극적이다	비싸다	빠지다
빨갛다	빼내다	빼어나다	뼈아프다
뼈저리다	뿌옇다	뿜어내다	사나이답다
사납다	사랑하다	사무치다	사용하다
사이좋다	살다	삽질하다	상실하다
상하다	새끈하다	생각하다	생성되다
샤방하다	샤프하다	서다	서툴다
선도하다	성공하다	성내다	세다
세차다	소리나다	소스라치다	소신있다
손쉽다	솟다	수상쩍다	수줍다
숙이다	숨막히다	숨지다	쉬다
스마트하다	스미다	승부사답다	시커멓다
시도하다	시리다	신퍼렇다	신나다

신다	신명나다	신바람나다	실감나다
실감있다	실천하다	실효있다	싫다
심도있다	심술궂다	심심찮다	싸다
쌓다	쏟다	쓰다	쓰라리다
쓸다	아니다	아름답다	아릿하다
아무렇다	아쉽다	아시다	아이답다
아이러니하다	아프다	악질적이다	앓다
알다	알려지다	알맞다	알차다
애타다	약하다	얄궂다	어둡다
어떻다	어울리다	억세다	얻다
엄청나다	엉뚱하다	여자답다	연상하다
엿보다	영감하다	영위하다	옅다
예쁘다	오다	오르다	오므라들다
오타쿠스럽다	올바르다	옮기다	옳다
옹골차다	와닿다	완성하다	요구하다
용납하다	용이하다	우러나다	우렁차다
우습다	우회하다	운좋다	울렁거리다
움직이다	위협하다	유감되다	유대인답다
유별나다	유익하다	유지하다	융통성있다
으스스하다	의심쩍다	의심하다	의존하다
의지하다	이렇다	이롭다	이루어지다
이르다	익히다	인터넷질하다	일관되다
일구다	일어서다	일하다	읽다
잃다	있다	자라다	자리매김하다
자성하다	자손답다	자신있다	자아나다
작다	작명하다	잔인하다	잘다

잡아오다	재다	재미있다	재수있다
잽싸다	저렇다	적어놓다	전문용어답다
전사답다	전하다	정리하다	정착되다
정착하다	조그맣다	조중동스럽다	조화있다
존재하다	좁다	주다	주저하다
주제넘다	죽다	줄기차다	줄다
쥐다	즐비하다	증언하다	지겹다
지나다	지나치다	지내다	지니다
지새우다	지치다	직면하다	진작하다
진지하다	진하다	질리다	집착하다
짓다	짙다	짧다	찌푸리다
찡하다	찢어지다	차디차다	차려오다
차리다	차지하다	천진하다	천하다
철면피하다	첨예하다	청렴하다	출판되다
취하다	치다	치르다	커다랗다
쾌적하다	쿨하다	크다	키커답다
타다	터득하다	튀다	트다
틀리다	파랗다	파렴치하다	파열되다
판이하다	팬질하다	펌질하다	포기하다
포샵하다	푸르다	푸르스름하다	푸지다
풀려난가다	품다	피하다	하나되다
하다	하얗다	한스럽다	한정하다
항복하다	향하다	허심하다	허약하다
허옇다	호되다	화나다	희다

3. '-이'와 '-게'가 모두 결합 가능한 용언의 목록

가깝다	가난다	가능하다	가뭇없다
가볍다	가뿐하다	가쁘다	가엽다
가차없다	각별하다	각색없다	간결하다
간곡하다	간단하다	간소하다	간편하다
감미롭다	감쪽같다	갑작스럽다	강경하다
강도높다	강력하다	강렬하다	같다
개운하다	거나하다	거리낌없다	거무스름하다
거북스럽다	거처없다	거추장스럽다	거침없다
걱정스럽다	건강하다	건전하다	검소하다
겅성드뭇하다	게걸스럽다	격렬하다	결연하다
겸손하다	겸연쩍다	경솔하다	경이롭다
경쟁력없다	경쾌하다	경황없다	계획없다
고고하다	고단하다	고리타분하다	고맙다
고분고분하다	고즈넉하다	고집스럽다	고통스럽다
고풍스럽다	곤궁하다	곤란하다	곧다
골몰하다	곰곰하다	곱다	공교롭다
공명정대하다	공변되다	공손하다	공정하다
공평하다	과감하다	과다하다	과민하다
관계없다	관련없다	광대무변하다	광범하다
광포하다	괘씸하다	괴롭다	교묘하다
구김살없다	구부정하다	굳다	굽다
궁금하다	귀하다	균등하다	그지없다
극명하다	근근하다	근사하다	근심스럽다
급격하다	급속하다	급하다	기꺼하다
기묘하다	기민하다	기분나쁘다	기쁘다

기약없다	기이하다	긴밀하다	길다
깊다	깊숙하다	까다롭다	까닭없다
깔끔하다	꼭같다	꼼꼼하다	꼿꼿하다
꾸밈없다	꾸준하다	꿋꿋하다	끊임없다
끔찍하다	끝없다	나쁘다	나지막하다
나직하다	난데없다	난폭하다	날렵하다
날카롭다	남김없다	납작하다	냉담하다
냉랭하다	냉정하다	냉철하다	냉혹하다
너그럽다	너나없다	널찍하다	노릇노릇하다
농염하다	높다	느긋하다	느닷없다
느슨하다	느지막하다	능청스럽다	다급하다
다르다	다름없다	다소곳하다	다양하다
다정하다	다행스럽다	단순하다	단호하다
달콤하다	달큰하다	담담하다	담백하다
당당하다	당연하다	당황하다	대가없다
대문짝만하다	더없다	더할나위없다	덧없다
데면데면하다	도움없다	독특하다	동일하다
두둑하다	두렵다	두말없다	두서없다
두텁다	두툼하다	듬직하다	따끈따끈하다
따끔하다	따뜻하다	따분하다	따사롭다
따스하다	딱딱하다	딱하다	떳떳하다
또렷하다	뚜렷하다	뜬듬없다	막강하다
막연하다	많다	말그스름하다	말없다
말짱하다	망령되다	매끄럽다	매섭다
맥없다	멀뚱하다	멀찍하다	멋없다
멋쩍다	면밀하다	명실상부하다	명쾌하다

모호하다	못마땅하다	몽롱하다	무관심하다
무관하다	무궁무진하다	무기력하다	무례하다
무료하다	무리없다	무심하다	무엄하다
무정하다	무참하다	문제없다	미끈하다
미련없다	미련하다	미묘하다	미세하다
미안하다	미지근하다	민감하다	민망스럽다
밀접하다	바보같다	바쁘다	바삭하다
반갑다	반듯하다	반질반질하다	발그스름하다
발빠르다	밤낮없다	방불하다	버젓하다
번듯하다	번잡하다	변별없다	변함없다
변화무쌍하다	변화없다	별일없다	복잡하다
볼품없다	부끄럽다	부담없다	부당하다
부도덕하다	부드럽다	부룩하다	부산스럽다
부산하다	부실하다	부자연스럽다	부질없다
분명하다	분방하다	분주하다	불공정하다
불균형하다	불명예스럽다	불손하다	불쌍하다
불안스럽다	불안하다	불편하다	불행하다
비상하다	비스듬하다	비슷하다	비열하다
비통스럽다	빈번하다	빈틈없다	빠르다
빠짐없다	빡빡하다	빳빳하다	빼곡하다
빽빽하다	뻣뻣하다	뻥하다	뽀송뽀송하다
뿌듯하다	삐딱하다	사랑스럽다	사소하다
산뜻하다	살벌하다	상냥하다	상세하다
상쾌하다	새롭다	새삼스럽다	새침하다
생각없다	생생하다	생소하다	서글프다
서슴없다	서운하다	서투르다	선명하다

소란스럽다	소리없다	소복하다	손살같다
솔직하다	송구스럽다	수두룩하다	수북하다
순조롭다	숨가프다	스스럼없다	슬기롭다
슬프다	시원스럽다	신비스럽다	신선하다
신속하다	신중하다	신통하다	실없다
심각하다	심드렁하다	심하다	싸늘하다
쓸데없다	쓸모없다	씩씩하다	아깝다
아득하다	아랑곳없다	아련하다	아스라하다
악착같다	안심하다	안타깝다	앙상하다
애꿎다	애석하다	애절하다	얄팍하다
어김없다	어렴풋하다	어렵다	어른스럽다
어색하다	어설프다	어이없다	어처구니없다
억울하다	억지스럽다	억척스럽다	얼떨떨하다
얼큰하다	엄격하다	엄밀하다	엄숙하다
엄정하다	엄중하다	없다	엇비슷하다
엉거주춤하다	엉성하다	여과없다	여성스럽다
여실하다	여유롭다	여일하다	여전하다
여지없다	염려없다	영광스럽다	영락없다
영롱하다	예사롭다	오롯하다	온데간데없다
완강하다	완고하다	완벽하다	왕성하다
외람되다	외롭다	요긴하다	요란스럽다
요란하다	요령없다	욕되다	용감하다
용하다	우람하다	우스꽝스럽다	우악스럽다
우연찮다	웅장하다	원만하다	원없다
원활하다	월등하다	위태롭다	유감없다
유례없다	유사하다	유연하다	유창하다

은근하다	은밀하다	은은하다	음산하다
의아하다	이상하다	익숙하다	일목요연하다
일사분란하다	자랑스럽다	자세하다	자신만만하다
자연스럽다	자연하다	자유롭다	작달막하다
잔병없다	장황하다	재빠르다	재수없다
적나라하다	적다	적당하다	적적하다
적절하다	전례없다	절묘하다	절박하다
정겹다	정교하다	정답다	정당하다
정대하다	정밀하다	정성스럽다	정신없다
정연하다	정정당당하다	정중하다	정직하다
정확하다	제한없다	조급하다	조리없다
조속하다	조심스럽다	조용하다	조화롭다
좋다	죄스럽다	주의깊다	주저없다
준엄하다	중요하다	즐겁다	지긋하다
지루하다	지혜롭다	진솔하다	진전없다
질서정연하다	집요하다	짜증스럽다	짤막하다
쫀쫀하다	차분하다	차이없다	차질없다
착실하다	착잡하다	찬란하다	참되다
참혹하다	창백하다	처참하다	천진난만하다
철렁하다	철없다	철저하다	초라하다
초조하다	촉촉하다	촘촘하다	추하다
축축하다	충실하다	치밀하다	치열하다
치졸하다	친절하다	침착하다	침통스럽다
쾌활하다	탁월하다	탄탄하다	탈없다
탐욕스럽다	태연하다	터무니없다	턱없다
통쾌하다	퉁명스럽다	특별하다	튼튼하다

틀림없다	티없다	팽팽하다	편벽되다
편안하다	평안하다	평화롭다	포근하다
푸짐하다	푹신하다	풍성하다	필요없다
하염없다	한가롭다	한가하다	한갓되다
한결같다	한없다	한푼없다	향긋하다
향기롭다	허름하다	허무하다	허술하다
허탈하다	험하다	헛되다	헤프다
현란하다	현명하다	현저하다	형편없다
호방하다	호사스럽다	호젓하다	호화롭다
혹심하다	혼곤하다	혼란스럽다	홀가분하다
화려하다	확고하다	확실하다	환하다
활발하다	황홀하다	후련하다	훌륭하다
흉측하다	흐리멍텅하다	흐릿하다	흐뭇하다
흔들림없다	흔연하다		

05 주어와 목적어가 조사 없이 나타나는 현상에 대하여

:: 하 정 수

1. 머리말

1.1. 연구 목적

이 연구는 국어에서 명사구가 조사 없이 주어와 목적어로 실현되는 현상에 대해 살펴보는 것을 목적으로 한다. 명사구가 조사 없이 주어와 목적어로 실현되는 현상은 국어에서 조사의 의미와 기능에 대한 다양한 관점을 제공해준다. 이 현상은 국어의 어순 및 논항 구조와도 밀접한 관련을 맺을 수밖에 없다. 이 연구의 구체적 목표는 첫째 이전까지 국어에서 주어와 목적어가 조사 없이 나타나는 현상에 관한 논의를 정리하는 것이다. 둘째 국어의 문법 현상 중의 하나인 주어와 목적어가 조사 없이 나타나는 구성을 조사가 나타나는 구성과 비교하여 각각의 고유한 의미와 기능을 파악하는 것이다. 이 현상을 문체법에 따라 분류하여 평서문, 의문문, 명령문, 청유문, 약

---

* 이 연구는 서울특별시 인문학 장학금의 지원을 받았음.

속문의 예에서 살필 것이다. 셋째 조사가 나타나는 구성에서 조사
'이/가', '을/를'이 조사 없이 나타나는 구성과 관련하여 어떠한 차이
점을 가지며 그 차이점의 이유가 무엇인지 살필 것이다.

    (1) 가. 철수가 밥을 먹는다.
        나. 철수 밥을 먹는다.
        다. 철수가 밥 먹는다.
        라. 철수 밥 먹는다.

  (1가)와 (1나-라)는 논리적인 의미가 같다고 할 수 있다.[1] (1나)는
주어가 조사 없이 나타난 현상이고, (1다)는 목적어가 조사 없이 나
타난 예이고, (1라)는 주어와 목적어가 모두 조사 없이 나타난 예이
다. 국어 문법 연구의 초기부터 이 현상에 대한 논의가 있었다. 초기
의 연구들은 이 현상을 대체로 조사의 생략에 의한 것으로 설명하였
다. 또한 당시의 외국인 연구자인 Underwood(1890)과 Ramstedt(1939)
도 이 현상을 후치사나 첨사의 생략으로 보고, 영어의 부정관사와
정관사의 차이와 비슷한 것으로 인식하였다. 이후에 조사를 곡용어
미로 보는 종합적 단어관에 의한 연구는 이 현상을 조사 생략으로
설명한 논의를 비판하였다. 이 현상을 안병희(1966)은 격표지에 의
해 격이 실현되는 정격에 대응하는 격표지 없이 격이 실현되는 부정
격으로, 민현식(1982)은 유표격에 대응하는 무표격으로, 이남순(1988)
은 격표지 비실현으로 설명하였다. 임홍빈(2007)은 담화와 관련하여
제시어의 하나로 보기도 하였다. 이러한 설명은 외국의 언어 이론을

---

1) (1가-라)의 예문은 담화 상에서 미묘한 차이를 가지므로 그 표현 가치는 다르
  다고 할 수 있다. 그러나 논리적인 의미 즉 명제에 따른 의미는 같은 것으로
  간주한다.

국어의 문법 현상에 수용하는 과정과 관련이 있는 것으로 보인다.

이 연구는 조사 '이/가'와 '을/를'의 의미와 기능을 조사가 나타나지 않는 주어와 목적어의 용법과 비교하여 조사의 유무에 따른 의미와 기능의 차이를 문장의 구조와 관련하여 살필 것이다. 이 연구는 결국 '주어를 주어로 만드는 것은 무엇인가? 목적어를 목적어로 만드는 것은 무엇인가?'라는 질문에 대한 해답을 찾아가는 과정이기도 하다. 격조사가 격만을 나타내는 표지라면 격조사가 실현된 구성과 격조사가 실현되지 않은 구성은 문체법에 따른 담화적 의미 차이 이외에는 동일한 기능을 나타내야 한다. 조사가 있는 구성과 조사가 없는 구성이 문체법에 따른 담화적 의미 이외의 다른 의미 기능을 갖는다면 이는 결국 격조사가 격기능 이외의 의미 기능을 가지는 것을 뜻한다고 할 수 있다. 격을 나타내는 조사가 문장의 성격에 따라 다른 의미 기능을 가진다면 격조사라고 불리는 형태가 고유의 어휘 의미를 가질 가능성이 있다. 이 연구에서는 문체법에 따른 각각의 문장 종결 상황에서 주어와 목적어의 자리에 조사가 있는 경우와 조사가 없는 경우를 살펴 각각 문장의 의미 차이가 조사에 의한 것인지 또는 다른 기제에 의한 것인지 살펴볼 것이다.

2장은 주어와 목적어가 조사 없이 나타나는 구성에 대한 이전의 논의를 세 가지로 나누어서 살펴볼 것이다. 첫째 조사 생략의 관점에서 접근한 논의들을 살피고, 둘째 서양의 격이론을 수용하여 구조격 이론의 논항과 격표지의 관점에서 접근한 논의를 살필 것이다. 마지막으로 격조사가 없는 구성은 격이 없다는 주장과 이 현상을 국어에서 조사의 기능을 담화적인 요소로 본 논의에 대해 살필 것이다.

3장은 실제 담화에서 주어와 목적어의 자리에서 체언이 조사 없이 나타나는 구성을 조사가 나타나는 구성과 의미 기능의 비교를 통해 두 현상의 차이를 구체적인 예문을 통해 살필 것이다. 주어와 목적어 구성을 문체법에 따라 평서문, 의문문, 명령문, 청유문, 약속문으로 나누어서 살펴볼 것이다. 1절에서는 주어 자리에 나타나는 구성에 대해 살피고 2절에서는 목적어 자리에 나타나는 구성에 대해 살필 것이다. 4장은 무조사 구성과 조사 '이/가'와 '을/를'을 가진 구성의 관련성을 의미를 중심으로 논의할 것이다. 5장은 앞의 논의를 요약하고 정리할 것이다.

1.2. 연구의 범위와 용어

이 연구는 국어에서 조사가 나타나지 않는 현상을 주어와 목적어에 한정하여 살피고자 한다. 속격조사 '의'가 나타나지 않는 환경은 통사적 기능에서 그 층위가 문장의 형상 구조가 아닌 명사구의 구조에 한정되는 것으로 보기 때문이다. 이관규(1992:250-251)는 구조격을 지배에 의한 무형적, 자동적인 성격의 것으로 인정하였다. 그리고 두 개의 체언이 나란히 나열되었을 때 나타나는 속격은 주격과 목적격과는 다른 차원으로 것으로 보아야 한다고 주장하였다. 즉 속격은 서술어의 성질과 무관하며 접속격과 같이 두 체언 사이의 관계를 나타내는 것으로 보았다. 이 연구는 속격은 명사와 명사 사이의 관계에 관한 것으로 문장이나 담화 층위에서 논의되는 주격과 목적격의 경우와 통사적인 기능에서 차이를 가지는 것으로 파악하여 논의에서 제외하였다.

이 연구에서는 주어와 목적어가 조사 없이 나타나는 현상에 대해

'무조사'라는 용어를 사용할 것이다. 이 용어는 김승렬(1990:33-34)
에서 가져온 것이다. 유동석(1990:234)의 '격표지 비실현'이라는 용
어도 중립적인 관점에서 사용하였지만 격표지의 유무의 관점이 아
닌 실현과 비실현의 대립으로 이해될 가능성이 높기 때문에 사용하
지 않는다. '무조사'의 표시로서 경우에 따라서 'Ø'를 사용할 것이
다.2) 주어 또는 목적어가 조사 없이 나타난 형태를 '무조사 구성'이
라고 할 것이다.

2. 무조사 구성을 해석하는 여러 관점

'무조사 구성'에 대한 논의는 크게 두 가지의 경향으로 나누어졌
다. 하나는 격은 국어의 통사 구조에 의해서 형성된다고 보는 구조
격 이론에 따른 것이다. 이 관점에 따르면 격은 구조에서 주어지는
것이므로 '무조사 구성'을 '격표지 비실현' 또는 '부정격'으로 보게
된다. 다른 관점은 표면에서 생성된 조사가 다른 어떤 기제에 의해
생략된 것으로 파악한 것이다. 이 논의는 '무조사 구성'의 역할을 생
략되기 이전의 형태 즉 조사 실현형이 이미 수행한 것으로 보는 것

---

2) 유동석(1990:233-234)은 체언이 격표지의 결합 없이 다른 단어와 통합하는 현
   상을 '격표지 비실현 현상'으로, 그리고 격표지 없이 다른 단어에 통합된 체언
   에 대해서는 '격표지 비실현형'으로 부르고, 경우에 따라 격표지가 실현되지
   않았음을 나타내는 기호로 'Ø'를 사용하기로 하고 '격표지 비실현'을 중립적
   인 용어로 제안하였다. 유동석(1990)은 체언에 격표지가 실현되지 않는 현상을
   생략으로 다루는 것은 체언에 대한 분석적 단어관으로 기술된 문법서에서 볼
   수 있는 것이며, 생략 현상은 일반적으로 단어 이상의 문법 단위에 상정된다
   는 점을 비추어 보면, 조사를 단어가 아닌 곡용어미로 보는 종합적 단어관의
   문법에서는 이 현상을 생략으로 상정하는 일이 원칙적으로 어렵게 된다고 보
   았다.

이다. 이와 관련한 최근의 다른 관점은 이호승(2006)에서 주장한 무
조사 구성은 격이 아예 없는 것으로 보는 견해이다.

2.1. 조사 생략

무조사 구성에 대한 최초의 인식은 한국어를 연구한 초기의 서양
인의 연구에서 그 시작을 찾아볼 수 있다. Underwood(1890:77)는 한
국어에 대한 설명에서 조사가 실현되지 않은 현상에 대해 문장 구조
와 관련하여 설명하려는 인식을 보여주고 있다.[3] 문장 구조상 의미
가 확실하면 조사가 생략될 수 있다고 보아 조사를 담화 상황에서
잉여적인 요소로 보아 생략 가능한 것으로 인식했음을 알 수 있다.
그러나 격조사의 의미적 기능을 영어의 정관사와 부정관사의 차이
에 대비한 것은 유동석(1984:3, 33)의 통보기능량(CD)에 관한 논의와
공통되는 점이 있다고 생각한다.

주시경(1910:44~49, 60~62)은 문장에서 어떤 구성 요소가 나타
나지 않는 현상을 '속뜻'과 '숨은 뜻'으로 설명하였다. '속뜻'으로 설
명한 부분은 대부분 성분 생략과 관련된 것이고 '숨은 뜻'으로 설명
한 것은 무조사 구성에 대한 인식으로 볼 수 있다. '숨은 뜻'은 문장
성분들 사이의 의미적인 관계에 의해 추출될 수 있는 문법적인 요소
들이 실현되지 않은 것으로 보았다.

---

3) Underwood(1890:77)는 문장 구조에 의해 목적격임을 알게 된 때에는 대격조사
  '을'은 정관사의 기능과 같은 지시의 뜻을 가진다고 보았다. 이는 국어 격조사
  의 어휘적 의미에 대한 인식으로 볼 수 있다.(it is omitted :and its presence in
  a sentence where it is not really needed, has the effect of definite article.)

(2) 가. 저사람이 노래하면서 가오.(본드 五)
　　나. 저사람이 노래하면서 (저)(사람)(이) 가오.
(3) 가. 저 붉은 봄 꽃이 곱게 피오.(본드 八)
　　나. 저 붉은 봄(의) 꽃이 곱게 피오.
(4) 가. 달빛이 희기가 눈같으오.(버금 본드 十)
　　나. 달빛이 희기가 눈(과) 같으오.

주시경(1910)은 (2가, 3가, 4가)와 (2나, 3나, 4나)가 동일한 것을 나타내는 것으로 보아 (2가)는 '숨은 뜻'을 나타내는 것으로 (3나)와 (4나)는 '속뜻'을 나타낸 것으로 풀이하였다. 이남순(1988:12)은 주시경(1910)의 (2), (3), (4)의 예에서 '숨은 뜻'은 이른바 동일지시적인 문장 성분들의 생략 현상에 관한 것이고, '속뜻'은 문장 성분들 사이의 의미적인 관계에 의해 추출될 수 있는 문법적인 요소들의 비실현에 관한 것으로 파악한 것이라고 주장하였다. 주시경(1910)에서 제시된 '숨은 뜻'과 '속뜻'은 두 문장의 구조를 통해 찾을 수 있는 것이다. 특히 '본드'에서 제시된 그림을 살펴보면 가운데 굵은 선과 굵은 선의 좌우에 가느다란 가로 선을 그어 문장에서 각각의 성분들의 관계와 지배 영역을 나타낸 것으로 볼 수 있다.4) 주시경(1910)의 그림은 문장 전체의 구조를 가장 아래에 있는 동사 부분의 가로선이

---

4) 주시경(1910)에서 제시된 본드의 여러 그림 설명은 나무 그림을 세로쓰기한 모양으로 볼 수 있다. 특히 종결어미가 붙는 부분은 가는 선이 두 개 또는 세 개 그어져 있다. 그 가로 선은 현대 문법에서 논항의 수를 나타내는 것과 동사구나 동사 바를 나타내는 것과 유사하다고 할 수 있다. 다만 주시경(1910)에서는 논항의 관계를 동사의 의미에서 뿐만 아니라 문장의 구조와 지배영역(scope)과 관련하여 인식한 것으로 생각된다. 최규수(1997/2007:203-204)은 주시경(1910)의 그림풀이가 김두봉(1922), 김윤경(1948), 최현배(1937)에서 어떻게 수용되고 변화하였는지에 대해 설명하면서 이들이 주시경(1910)의 월의 짜임에 대한 설명을 정확히 반영하지 못한 것으로 보았다. 특히 조사와 어미의 지배 영역에 관한 형상적 구조를 평면적 구조로 바꾼 것에 대해 비판하였다.

문장 전체 구조를 종결하는 체계이다. 따라서 여기에서 무조사 구성
은 문장 구조 안에서 해결할 수 있는 것으로 본 것이고, 이 현상을
'숨은 뜻' 또는 '속뜻'이라 부른 것으로 볼 수 있다. 이는 격이 구조
에 의해 주어진다는 구조격의 기본 논의와 근본적으로 유사한 관점
이라고 생각한다. 이규방(1922:179, 198)은 문과 성분을 논의하면서
간혹 '를'이 생략될 수 있다고 보았다. 이 논의는 단편적인 것으로
앞에서 논의한 Underwood(1890)와 거의 같다.

　홍기문(1927)은 국어의 격을 8가지로 들고, 이들 격은 각 격조사
가 표시하는 것으로 파악하였다. 격조사 표시하는 격 중에서 주격
조사(이/가), 객격 조사(를/을), 공격 조사(와/과), 지격 조사(의)는 생
략될 수 있다고 하였다(홍기문 1927:176). 유동석(1990:235)은 홍기
문(1927:176)이 제시한 '서울 온다'와 같은 지명 아래에서의 격표지
생략을 조사의 생략으로 보지 않았다. 또 홍기문(1927)은 조사 생략
이 아닌 여격 조사의 제로이형태로 파악한 것으로 보아 조사 생략을
주격, 지격, 대격으로만 한정한 것으로 밝혔다. 홍기문(1927)에서 한
정된 범위로 제시된 것은 안병희(1966)의 부정격 설정 범위와 일치
한다. 박승빈(1931:176)은 보조사 앞에서 격표지가 생략되는 현상을
별동 조사(보조사)가 체언에 첨가되는 경우 표격 조사(격조사)가 생
략되는 일이 많은 것은 보조사가 격조사의 역할을 겸하는 것이 아니
라 단지 발음의 습관에 따른 것이라고 하였다. 이는 보조사의 격표
지 기능에 대한 부정적인 인식이지만 그 까닭에 대한 구체적인 설명
이 없었다. 국어 문법에서 무조사 구성에 대한 이러한 초기의 생략
설은 최현배(1937:1019)에서 '모든 토씨는 형식상으로 줄어질 수 있
다.'는 주장으로 이어졌고, 박승빈(1931)의 주장과 같이 보조사의 기

능도 격조사가 생략된 것으로 보았다. Ramstedt(1939:36)는 굴절어미
가 없는 형식을 라틴어의 전통 문법에서 제시한 Nominative라 하였
다. 이 주장은 Underwood(1890)가 대격 조사의 생략을 Accusative로
본 것과 같이 주어 위치의 무조사 구성을 문장 성분으로 인식한 것
이다. 주시경(1910)에서 나타난 '속뜻'을 가진 '듬'과 같은 개념으로
조사가 없는 문장 성분도 문장에서 주어의 기능을 하는 것을 밝힌
것이다. 이 주장은 안병희(1966)의 부정격 설정에 영향을 준 것으로
보인다.

2.2. 구조격에 따른 격표지 비실현 또는 부정격

정렬모(1946:140)은 격표지를 '명사표시태의 빛'이라 하여 아홉
가지 빛으로 설정하였다. 특히 아홉 번째의 격표지 비실현형 ∅를
'두루빛'이라 하여 앞의 '다를빛' 여덟 가지가 보이는 구별이 정밀한
것임에 비해 단지 다른 말에 종속하는 것만 보이는 막연한 빛으로서
대신 두루 쓰일 수 있는 것으로 보았다. 이숭녕(1953)은 격이란 의미
범주 내의 존재로 보고 형태라는 것은 가치에 부수적인 것으로 절대
로 의미와 형태를 평행으로 보는 것은 아니라고 보았다. 이에 따라
서 현대 문장에서 격의 형태가 생략되는 예는 격 자체가 생략되는
것은 절대 아니므로 주격의 경우 Zero형태(non-suffix)의 주격을 인정
하였다. 안병희(1966)은 국어에서의 곡용어미에 의해 격이 주어지는
것이며, 이러한 정격에 대응하는 부정격을 주격, 속격, 대격의 예를
통해 제의하였다. Ramstedt(1939:36)가 Nominative로5) 처리하고 있던

5) Ramstedt(1939:36-37)는 체언에 통합하는 주격어미 '-이, -가'를 음운론적 이형

것을 어휘 요소의 통합만으로도 격이 표시된다고 보고 이것을 부정
격으로 설정하여 격조사가 결합한 형태의 정격과 관련하여 체언의
곡용표에 포함하자고 제의하였다.

    (5) 가. 어머니(가) 오셨다.
        나. 충무공(의) 사당.
        다. 밥(을) 먹는다.

  (5)는 안병희(1966:222)에서 제시된 예로서 곡용어간이 그대로 (5
가)의 주격과 (5나)의 속격, (5다)의 대격에 나타나는 사실을 지적하
였다. (5)의 주격, 속격 및 대격에 나타난 곡용어간을 곡용어미의 탈
락으로 설명하는 것도 한 방편이나 탈락형과 탈락되지 않은 어형과
의 차이가 명시되어야 한다고 하였다. 주어에서 격어미가 없는 일반
주격에 상대하여 격어미 '-이/가'가 결합한 형태는 특별한 주술 관계
를 표시한다고 본 Ramstedt(1939:37)의 주장을 안병희(1966)은 속격
과 대격의 경우에도 적용하였다. 특별한 통합 관계는 어미로써 표시
되는데 반하여 어미 없이 표시되는 경우는 일반적인 통합 관계가 표
시되는 것으로 보았다. 안병희(1966)은 이와 같이 통합만으로 격이
표시되는 경우를 부정격(不定格 Casus Indefinitus)이라 부르기를 제
의하였다. 안병희(1966)에서 제시된 부정격은 이후 연구에 많은 영

태로 보고 있으나 별도로 그 기능에 있어서는 각각 determinative particle,
connecting particle로 다르게 파악한 것은 조사의 의미 및 기능과 관련하여 주
목할 만한 것이라고 생각한다(-i is after consonants and ga is after vowels are
used to indicate the special connection of subject to its predicate, just as the
particle ga in japanese. It is called in all grammars in nominative, but really -i is
a determinative particle 'the' or 'its' and ga is a connecting particle which has
meant 'and'.).

향을 주었다. 무조사 구성을 문장의 구조에 의해서 파악한 것은 통합 관계만으로도 격이 주어진다는 구조격 논의와 같은 맥락이라고 볼 수 있다. 과학원 언어 문화 연구소(1961:168)은 아무런 격토의 가첨이 없이 명사의 어간과 동일한 어음적 외피로서 이루어진 형태로서 절대격을 설정하였다. 명사 절대격은 명사의 주격, 속격, 대격, 여-위격, 조격, 구격, 및 호격들이 가지는 다양한 의미들을 대체로 가진다고 보았다. 그러나 이런 경우라도 절대격의 그 매개 의미는 다른 격의 해당한 의미보다 실제적 사용에서 많은 제한을 가진다고 하였다. 또한 절대격의 의미가 다른 격들의 어느 의미와 일치하는 경우라도 그 문체론적인 의미에서 현저한 차이를 가진다고 보았다. 따라서 절대격은 주로 아주 평이한 회화체에서 잘 사용되며 또 기타의 간결하고 박력 있는 문체에서 잘 쓰이는 것으로 파악하였다. 절대격의 의미는 다른 격들의 의미에 해당하는 것들을 모두 가지는 것은 아니라고 하였다. 그러나 반대로 다른 격에 없는 어떤 의미를 절대격만이 가지는 일이 거의 없다고 보았으나 다만 호격에서는 계칭적 의미, 문체적 의미가 동반되어 있는 것으로 파악하였다. 절대격이 가질 수 있는 의미로는 주격과 동일한 의미, 속격과 동일한 의미, 대격과 동일한 의미, 여-위격과 동일한 의미, 조격과 동일한 의미, 구격과 동일한 의미, 호격과 동일한 의미로 예를 들어 설명하고 절대격이 가질 수 없는 의미의 예들도 같이 제시하였다. 과학원 언어 문화 연구소(1961)은 절대격이 도움토와 어울릴 때 주격 및 대격과 대응하는 경우 그 격을 사용할 수 없고 반드시 절대격을 사용하여야 하는 것을 특수한 용법이라고 하였다. 이 논의는 정렬모(1946)의 두루빛 설을 수용한 결과로 볼 수 있다. 김광해(1981)는 관형격 표지의

'의'의 제로이형태로 '제로관형(∅)'을 설정하고, 명사의 의미 자질
에 따른 분포의 변화를 관찰하고 '제로관형(∅)'과 '의' 실현의 필수
상황을 '항목연결성'의 유무로 설명하였다. 이기동(1981)은 주격 표
지 '이'의 실현·비실현 현상을 화·청자의 의식과 관련하여 관찰하
였다. 신현숙(1982)은 '을'의 실현·비실현 현상을 화·청자의 공통
의식 속에 포함된 사실 여부에 의해 관찰한 것으로 보았다.

> (6) 가. 아저씨! 담배∅ 주세요.
>   나. 아저씨! 담배를 주세요.

(6)은 신현숙(1982:121)에서 제시된 예로 (6나)의 '를'이 특정한 표현
목적을 위해 부가된 것이라는 해석이 필요하게 됨을 보여준다.6) 이
기동(1981)과 신현숙(1982)의 연구는 무조사 구성을 화자·청자와
관련한 주제화 또는 담화의 상황과 연관시킨 것이다. 마르띤 프로스
트(1981)은 일본어에서의 조사의 생략 현상은 대화자에 의한 오해의
가능성이 적으면 적을수록 조사 생략은 용이해진다고 하고, 일본어
의 이런 조사 생략 현상을 국어와 비교하여 국어에서의 조사 생략
현상은 일본어에 비해 보다 광범위하게 일어난다고 주장하였다. 특
히 일상 회화에서의 목적격 조사 '를'의 경우 거의 항상 생략되며
생략되는 것이 오히려 더 자연스럽다고 주장했다(마르띤 프로스트

---

6) 임홍빈(2007:76)은 이 상황에서 격조사 무조사 구성을 무표적인 것으로 볼 수
  있지만 그것은 담화 상황과 문법을 구별하지 않을 경우라고 하였다. 그러나
  이 연구에서는 담화 상황과 문법을 구별하는 목적에 대한 재고의 여지가 있다
  고 본다. 특히 조사와 어미를 담화 층위에 작용하는 것이라고 본다면 담화 상
  황과 분명한 관계가 있는 '을'의 기능에 대해 다시 생각할 필요가 있다고 생각
  한다.

1981:175). 마르띤 프로스트(1981)은 한국어 속격 조사 '의'는 생략될
수 있지만 일본어에서의 속격 조사는 그렇지 못한 것으로 보았다.
민현식(1982)은 이전까지의 무조사 구성에 대한 논의를 세 가지로
파악하고 초분절적인 음소를 가진 형태소 '#'를 대입하여 설명하였
다. 즉 무표격 기능의 논의가 유표격의 생략형 즉 조사의 생략으로
보아온 견해에 대하여 무표격을 단순한 조사 생략이 아닌 것으로 보
는 태도로 보는 이전의 세 학설을 주목하였다. 첫째는 Nominative설
로 Ramstedt(1939:36)는 국어에서 체언 곡용어간에 의한 주격, 대격,
속격, 공동격, 호격 등의 기능에 주목하고 이를 nominative로 처리한
논의이다. 특히 주격으로 본 '이/가' 첨가형이 무표형보다 주어, 서
술어의 관계에서 강조와 같은 특수한 통합 관계를 지닌 것으로 보기
도 했다. 둘째 정렬모(1946:132)의 두루빛설로 격을 명사 표시태라는
범주의 '빛'이란 용어로 표현, 무표격 기능을 두루빛이라 불렀는데
N#을 단순한 조사 생략이 아닌 하나의 직능을 가진 범주로 본 논의
이다. 셋째 부정격설로 안병희(1966)은 Ramstedt(1939)의 Nominative
설을 발전시켜 N# 현상에 대해 곡용굴절표의 기본형이란 개념 이상
으로 문법적 격 개념을 부여하여 부정격이란 용어를 제안하였고, 그
취지는 Ramstedt(1937)의 Nominative 설과 같은 것으로 파악하였다.
민현식(1982:16)은 이 세 학설이 공통적으로 N# 현상에서 #의 독특
한 가치를 파악하려는 의도가 있었다고 보고 용어의 오해 방지를 위
해 부정격이란 용어 대신 무표격이란 용어를 쓸 것을 주장하였다.
민현식(1982:18~24)에서 제기된 생략설에 대한 세 가지 문제점은
첫째 단일한 성분격 해석이 불가능한 구조는 과연 어떤 격조사류의
생략으로 볼 것인가 하는 문제이다. 근본적으로 부정격을 제시한 안

병희(1966)과 기본 전제와 논의 방향은 같다.

(7) 나 가는 길

(7)의 '나#'는 '내가'의 '가' 탈락형인지 '나의'의 '의' 탈락형인지 단정할 수 없다. 민현식(1982)는 결국 조사 생략설은 '#'를 불인정하여 변형 과정에서 이중 변형이 필요하게 되지만 조사 비생략설은 #표지의 인정을 통해 '#'의 첨가를 통한 단일 변형으로 해석되므로 보다 합리적인 설명이 된다고 주장하였다. 그러나 이 논의는 형태가 없는 초분절음소인 '#'를 하나의 형태소로 인정하게 되므로 초분절음소의 지위에 관한 형태 없는 형태소라는 새로운 논점이 나타나는 문제가 있다.

(8) 가. 나 간다.
    나. 내가 간다.

둘째 무표격 N#은 유표격 Np와 발화 상황 즉 화용상에서 분포상 대립적 가치를 지니기에 단순한 생략형으로 볼 수 없다고 보았다. 예를 들어 (8)의 '나# 간다'와 '내가 간다' 두 문장의 기저 의미(논리 의미)는 같을지라도 화용상에서는 분포상 대립적이라고 보고, 즉 전달 정보의 감정적 가치 차이(단순성~명시성)를 보여준다고 보았다. 따라서 #의 상황 지시적 고유 가치를 단순한 생략형으로 볼 수 없다고 주장하였다. 여기에서 제시된 상황 지시적 고유 가치는 임홍빈(2007)에서 제기한 제시성과 관련된 것으로 볼 수 있다. 결국 무조사 구성이 국어 담화와 밀접하게 관련됨을 나타낸 것으로 볼 수 있다.

셋째로 제시한 속격에 대한 논의는 이 연구의 범위를 벗어나므로 논
의하지 않는다. 민현식(1982)는 3가지 방향에서 지적된 조사 생략설
의 문제점은 무표의 격 현상을 형태, 통사, 의미론적으로 설명할 수
있다고 보았다. 특히 격 개념의 이원성을 이용하여 격의 정의를 다
음과 같이 정의하였다.

> (9) 형태론적 관점에서 체언의 통사 기능과 의미 기능이 유표 방식
>   과 무표 방식으로 실현되며 유표 방식에는 격어미, 전치차, 후시
>   사 방식이 있고, 무표 방식에는 어순 방식이 있다.
> (10) 통사론적 관점에서 유표이거나 무표이거나 체언이 어떤 통사
>   기능을 하는지 그 체언에 성분격 개념을 명명할 수 있고, 체언
>   에 첨가된 유·무 표지는 선행 체언의 성분 기능 명칭에 따라
>   체언의 성분격 명칭과 동일한 명칭으로 명명될 수 있다. 따라
>   서 통사론적 입장에서 '격'이란 통사 기능 범주를 말하고 '격표
>   지'란 체언의 통사 기능 표지라고 정의내릴 수 있다.
> (11) 의미론적 관점에서 유표이거나 무표이거나 체언이 어떤 의미
>   기능을 하는지 그 체언에 의미격 개념을 명명할 수 있고 체언
>   에 첨가된 유·무 표지는 선행 체언의 의미 기능 즉 의미격 기
>   능에 따라 체언의 의미격 명칭과 동일한 의미격 표지로 명명될
>   수 있다. 따라서 의미론적 입장에서 '격'이란 체언의 의미 기능
>   범주를 말하고 '격표지'는 체언의 의미 기능 표지라고 정의내
>   릴 수 있다(민현식 1982:24~26).[7]

민현식(1982)은 (9), (10), (11)을 통해 격이 표면 구조의 체언 통사
기능(성분 기능)을 통한 성분격 개념과 심층 구조의 체언 의미 기능
을 통한 의미격 개념을 도입하고 이러한 이원격 기능을 어순, 격어

---

7) 본문에서는 첫째, 둘째, 셋째로 되어 있으나 여기에서는 숫자로 대신하고 주요
   내용을 정리하였다.

미, 전치사, 후치사 방식의 도움으로 N_N 또는 N_V 관계에 의한 최종 기능이 이루어진다고 가정하였다. 무표격은 격표지가 무표로 나타나는 체언의 통사·의미 기능 범주이며, 무표격 표지는 가상적으로 #로 기술할 때, 유표p의 생략 변형으로 볼 수 없고, 정서법상 표기가 안 되는 것이며 음운론상 #는 휴지라는 초분절음소로 구성된다고 보았다. 민현식은(1982)는 국어 조사류를 상황 지시 표시로 파악하고 무표형이 단순 지시 상황을 나타낸다고 하고,8) 조사와 격의 1:1 대응 관계란 사실상 불가능한 것으로 파악하였다. 민현식(1982)는 결론적으로 단순 지시성을 고유 의미소로 하는 무표 #는 7성분격, 15의미격 기능을 체언 단독으로 가능하게 하며 주요 조사들의 생략 환경과 비교한 결과, 조사 불필요형(N#), 조사 생략형(N(p)), 필수조사형(Np)의 3유형이 식별되었고 복합 및 특수 조사는 원칙적으로 생략 불허의 조사라고 주장하였다. 이를 통해 형태론적으로 무표인 체언도 격기능을 충분히 수행하기에 유표격과 상대적으로 무표격이 성립할 수 있고 유·무표격 체언은 공히 7성분격, 15의미격이란 이원적 개념으로 해석하였다. 민현식(1982)의 이와 같은 무표격 설정은 안병희(1966)의 논의를 수용하여 발전시킨 것이다. 그러나 성분격과 의미격의 이원적 체계는 격 현상을 설명하는 데는 체계적이지만 조사가 나타나지 않는 현상 자체에 대한 설명을 생략 현상과

---

8) 이관규(1992:247)는 민현식(1982)의 논의를 조사가 나타나지 않을 경우에 회복 가능성이 있으면 무표격을 인정하고 있다고 보았으나 이를 주격, 목적격의 구조격에 대한 논의라기보다는 오히려 생략에 대한 것으로 파악하고 있다. 이는 속격이 서술어와 전혀 관계를 갖지 않으므로 속격을 구조격에서 제외하려는 관점에서 비롯된 것이다. 김의수(2006:56)에서는 격할당자의 유무에 통해 구조격을 의존격(Dependent Case)할당과 자립격(Independent Case)할당으로 나누고, 속격은 일정한 격 할당자 없이도 일정한 형상만 주어지면 허가되는 것으로 보았다. 그러므로 속격은 일정한 형상만 주어져도 형성되는 구조격으로 볼 수 있다.

동일한 관계로 파악한 점은 안병희(1966)과 다르다. 민현식(1982)은 이런 주장을 통해 무조사 구성이 담화와 관련됨을 밝힌 것으로 보인다.

이필영(1982)에서는 주격 표지 비실현의 의미 변화를 내포절을 통해 살폈다. 이익섭 · 임홍빈(1983)은 조사 비실현 현상을 문장의 호흡 즉 리듬과 관련하여 살펴보았는데 이는 화용적 상황과 관련된 것이라 할 수 있다. 임홍빈(2007)의 제시어 논의와 관련이 있다. 유동석(1984)는 Ø이 '이', '을', '의'와만 관련지어야 한다고 주장하고, 그 근거로 통보 기능량과 관련지어 '에', '로', '와' 등이 관련될 수 없음을 설명하였다. 유동석(1988)은 무조사 구성이 화용론적 문제가 아닌 문장의 의미 구조와 관련된 현상임을 시간어를 통해 논증하였다. '에'를 가진 시간어와 Ø를 가진 시간어가 동작상과 양화론적 관점을 갖는데 주목하여 전자는 존재 양화 관계를 후자는 보편 양화 관계를 나타낸다고 주장하였다. 유동석(1984)가 무조사현상을 통보 기능량이라는 화용론적인 것으로 파악한 데 비해 유동석(1988)은 문장의 의미 구조라는 통사론적인 것으로 파악하려는 변화를 보인 것으로 볼 수 있다.9)

이남순(1988)은 안병희(1966)에서 제시된 부정격의 개념을 확장하여 통합만으로 격표시가 가능한 주격, 대격, 속격의 경우를 부정격이라고 한다면, 일반적으로 격표시된 즉 격표지에 의한 주격, 대격, 속격, 처격, 조격, 공동격은 정격(定格, Casus Definitus)으로 부를 것을 주장하였다. 이남순(1988, 1998가)는 국어의 격을 구조격에 해당하는 주격, 대격, 속격의 경우와 어휘격(의미격)에 해당하는 처격,

---

9) 양화 관계에서 존재와 보편의 판단은 명확한 것이 아니므로 다분히 주관적인 판단이 관여할 여지가 있다.

조격, 공동격으로 크게 두 부분으로 나누어서 정격과 부정격의 개념
과 기능을 설명하였다. 이남순(1998가:223)에서 제시된 부정격의 개
념은 철저히 통사론적인 것을 바탕으로 하여 성립된 것이다. 따라서
곡용어간에 통합되어 주격의 부정격을 실현시키는 서술어, 대격의
부정격을 실현시키는 타동사, 속격의 부정격을 실현시키는 체언은
곡용어간과 제각기 자매 관계를 이루고 있으며 상위 성분에 대하여
모두 직접 성분이 된다고 하였다. 또한 주격, 대격, 속격 이외에도
표면 상으로 곡용어간에 동사가 통합된 것도 처격, 조격, 공동격의
격표지가 실현되지 않은 형식으로 나타날 수 있다. 이 경우는 선행
체언이 항상 후행하는 성분들과 일차적인 자매 관계를 맺지 않고 주
격이나 대격으로의 구조상의 추이(Configurational transition)를 받아
격표지가 생략된 것으로 보았다(이남순 1988:103). 부정격의 실현과
처격, 조격, 공동격의 격표지 비실현은 표면상으로 모두 격표지가
나타나지 않는다는 점에서 동일한 현상으로 볼 수 있으나, 두 현상
은 근본적으로 성격을 달리하는 것으로 단지 그 결과만 표면적으로
같아졌을 따름이며 처격, 조격, 공동격의 격표지 비실현은 격표지의
생략에서 말미암은 것으로 보았다. 이남순(1988)의 논의는 모든 무
조사 구성을 구조격으로 파악한 점이 특징이라고 할 수 있다. 특히
어휘격의 비실현 또한 어휘격이 구조격으로 변화한 이후에 구조격
안에서 부정격으로 실현된 것으로 보았다. 이남순(1988)은 어휘격이
가지는 통사적 기능을 인정하지 않은 것으로 보인다. 어휘격 조사와
구조격 조사의 차이를 표면적인 현상이 아닌 구조상의 추이라는 추
상적 절차를 통한 것으로 설명하였다. 어휘격이 심층에서 구조상의
추이를 받아야 할 당위성에 대한 설명이 필요한 논의라 할 수 있다.

김영희(1991)은 주요 성분들에 격표지 실현되지 않을 수 있는 조건 즉 무표격의 조건들을 규명하였고 이들 조건 가운데 가장 근본적인 조건으로 의미론적 조건을 제시하였다. 의미론적 조건이란 '서술소인 동사의 의미격 자질로부터 부여받는 명제적 명사구는 무표격으로 실현될 수 있다.'라는 것으로 이 조건에서 명제적 명사구란 바로 논항을 의미하는 것이다. 이 조건이 예외를 허용하지 않는다면 무표격 현상을 논항 판별을 위한 엄정한 기준으로 채택할 수 있음을 밝혔다. 김영희(1991:5)은 한국어에서 문법 관계인 격을 격표지가 음성 형식을 가지고 있는가의 여부에 따라 두 가지로 나누었다. 하나는 일정한 음성 형식을 가진 격표지에 의하여 격이 표시되어 있는 유표격(marked case)이고, 다른 하나는 일정한 음성 형식을 가진 격표지로 표시되지 않는, 그래서 격표지가 'Ø'형태인 무표격(unmarked case)이라고 했다. 김영희(1991)은 또한 무표격의 조건을 의미론적 조건과 통사론적 조건으로 구분하였다. 먼저 무표격의 의미론적 조건은 격표지의 종류에 관계없이 동사로부터 구체적 의미격을 부여받는 명제적 명사구들만이 양상격 명사구들과 달리 무표격으로 실현될 수 있다고 하였다. 즉 무표격 현상에 작용하는 제일의 본질적 요인은 격표지의 종류와 관련된 통사론적 조건이 아니라 동사의 의미격 자질로 부여받는 명사구의 의미론적 조건이라고 했다(김영희 1991:12). 또 의미론적 조건에 의해 무표격으로 실현될 수 있는 명제격 명사구가 무표격으로 실현될 수 있기 위한 명제격 명사구의 통사적 위치와 관련되는 통사론적 조건을 다음과 같이 규명하였다. 첫째 동사의 자매항인 보족어로서 동사에 인접한 명사구만이 무표격으로 실현될 수 있다는 무표격의 인접성 조건을 제시하였다. 단 부수 성분은 인접성을 저해하는 문장 성분이 아니라는 단서 조항을 두었다. 둘째 기저 구조상 그 오른쪽에 유표격 보족어 명사구가 없을 때에 또 다른 보족어 명사구나 주어 명사구는 무표격으로 실현될 수 있다 는 무표격의 방향성 조건을 제시하였다. 김영희(1991)은 한국어의 격 표시 절차를 2단계로 파악한 것으로 볼 수 있다. 지배자로부터 고유격이나 구조격이 명사구에 부여되는 단계를 거쳐 그러한 격이 유표격—고유격이면 사격(oblique)[10] 표지, 구조격이면 주격이나 대 격 표지—으로 실현되거나 무표격 'Ø'로 실현되는 단계를 밟는다고 하였다. 한국어의 경우 첫 단계에서 격 부여가 일어나고 둘째 단계 에서 격 실현이 일어나는데, 격 부여가 의무적인데 반해서 격 실현 은 고유격이건 구조격이건 관계없이 수의적이라고 하였다(김영희 19 91:26). 김영희(1991)은 격 실현의 수의성으로 말미암아 사격 표지나 주격/대격 표지와 대립상을 보이는 무표격 'Ø'가 그 차체로 격표지 기능을 가진다기보다 문제의 명사구가 앞서 제시한 의미론적 조건 과 통사론적 조건을 충족할 경우에 격 실현이 안 된 것으로 보았다. 이에 따라 유표적 격표지와 결과적으로 문법적 대립을 빚게 된 것으 로 격표지의 생략의 결과라기보다 격 부여와 격 실현이라는 두 가지 격 표시 절차 가운데 두 번째인 격 실현이 적용되지 않은 결과라고 보아야 한다고 했다. 이 논의는 격의 부여와 실현을 이원적으로 나 눈 당위성에 대한 설명이 필요하고 'Ø'가 격 실현이 아닌 이유에 대한 설명은 불충분하다고 생각한다.

 김지은(1991)은 주어가 조사 없이 나타나는 환경의 특성을 살펴보

---

10) 여기에서 사격(oblique)은 처소격(location), 원인격(cause), 도구격(instrument), 시 원격(source) 등의 구체적 의미격을 명시하는 것을 통칭한 것이다(김영희 1991: 7). 이는 어휘격과 유사한 개념이라고 할 수 있다.

고 'NP+∅'를 '이/가'와 '은/는'이 나타나는 환경과 비교했다. 이를 통해 '∅'를 '이/가'의 생략으로 보지 않고, '이/가'와 별개의 것으로 구별하여 각각의 독자적인 분포 환경이 있을 것으로 가정하여 '∅'가 쓰일 환경에 '이/가'가 쓰이는 경우는 새로운 의미가 생기게 된다고 보았다.11) 'NP+∅'이 나타나는 환경의 공통점은 여러 복합적 요인에 의해 주어 환경이 확실한 경우라고 하였다.

이남순(1998가)는 주격, 대격, 속격은 문장 성분들의 통합 관계만으로도 격표시가 가능하다고 보고 이런 유형을 격표지의 비실현형으로 보았다. 따라서 일반적인 의미를 나타내는 격표지 비실현형 문장이 격조사 실현형 문장이 되면서 특별한 의미를 지닌다고 보았다. 격표지의 실현/비실현의 관점을 구조적으로 얽매인 주격, 대격, 속격의 경우에만 한정해서 표현한 것으로 볼 수 있다. 이남순(1998가)는 이른바 부사격 또는 어휘격으로 불리는 처격, 조격, 공동격의 문장 성분들 사이의 통합 관계만으로는 격 구별이 되지 않으므로 원칙적으로 격표지를 달고 나타나야 상호간의 격 구별이 가능하다고 하였다. 그러나 이 격표지들이 통사적으로나 의미적으로 자신의 가장 전형적인 위치에 놓인 것으로 판단될 때, 다른 성분의 존재로 인하여 자신의 격이 불분명해질 가능성이 없을 때는 생략될 수 있다고 보았

---

11) 김지은(1991)에서 '∅'에 대한 명확한 정의가 없으므로 단지 '주어가 조사 없이 나타남'을 표시하는 것으로 추정할 수 있다. 이숭녕(1953)에서 제시된 Zero 형태의 주격 또는 김민수(1970)에서 제시된 격표지의 기능을 하는 영형태(Zero Morph)로 볼 수도 있다. 그러나 김지은(1991)은 '∅'를 생략이 아니라고 주장하지만 무표격을 나타나는 '#'로도 보고 있지 않다고 생각한다. 김지은(1991)의 논의는 생략된 조사가 원래의 형태로 복원될 수 있다고 하였으므로 생략의 관점이라고 볼 수 있다. 그러나 실현 조건을 전제하였으므로 그 조건이 결정적인 것이라고 하면 김지은(1991)은 '∅'를 조사 생략이 아닌 것으로 파악한 것으로 추정할 수 있다.

다. 이와 관련하여 문장에 나타나는 격 성분들의 순서도 격표지의
비실현/생략 현상과 관련이 있다고 보았다. 이남순(1998가)는 격 성
분들이 문장 내에서 출현 순서가 바뀌면 격 성분들이 자신의 위치를
벗어나서 자신의 격이 분명해지지 않을 위험이 있기 때문에, 격표지
비실현형/탈락형의 억제라는 방어 수단을 사용한다고 보았다. 이런
현상이 나타나는 원인은 문장이 본래의 통사 구조를 유지하려는 데
기인한다고 보았다. 따라서 한 구성을 이루는 성분들이 멀리 떨어져
두 가지 이상의 구조로 해석될 가능성이 높은 문장일수록 격표지의
실현이 활발하다고 하였다(이남순 1998가:358). 이남순(1998가)에서
제시된 격표지 비실현형은 유동석(1990)에서 제시된 개념과는 다른
것으로 볼 수 있다. 유동석(1990)의 격표지 비실현형은 용어로서의
현상을 나타내는 것이지만 이남순(1998가)의 격표지 비실현형은 주
격, 대격, 속격에서의 격표지 실현형과 상대되는 개념으로서 이남순
(1988)의 부정격에 해당하는 것이다. 또한 처격, 조격, 공동격에서의
격표지 생략에 상대되는 개념으로 규정된 격표지 비실현인 것으로
볼 수 있다.[12] 이남순(1998가)는 무조사 구성에 대응하여 격표지 실
현형이 특별한 의미를 지닌 것으로 파악한 것은 이 연구와 관련하여
주목할 부분이다.

　김영희(2005)는 완형문 구성을 위한 필수 성분으로서 후행하는 동
사의 논항에 대해 어휘를 구성하는 논항과 문장을 구성하는 논항으
로 갈랐다. 논항에 대한 체계적인 구분을[13] 통해 직접 논항에는 구

---

12) 이남순(1988)은 주격, 대격, 속격에서의 격표지 비실현은 부정격이라는 용어를
　　사용하였다, 이 연구의 용어는 각주 1에서 밝힌 바와 같이 중립적 용어로서의
　　정의인 유동석(1990)에 따른 '격표지 비실현'을 나타내는 '무조사 구성'이다.
13) 김영희(2005)의 논항에 대한 분류는 논항을 박철우(2002)의 분류와 용어를 빌

조격이 주격이나 대격이 부여되어 주격 표지나 대격 표지가 단독으로 표시될 수 있으나, 간접 논항에는 사격 표지(후치사)가 반드시 결합되어 있어야 한다고 주장하였다. 김영희(2005)는 이를 근거로 무표격 현상이 논항 판별이 기준이 될 수 없음을 주장하였다. 무표격 현상이 가능한 것으로 드러난 보족어들은 주격 표지나 대격 표지가 단독으로 표시될 수 있는 직접 논항들이다. 그러나 격 중첩형 보족어와 사격형 보족어의 경우에도 무표격 현상이 가능하다고 보았다.

(12) 가. 걔는 우리집에/에를/∅ 있다가 왔다.
　　나. 그는 신당동 1번지에/에를/∅ 산다.
　　다. 그 책은 학교에/*가/*를/∅ 있다.
　　라. 물이 물독에/*이/*을/∅ 가득하다.

(12가, 나, 다, 라)와 같이 직접 논항이든 간접 논항이든 보족어들은 예외 없이 무표격 현상이 가능한 것으로 보았다. '것' 쪼갠문의 초점 성분에 조사가 배제되고 배제되지 말아야 하는가 하는 조사 배제 현상의 조건을 가설로 세우게 된다.

(13)조사 배제 조건
'것' 쪼갠문의 초점 성분이 논항이라면 조사가 배제되어야 하고, 부

어 어휘 층위 논항, 문장 층위 논항으로 구분하여서 불렀다. Grimshaw(1990)를 원용하여 문장 층위 논항을 문장을 구성하는 필수 성분이면서 주요 성분인 문장 층위 논항을 외부 논항과 내부 논항으로 나누었다. 또한 Marantz(1984:20)에 따라 피동문이나 비대격 동사 구문의 주어와 기타 구문의 보족어가 되는 내부 논항을 다시 직접 논항과 간접 논항으로 나누었다. 직접 논항은 논항 결정자인 동사로부터 직접 의미격을 부여받는 논항이고 간접 논항은 동사로부터 직접 의미격을 부여받지 못하고 사격 표지(후치사)를 통하여 간접적으로 의미격을 부여받는 논항이다.

가어라면 조사가 결합되어야 한다.(김영희 2005:197)

김영희(2005)는 (13)이 예외를 허용하지 않는 조건으로 입증된다면 초점 성분의 조사 배제 현상이 가장 엄정한 논항 판별 기준으로 채택될 수 있을 것으로 가정하였다. 이 검증을 위하여 무표격 현상을 통해 부가어로 판명되었던 성분들이 '것' 쪼갠문의 초점 성분으로 나타날 때 시간에 관련된 것을 제외한 모든 예가 조사를 동반해야 하는 것을 보였다. 이처럼 부가어가 조사를 동반해야 하는 까닭을 그 조사들이 선행 명사구와 후치사구를 형성하는 후치사, 특히 서술적 후치사로서 선행 명사구에 의미격을 부여하는 머리(head) 성분이기 때문인 것으로 설명하고 무표격 현상이 불가능했던 격 중첩형 보족어나 사격형 보족어들도 '것' 쪼갠문의 초점 성분이 될 때에는 조사를 배제하기 때문이라고 주장하였다. 부가어와 달리 논항에서만 조사 배제 현상이 일어나는 까닭은 논항이 그 결정자인 동사로부터 의미격이나 문법격을 부여받는 필수 성분 즉 명사구이거나 후치사구이기 때문이라고 보았다. 동사로부터 의미격이나 문법격이 예측될 수 있음으로 해서 이들 논항은 격표지나 비서술적인 후치사인 조사 없이도 그 의미격이나 문법격이 명확하므로 조사 없는 선행 명사구만 '것' 쪼갠문의 초점 성분으로 나타날 수 있는 것으로 설명하였다. 김영희(2005)는 격표지가 배제되는가에 대한 설명은 논항과 부가어의 차이를 통해 설명하였다. 그러나 조사가 배제된 형태와 격표지가 나타나지 않는 무표격이 동일한 형태를 가지는 점은 한 문장에 주제화 또는 초점화의 관점에서 설명한다면 '것' 쪼갠문에 대한 조사 배제 현상은 논항과 부가어의 관계로만 파악할 수 있는 범위를

벗어나는 한계를 가진다.

권재일(2006:435)은 구어에서의 조사 생략 현상을 계량적으로 분석하여 문어와 대조하여 구어의 특징을 제시하였다. 이것은 모든 조사는 '격의 실현'이라는 문법적 관념과 [대조], [역시], [단독]이라는 어휘적 관점을 함께 가지는데 다만 문법적 관념의[14] 비중에는 '정도의 차이'가 있다는 권재일(1989)의 주장을 받아들여, 조사의 생략 현상을 이러한 문법적 관념의 비중이 높을수록 그 가능성이 높다는 근거로 제시하였다. 따라서 문법적 관념의 비중이 높은 격조사가 어휘적 관념의 비중이 높은 보조사보다 생략이 더 잘 된다고 하였다. 조사를 문법적 관념과 어휘적 관념의 비중으로 설명한 것은 구조격과 어휘격에 대한 논의와 같은 것으로 볼 수 있다. 구어에서 나타나는 담화 상황에 대한 문법적 관념이 정도에서 차이를 보이는 것을 확인하였다. 이러한 사실은 조사 무조사의 현상이 담화 상황과 밀접한 관련이 있음을 시사하는 것으로 볼 수 있다.

2.3. 무조사 현상

이호승(2006:155)은 격조사를 갖지 않는 명사구는 격조사를 갖는 명사구와 대립 관계를 갖지 않는 것으로 보았다. 따라서 격조사 없는 명사구는 문맥에 따라 어떠한 문법 기능이나 의미역을 가진다고 주장하였다. 그러나 이호승(2006)의 문맥에 따라 문법 기능이 결정

---

14) 어휘적 관념과 문법적 관념은 모호한 개념이라고 할 수 있다. 이는 구조를 중시하는 관점과 의미를 중시하는 관점으로 볼 수 있을 것이다. 무조사 구성을 조사 생략 현상 등으로 바라보는 관점의 차이이며 현상을 설명하는 방법의 차이라고 할 수 있지만 분명한 설명 방법은 아니라고 생각한다.

된다는 주장은 달리 말해 문법 기능이 구조에 의해 주어지는 것일 수 있으므로 격을 부정한 기본 전제와 상충하는 면이 있다고 생각한다. 격조사를 갖는 명사구는 특정한 통사 · 의미적 관계를 표시하는데 반해 격조사를 갖지 않는 명사구는 문맥에 따라 다양한 문법 기능 또는 의미역을 가진다고 하는 주장은 문맥에 따른 다양한 문법 기능 안에 격조사를 갖는 명사구가 가지는 통사 · 의미적 관계가 포함될 수도 있는 문제점이 있다. 무조사 구성에 대한 조사 생략의 관점은, 국어에서의 무조사 현상에 대해서 조사가 결합하지 않은 형태와 결합한 형태의 의미상의 차이 또는 담화에서의 기능의 차이에 대한 설명을 필요하게 하였다. 또한 생략 현상은 복원 가능성을[15] 전제로 이루어지기 때문에 복원이 불가능한 예들을 제시함에 따라 조사 생략설은 비판을 받게 되었다. 임홍빈(2007)에서 무조사구는 조사구에 상당한 개념으로서 임홍빈(2007:70)은 아무런 조사도 가지지 않은 명사구를 '무조사 명사구'로 하고 이를 줄여서 '무조사구'라 할 것을 제안하였다. 새로운 정의인 '무조사구'는 이전까지 부정격, 무표격, 격조사 생략, 격조사 비실현 등과 같은 개념으로 파악한 것을 비판적으로 수용하고 이들 논의를 포함할 수 있는 새로운 통사적 단위를 제시한 것이다. 임홍빈(2007)는 앞에 제시된 이전의 논의를 다른 시각으로 접근하여 무조사 구성을 제시어의 하나로 상정하고 격표지 비실현설에 대해서 다음과 같이 비판하였다.[16]

---

15) 임홍빈(2007:73-74)은 김지은(1991)에서 제시한 예에 대한 논의에 대해, 생략은 복원을 전제로 하고 있으나 격언이나 속담의 예처럼 복원이 불가능하거나 어려운 반례를 들어 생략설을 비판하였다.

16) 임홍빈(2007)의 무조사구에 대한 기본 전제는 임홍빈(2000)에서 제시한 '통사구조에 대한 어휘론자 가설'에 의한 것으로 볼 수 있다. 이 가설은 통사구조는 어휘적인 요소나 문법적인 요소의 어휘 내항 정보를 충실히 반영할 수 있는

"무조사구의 문제는 한국어의 격을 어떻게 보느냐와도 관련되고 문
법을 어떻게 기술할 것인가와도 관련된다. 부정격이나 무표격도 격
이라면 격의 목록에 이들도 포함시켜야 하는 부담이 따르게 되고,
생략이라면 표준 이론에 의할 경우 심층에서는 없던 격을 표면에서
가지게 해 놓고 그것을 또 다시 생략해야 하는 기이한 문제에 직면
하게 된다."(임홍빈 2007:70-71)

임홍빈(2007)은 위에서 제기한 문제를 해결하기 위해 격은 어휘부
정보에 주어진 논항 정보에 의하여 분석될 뿐이라고 보는 '격 어휘
론자 가설'과 이를 통사적으로 투영할 때 적용되는 '가변 중간 투사
론'에 의하여 이제까지 제기된 견해를 비판적으로 수용하여 무조사
구 주제 가설을 제기하였다. 격 어휘론자 가설에서는 어휘부의 논항
정보에 의해서만 격조사구가 분석될 수 있으므로 무조사구는 대부
분 정규 논항으로 분석될 수 없는 것으로 보아, 무조사구는 다음과
같은 구조를 가지는 것으로 보았다.

것이어야 한다고 전제하였다. 또한 무표적인 구성을 범주적 구성으로 표시하
고 유표적인 구성에 대하여 기능 범주 표시를 도입하여 제시-주제 구성이 유
표적이므로 이를 P-TOP과 같이 표시할 수 있다고 하였다. 비정규논항은 VP
밖에서 부가 구조를 이루게 된다. 특별한 경우 이외는 조사를 가지지 않아도
정규 투사에 참여하지 못하고, 순서를 달리해도 정규 투사에 참여하지 못한다.
따라서 격조사 생략 구성은 제시어 구성과 그 성격이 혹사하다고 보았으며 따
라서 구조격 논의는 허구라고 주장하였다. 이 주장은 제시어 구성을 구조격보
다 상위의 개념으로 설정한 것이므로 하위 구조가 실재하지 않는 상위 구조가
존재하게 되는 문제가 생기게 된다.

(14)

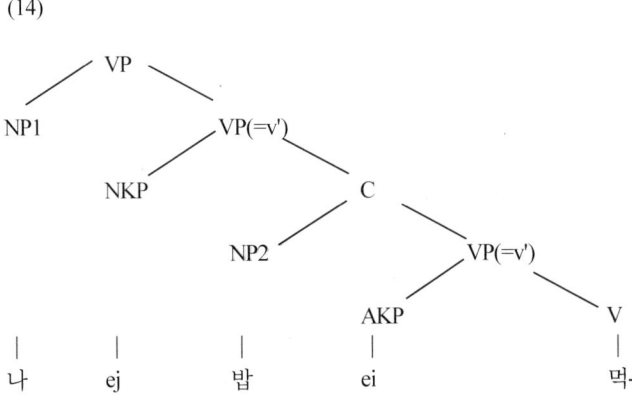

(14)의 나무 그림 구조에서 [ei]는 정규 논항 대격 조사구(AKP)의 자리이며, [ej]도 정규 논항 주격 조사구(NPK)의 자리이다. '밥'은 VB의 부가적인 위치에 상정되고, '나'는 VP의 부가적인 위치에 상정된 것으로 보았다. 이 구조의 이점은 무조사 명사구와 정규 논항을 혼동하지 않게 된다는 점을 들어 지금까지의 논의에서 일반적으로 무조사구 '나'를 NKP와 동일시하고, 무조사구 '밥'을 AKP와 동일시한 점은 정확한 통사 분석이라고 할 수 없다고 비판하였다. 따라서 무조사구는 통사 분석의 나머지로 잉여 성분이 된다고 하였다. 문장에 나타나는 주요 의미·화용적 대상이 담화 화용적 주제의 자격을 가진다는 담화 화용적 주제 원리에 의하여, 통사적 분석의 잉여 성분에 주제의 자격을 부여하는 것은 가능한 일이며 또 피할 수 없는 일이라고 보았다. 또한 제시어를 제시 주제라 할 때 무조사구도 제시 주제의 하나가 되므로 무조사구는 문맥이나 화용론적인 상황에서 활성화된(activated) 대상에 대하여 쓰인다는 것과 무조사구가 구어체 담화에 지배적으로 나타나는 특성을 파악하였다. 임홍빈(2007:10

2)은 무조사구가 활성 상태에 의한 접근을 허용한다는 것은 그것이 문장의 모든 주요 의미 화용적 성분이 주제의 성격을 띤다는 담화 화용적 주제의 성격만을 가진 것이 아니라 '은/는' 주제와 같은 유표적(有標的, marked) 주제의 성격을 가져 문장의 어떤 부분에 대하여 언급 대상성을 가진다고 했다. 그러므로 무조사구 주제도 '은/는'과 같은 관계적 주제의 성격을 가진다고 하였다. 무조사구가 정규 논항처럼 보이는 것은 제시어에서 제시성이 극도로 약화되어 무조사구가 정규 논항으로 재구조화(restructuring)되는 것으로 볼 수 있다고 하여, 이는 한국인의 문장 구조에 대한 직관적인 인식을 반영하는 것으로 설명하였다. 임홍빈(2007)은 구조를 벗어난 구조를 무조사 구성의 기능으로 보았다. 그러나 조사 구성과 무조사 구성이 모두 제시성을 갖는다면 제시성만으로 무조사 구성의 기능을 한정하는 것은 적절한 판별 기준이 될 수 없다. 정규 논항이라 불리는 '이/가', '을/를'의 논항도 담화 상황에서는 충분히 제시어로 기능할 수 있기 때문이다.

고영근·구본관(2008:157)은 주격 조사, 목적격 조사, 관형격 조사인 국어의 격조사는 쉽게 생략이 된다고 하였다.

(15) 가. 오늘이 바로 그날이다.
    나. 너는 사과를 가장 좋아한다.(고영근·구본관 2008:157의 예문 (29))

그러나 (15)의 예는 주격 조사가 '신정보'를 나타내거나 목적격 조사가 '초점'을 나타내는 등 이들 조사가 문법적인 의미가 아닌 고유한 의미를 가질 때는 생략이 일어나지 않는다고 하였다. 관형격 조사가

'소유주-피소유주', '전체-부분'의 의미가 아닌 경우에는 또 생략이 일어나지 않는다고 하였다. 고영근·구본관(2008)은 격조사가 실현되지 않는 현상을 격조사가 고유한 의미를 가지지 않을 때나 어순이나 문맥 등에 의해 생략된 격조사가 쉽게 회복될 수 있을 때 일어나는 것으로 파악하였다.[17] 부사격 조사나 서술격 조사도 생략되는 수가 있다고 하였다.

지금까지 무조사 구성에 대한 이전의 논의를 주제별로 나눠 세 가지로 살펴보았다. 초기의 문법 연구에서 이 현상을 조사의 생략 현상으로 설명하였고, 이후의 연구에서는 부정격과 무표격이라는 격 현상의 하나로 설명하였다. 점차 조사가 담화와 관련한 상황을 표현하는 것으로 밝혀지면서 무조사 구성을 제시어의 하나인 무조사구를 나타내는 주장으로 이어졌다. 무조사 구성은 조사가 담화의 상황과 관련되어 있음을 나타내는 근거가 되고, 격표지로서 사용되는 조사 '이/가', '/을/를'이 담화에서 제시어 및 주제화와 관련된 의미가 있음을 보여주어 조사 '이/가', '/을/를'이 일정한 의미 부가의 기능을 가진 어휘 의미가 있음을 보여준다.

---

17) 고영근·구본관(2008:157, 186)은 무조사 구성을 격조사의 생략으로 보지 않은 시각에 대해 격조사가 없이 나타나는 것이 보편적(무표적?)인 것으로 간주하고, '이/가', '을/를', '의' 등이 격을 실현하는 것이 아니라 자신의 고유한 의미 기능을 표시한다고 보게 된다고 파악하였다. 이런 관점은 모든 조사를 보조사로 보아야 하며 국어에서의 격조사와 보조사의 구별하기 어렵게 한다는 점을 지적하였다. 이들 격조사와 격과 의미를 모두 나타내지만 보조사와의 쓰임이 다른 것은 조사들이 가지는 의미 차이에 의한 것으로 설명하는 것이 합리적이다. 예를 들어 모든 보조사는 '이/가'와 같은 조사는 포괄할 수 있는 의미 범위가 보조사의 의미 범위와 중첩된다고 가정할 수 있다. 이 연구에서 '이/가,' '을/를'이 고유한 의미 기능을 표시하는 것으로 보아 격조사의 생략을 인정하지 않는 것과 같은 입장이라고 볼 수 있다.

2.4. 무조사 구성과 조사의 기능

지금까지 살펴본 무조사 현상에 대한 관점의 핵심은 조사의 기능를 어떻게 보느냐에 따라 좌우된다고 할 수 있다. 따라서 무조사 구성은 국어의 통사 구조에서 구조격 및 의미격의 설정 여부와 밀접한 관련이 있다. 이관규(1992:246)는 격은 서술어에 대한 체언의 관계라고 정의되는 것으로 보고, 격표지는 그 관계를 나타내는 표지라고 보았다. 국어 문장에서의 구조격과 의미격에 대한 관점의 차이에 따라 무조사 구성에 대한 논의가 이루어진 것으로 볼 수 있다. 격이 구조에 의해 주어진다면 격표지의 실현과 비실현은 수의적일 수도 필수적일 수도 있다. 수의적이라면 무표격을 설정하고 각각의 격표지는 격 이외의 의미와 기능을 가져야 한다. 이와 달리 필수적이라면 격표지가 실현된 것이 무표적이고 비실현된 것은 생략, 탈락, 삭제 등으로 설명되어야 한다. 무조사 구성을 구조격에 의한 것으로 본다면 주제화 및 초점화와 같은 국어의 담화 상황에서 나타나는 현상과 관련된 부분에 대해 설명하기 어려운 점이 있다. 반면에 의미격의 관점에서 보면 모든 격이 서술어의 의미 즉 어휘 내항의 정보에 의해서 주어지는 것이므로 문장의 구조는 서술어의 의미에 의해 자동적으로 형성되므로 격표지는 이차적인 사항의 외현인 것으로 볼 수 있다. 따라서 격표지의 실현과 비실현은 모두 서술어와의 관계에 의해 설명될 수 있다. 격표지가 실현된 경우는 서술어의 의미와 격표지의 의미 또는 기능의 집합으로 설명해야 하고, 격표지가 비실현된 경우는 서술어의 의미에 부가되는 격표지 이외의 문맥이나 휴지, 억양 등 화용론적 상황 즉 다른 정보를 통해 문장 전체의 의미 관계를 습득한 것으로 볼 수 있다. 그러나 이 경우에는 격표지와 서술어의 의미의 관계가 동일한 단계에서 이루어지는가에 대한 그 실현 층위에 대한 의문을 가질 수 있다.

국어의 무조사 현상에 대한 논의는 많았고 깊이 있는 논의도 있었지만 아직 이 현상에 대한 완전한 설명 또는 다른 주장을 포괄할 수 있는 단계에 이른 논의에는 이르지 못하였다고 본다. 이는 조사의 의미와 기능에 대한 보다 자세한 연구가 필요한 이유이기도 하다. 3장에서 조사의 기능에 대하여 조사가 가지는 통사적 화용적 의미를 주어와 목적어에서 조사가 실현되지 않는 현상으로 나누어서 설명하려고 한다. 이를 통해 무조사 구성을 조사의 의미의 유무와 관련하여 통사적·화용적 기능으로 설명할 수 있는 가능성을 찾아보고자 한다.

3. 무조사 구성의 의미와 기능

3.1. 주어에서 무조사 구성의 의미와 기능

국어의 무조사 현상을 자리 비워두기의 하나로 볼 때 그 의미는 자리가 채워져 있을 때와 비교했을 때 쉽게 드러날 것이다. 주어의 자리에서 조사가 없는 구성과 조사가 결합한 구성을 비교해보자. 국어를 담화 중심의 언어라고 전제한다면 이들 조사의 결합과 무조사 구성의 의미 차이는 담화 상황을 잘 나타내는 의문문, 명령문, 청유문, 약속문에서 더 잘 드러날 것이다. 의문문, 명령문, 청유문, 약속문은 평서문에 비해 화자와 청자에 대한 태도가 보다 분명하게 드러나기 때문이다. 먼저 평서문에서의 무조사 구성의 의미를 조사가 결합한 구성과 비교하여 살펴보자.

3.1.1. 평서문

(16) 가. 철수가 밥을 먹다.
     나. 철수는 밥을 먹다.
     다. 철수 밥을 먹다.

(16)은 주어 자리에 격조사와 보조사가 결합한 환경과 조사가 없는 환경을 나타낸 예이다. (16가)와 (16나)의 의미 차이는 '는'이 가지는 대조의 의미로 확실하게 드러난다. 그러나 (16가)의 조사 '가'가 어떤 의미를 나타내는지에 대하여 다르게 해석할 수 있다. 일반적인 구조격 관점에서 '이/가'를 주격 표지로 보고 이 조사들의 기능을 무표적인 것으로 파악하여 단순한 무표의 주격만을 나타낸다고 할 수 있다. 그러나 (16가)가 지정이나 신정보의 의미를 가진다고 본 논의도 있었다. (16다)의 조사 없는 예는 (16가)와 비교하여 의미를 파악할 수밖에 없다. 왜냐하면 (16가)가 무표적인 표시로서 주격의 격기능만을 담당한다면 (16다)는 부정격 또는 무표의 조사 또는 생략 중의 하나로 파악되어야 하기 때문이다. (16)의 예문에서는 이 문장에서 조사가 갖는 의미 차이를 정확히 분석하기는 어렵다. 평서문은 상황을 객관화하는 경향이 있으므로 담화 상황에서의 의미 차이가 나타나기 어렵기 때문이다. 반면에 이전의 무조사 구성에 대한 주된 논의는 평서문을 중심으로 이루어졌기 때문에 그 의미 차이가

잘 드러나지 못하였을 가능성이 있다. 평서문이 아닌 의문문이나 청
유문 등은 담화 상황이 잘 드러난다. 따라서 의문문이나 청유문 등
에서 조사의 의미 기능을 살핀다면 그 특징을 잘 파악할 수 있을 것
이다.

3.1.2. 의문문

> (17) 가. 철수가 밥을 먹니(먹어요)?
> 나. 철수는 밥을 먹니(먹어요)?
> 다. 철수 밥을 먹니(먹어요)?

(17가나다)는 (16)의 예문을 의문문으로 바꾼 것이다. (17가)는 (16
가)에 비해서 대조의 의미가 확연하게 드러남을 알 수 있다. 의문문
이 담화 상황을 직접적으로 보여주기 때문이다. 이남순(1988:54)은
'가'가 화제 성분의 대조 화제의 의미를 나타낸다고 보았다. (17가)
의 조사 '가'는 다른 사람이 아닌 불특정 다수에서 '철수'를 특정한
지시 대조의 의미를 나타낸 것이다. (17나)의 '는'과 비교하면 그 의
미가 더욱 분명해진다. '는'은 다른 사람을 배제한 선택을 나타내는
의미를 나타낸다. 이남순(1988:54)은 이 '는'을 평언 성분의 대조 의
미로 파악하였다. 이 연구에서는 평언 성분과 화제 성분의 차이는
담화 상황에서는 가치가 중화되어 모두 담화 상황에 포함되는 것으
로 파악한다. 의문문에서는 평언 성분은 화제 성분으로 나타날 수밖
에 없다고 보기 때문이다. (17다)는 '철수' 자체로 주격의 기능을 수
행하고 있다. 이 무조사 구성은 어떤 특별한 대조의 의미 기능을 가
지지 않는다. 무조사 구성은 후행하는 언어 내용과 연결되어 가장

기본적인 기능을 하는 것으로 볼 수 있다. 임홍빈(1998:221)에서 제시된 정언적인 '이/가' 구문과 관련한 설명과 같다. 임홍빈(2007)에서 무조사 구성을 무조사구로 보고 제시어의 하나로 본 것과 같은 관점이다.

(18) 가. 예, 철수가 밥을 먹어(요).
　　나. 아니(요), 민수가 먹어(요).
　　다. 아니(요), 민수는 먹어(요).
　　라. ˀ아니(요), 민수 먹어(요).

(19) 가. 예, 철수는 밥을 먹어(요).
　　나. 아니(요), 민수가 먹어(요).
　　다. 아니(요), 민수는 먹어(요).
　　라. ˀ아니(요). 민수 먹어(요).

(20) 가. 예, 철수 밥을 먹어(요).
　　나. 아니(요), 민수가 먹어(요).
　　다. 아니(요), 민수는 먹어(요).
　　라. 아니(요). 민수 먹어(요).

(18), (19), (20)의 예문은 (17가나다)의 질문에 대한 대답들이다. (18가)는 (17가)의 질문에 대해 긍정의 대답으로 동일한 구성으로 반복했을 때 둘 사이에 의미의 차이는 없는 것으로 보인다. 그러나 (17가)에 대한 부정의 대답일 경우에 (18나다라)의 세 가지 대답이 가능할 것이다. (18나다)의 대답은 새로운 주어인 '민수'에 대한 새로운 상황 지시적 의미를 나타낼 수 있다. 그러나 (18라)는 자연스럽지 못하다. (18라)가 자연스럽지 못한 이유는 질문에서 이미 상황 지시적

으로 대조적 표현으로 규정되어 있기 때문에 질문에 대한 대답은 그
에 적합한 것을 요구하기 때문인 것으로 볼 수 있다. 즉 '철수가'의
'가'에 의해서 '철수'는 상황 지시적 의미를 얻었으므로 이에 대응하
는 주어인 '민수'에게서도 동일한 상황 지시적 의미가 전이된 것으
로 볼 수 있다. (19가)는 (17나)에 대한 긍정의 대답이다. 동일한 구
성이 반복되므로 (19가)와 (17나)의 주어 사이에 상황 지시적 차이는
없는 것으로 보인다. 그러나 부정의 대답인 (19나다라)의 경우에 (19
나)는 새로운 '민수'라는 주어에 대해 다른 선택을 배제하지 않은 선
택을 나타내는 의미를 나타내고, (19다)는 '민수'라는 새로운 선택이
다른 선택을 배제한 배타적 선택임을 담화 상황에서 상황 지시적 의
미로 나타낸 것이다. (19라)와 같이 조사가 없는 구성이 부자연스럽
게 느껴지는 이유는 (17나)가 상황 지시적인 의미로 질문을 한 것이
기 때문이다. (19라)는 조사가 없기 때문에 상황 지시적 의미를 명확
하게 드러낼 수가 없다. (20나다라)는 (17다)의 질문에 대한 부정의
대답이다. (20나)는 구체적인 상황 지시를 드러내지 않는 무조사 구
성의 질문에 대한 대답으로 다른 선택을 배제하지 않은 선택이라는
새로운 상황 지시적 의미를 덧붙여서 대답한 것이다. (20다)는 다른
선택을 배제한 배타적 선택이라는 새로운 상황 지시적 의미를 덧붙
인 것이다. (20라)는 (20나다)와 같은 상황 지시적 의미를 갖지 않더
라도 자연스러운 대답이 된다. (18)과 (19)의 예와 다른 점은 (17다)
의 질문이 상황 지시적 의미에 대한 표현이 없었기 때문에 대답에
같은 상황 지시적 의미가 없어도 표현이 가능한 것이다.[18] 질문과

---

18) 질문과 대답이 동일한 담화 상황에서 일어나는 것이 아니라면 의미가 달라질
　　수 있다. 질문과 대답 사이에 있는 시간과 공간의 차이만큼 담화 상황에도 변
　　화가 생길 수 있기 때문이다. 이 연구에서는 질문과 대답은 동일한 담화 상황

대답은 동일한 담화 상황에서 이루어지는 언어 행위이기 때문에 동일한 상황 배경을 갖는 것으로 볼 수 있기 때문이다. 담황 상황에 대한 인식이 문어에서는 잘 드러나지 않기 때문에 문어에 주로 쓰이는 평서문은 이러한 차이가 잘 드러나지 않는다고 할 수 있다. 담화 상황에서 화자와 청자가 직접적으로 대면한 상황에서 쓰이는 의문문은 이러한 담화 상황에서의 상황 지시적 의미가 잘 드러나는 것으로 파악된다. 담화 상황의 다른 예인 명령문에서의 무조사 구성에 대해 살펴보자.

3.1.3 명령문

(21) 가. 철수가 밥을 먹어(라).
    나. 철수(야), 네가 밥을 먹어(라).
    다. 철수(야), 네가 밥을 먹으라.

(22) 가. 철수는 밥을 먹어(라).
    나. 철수(야), 너는 밥을 먹어(라).
    다. 철수(야), 너는 밥을 먹으라.

(23) 가. ?철수 밥을 먹어(라).
    나. 철수(야), 너 밥을 먹어(라).
    다. 철수(야), 너 밥을 먹으라.

(21)은 주어의 자리에 조사 '가'가 결합한 형태이다. 이 문장에서도 '가'의 의미가 상황 지시적 의미로서 다른 선택을 배제하지 않은

아래서 이루어짐을 전제로 한다.

선택을 나타내고 있음을 알 수 있다. 명령의 수행자로서 '철수'는 다른 사람들의 선택에 상관없이 선택된 하나의 대상이라는 의미를 가진다. (21나)의 예는 (21가)의 조사 '가'가 가지는 의미를 좀 더 분명하게 나타내주고 있다. 만약 '가'가 격조사로서의 기능만을 가지고 다른 의미 기능을 수행하지 않는다면 (21나)의 자리에서 파악할 수 있는 다른 선택을 배제하는 선택 즉 배타적인 선택은 아니지만 '가'가 일반적으로 가졌던 다른 선택을 배제하지 않은 선택보다는 다소 한정된 의미로 파악되지 않아야 할 것이다. 그러나 (21나)가 (21가)보다 한정적인 선택으로 해석된다. 그 이유는 호격으로 '철수'를 제시했기 때문이다. 제시된 '철수'는 이미 선택받은 것이 되어 두 번 선택된 의미를 가지므로 (21가)보다 더 선택적인 의미를 가지게 되는 것으로 볼 수 있다. (21다) 또한 호격형으로 한정된 선택의 의미를 더한 것이다. 그리고 명령의 객체 즉 화자에 대한 명확한 제시를 통해 명령형의 '-으라'는 객체를 명시해야 하는 요구에 부응하였으나, 호격형이 가지는 담화 중심적 상황과의 불일치로 다소 부자연스러운 의미를 가진 것으로 보인다.[19] (22가)는 '는'이 결합하여 다른 선택을 배제한 배타적 선택의 상황 지시적 의미를 나타낸 것이다. (22나)는 호격형이 먼저 결합한 형태이다. '는'에 의한 배타적 선택에 앞서서 선택을 한정해주는 것이므로 담화 상황에서 상황 지시적 의미가 더 강해지는 것으로 볼 수 있다. 명령문에서는 명령의 대상 즉 청자인 객체를 명시하여야 한다. (22다)는 (21다)와 같은 기능을

---

19) 임홍빈(1983:118-120)은 추상적인 화자와 추상적인 청자 사이에 쓰이는 절대 명령의 논리로 '-으라'를 파악하였고, 서태룡(1985:442)은 명령형 '-으라'는 '-어라'에서 [객체의 존재]를 의미하는 선어말어미 {-어-}가 빠진 것으로 보았다. 그러므로 '-으라'는 담화 상황에서 객체의 명시를 요구하게 된다.

하는 것으로 볼 수 있다. (23가)는 명령문에서의 무조사 구성의 예이다. 그러나 (23가)의 '철수'는 주어로 해석하기 어렵다. 명령문에서 주어가 잘 생략되는 것이 원칙적인 것이라면 '철수'는 호격형이 될 수밖에 없다. (21)과 (22)의 예와 같이 주어가 있는 명령문의 유형도 자연스럽다. (21)과 (22)의 주어가 주격이 아닌 제시어로 본다면 (23)의 주어도 제시어로 볼 수 있다. 모두 제시어를 나타내는 구성과 동일하기 때문이다. (23가)의 '철수'가 주어로 인식되지 않는 이유는 명령문에서는 객체인 청자를 명시해주는 기능의 필요에 의한 것이다. 청자를 명시하는 기능을 격조사이건 보조사이건 '이/가'와 '은/는'과 같은 조사들이 수행하는 것으로 볼 수 있다. (23가)의 '철수'는 조사가 결합하지 않은 무조사 구성이므로 명시적 기능을 할 수 없으므로 명령문의 주어로 해석되지 않는 것이다. 이에 비해 (23나)와 (23다)는 호격형으로 명시적 기능이 주어졌기 때문에 조사가 없는 구성이 주어로 해석될 가능성이 있는 것이다. (23나)와 (23다)의 '너'가 두 번째 호격형으로 해석되기도 하고 주어로 해석되기도 하는 이유는 명령문이 청자 즉 객체인 명령의 당사자의 명시성을 요구하기 때문이다. 조사는 이 명시적 기능을 하는 것이므로 무조사 구성은 명시적 기능이 없는 구성에서 주어로서 기능한다고 볼 수 있다. 임홍빈(2007:87)은 무조사구를 제시어의 하나로 보았다. 무조사 구성이 조사 구성과 담화 상황에서 조사 구성과 동일하게 해석될 수 있다면 조사가 있는 구성도 제시어가 될 수 있을 것이다. 조사는 통사 원자이기도 하지만 담화 원자이기도 하므로 조사가 있는 구성이 반드시 통사적인 격에 대한 의미로만 해석되는 것은 아니다. 국어는 담화 중심의 언어이며 명령문은 중요한 담화 상황 중의 하나이기 때문에 담화 원자로서의 조사의 의미와 기능이 명령문에서 잘 나타내는 것으로 볼 수 있다. 담화 상황을 나타내는 또 다른 유형인 청유문에서의 무조사 구성에 대해 살펴보자.

3.1.4. 청유문

> (24) 가. 철수가 (민수랑) 밥을 먹자(어).
> 　　나. 철수야, 밥을 먹자(어).
> 　　다. 철수는 (민수랑) 밥을 먹자(어).
> 　　라. 철수야, 너는 밥을 먹자(어).
> 　　마. $^?$철수 (민수랑) 밥을 먹자(어).
> 　　바. 철수야, 너 밥을 먹자(어).

(24가)는 (21)에 대응하는 청유문이다. 명령문과 마찬가지로 청유문도 청자 즉 행동의 대상이 명시적이다. (24가)의 '철수'는 다른 선택을 배제하지 않은 선택인 상황 지시적 의미를 가진다. 청유형은 아직 일어나지 않은 일에 대한 제안이기 때문에 강제성이 없다. 따라서 주어의 의미 기능이 의문문과 명령문에 비해 잘 드러나지 않는다. (24나)가 (24가)에 비해 훨씬 자연스럽다. 호격형으로 청유의 대상이 명시되기 때문에 주어가 생략되는 것이 자연스럽기 때문이다. 그러나 주어가 생략되지 않더라도 충분히 청유문의 기능을 할 수 있다. 주어는 상황 지시적 기능이 명시적으로 주어졌을 때는 생략되지 않을 가능성이 많다. 상황 지시적 기능은 담화 상황에서 중요한 정보의 하나이기 때문이다. (24다)의 '는'이 바로 이러한 상황 지시적 기능이 크기 때문에 생략되지 않고 청유문의 주어로서 역할을 하는

것이다. (24마)의 '철수'가 주어로 해석되기 어려운 것은 명령문의 (23)과 마찬가지로 무조사 구성은 명시적 기능을 할 수 없어 청유문의 주어로 해석되기 어려운 것이다. (24바)의 '너'가 주어로 해석되는 것은 앞의 호격형에 의해 상황 지시적 의미를 가졌기 때문이라고 생각한다. 그러면 (24마)의 철수는 주어로 해석될 수 없으면 무엇으로 해석할 수 있는가? (24마)의 '철수'는 호격형으로 해석되고 뒤의 청유문은 주어가 생략된 형태의 것으로 볼 수 있다. 또한 청유문은 화자와 청자의 공동의 행동을 요구하는 경우가 많기 때문에 공동의 행동에 대하여 청자 하나만이 주어로 상정되었을 때는 부자연스럽게 해석될 가능성이 있다. 담황 상황을 나타내는 다른 유형인 약속문에서의 무조사 구성에 대해 살펴보자.

3.1.5. 약속문

(25) 가. ?철수가 밥을 먹으마.
　　나. 내가 밥을 먹으마.
　　다. ?철수는 밥을 먹으마.
　　라. 나는 밥을 먹으마.
　　마. ?철수 밥을 먹으마.
　　바. 나 밥을 먹으마.

약속문은 화자가 어떤 행위를 하겠다는 결정을 청자에게 전달하는 문장이고, 약속은 화자가 청자에게 자신의 의지를 언어 표현으로 나타내는 것이다. 따라서 주어의 자리에 화자 자신이 아닌 다른 사람이 나타날 경우는 자연스럽지 않다. (25가)가 자연스럽지 못하게 느껴지는 것은 '철수'가 담화의 화자인지 아닌지 확정적이지 않기 때문이다. (25가)에서 철수가 화자라면 화자인 '철수'를 강조하는 의미로 해석되는 기능으로 조사 '가'가 역할을 하는 것이다. 조사 '가'가 강조의 의미를 가지는 것은 '가'가 가지는 기본 의미에 포함된 선택과 관련한 기능 때문이다. (25나)에서 화자 자신을 가리키는 '내가'로 나타난 표현은 자연스럽다. (25마)와 같이 조사가 나타나지 않는 구성은 '철수'가 호격형으로 인식되어 문장의 주어인 '내가'는 생략된 것으로 인식되기 때문이다. 즉 약속의 상대방이 명시되기 때문에 주어가 생략되는 것이 자연스럽다. 그러나 주어가 생략되지 않더라도 충분히 약속문의 기능을 할 수 있다. (25바)는 주어가 화자 자신임을 나타내는 상황에서는 '나'는 호격으로 해석되지 않는다. (25나)와 (25바)의 차이는 주어에 상황 지시적 기능이 명시적으로 주어졌을 때와 그렇지 않을 때를 구분해주는 것이다. 이 구분을 가능하게 하는 요소가 바로 조사 '가'라고 볼 수 있다. 이러한 상황 지시적 의미 기능을 하는 '가'가 결합한 주어 '내가'는 생략되지 않을 가능성이 많다. 상황 지시적 기능은 담화 상황에서 중요한 정보의 하나이기 때문이다. (25다)의 '는'이 바로 이러한 상황 지시적 기능이 크기 때문에 생략되지 않고 약속문의 주어로서 역할을 하는 것이다. (25마)의 '철수'가 주어로 해석되기 어려운 것은 명령문의 (23)과 마찬가지로 무조사 구성은 명시적 기능을 할 수 없어 약속문의 주어로 해석되기 어려운 것이다. 그러면 (25마)의 철수는 주어로 해석될 수 없으면 무엇으로 해석할 수 있는가? (25마)의 '철수'는 호격형으로 해석되고 뒤의 약속문은 주어가 생략된 형태의 것으로 볼 수 있다.

지금까지 주어의 자리에서 나타나는 무조사 구성의 의미와 기능을 평서문, 의문문, 명령문, 청유문, 약속문에서 각각 격조사 구성과 보조사 구성과 비교하여 살펴보았다. 격조사 구성과 보조사 구성은 모두 명시적 의미 기능 즉 상황 지시적 의미 기능을 가졌으나 무조사 구성은 명시적 의미 기능을 가지지 않는 경향을 보였으나 담화 상황에 따라 호격형에서 유추하여 상황 지시적 의미 기능을 가지기도 하였다. 그러나 무조사 구성은 조사 구성의 경우처럼 명시적이지는 않았다. 무조사 구성이 명시적 의미 기능을 가지지 못했을 경우에는 담화 상황에서 제시어의 기능을 하는 것으로 판단할 수 있었다. 무조사 구성이 제시어의 기능을 하는 것은 무조사 구성의 일차적인 기능이 아니고, 무조사 구성이 가지는 일차적인 기능 즉 주어에 대한 상황 지시적 의미 부여의 보류가 포함할 수 있는 기능에서 파생된 것이다. 일차적 의미 부여의 보류는 담화 상황에서 해석의 개방성을 가지고 이 개방성에 따라 담화 상황의 표현에 가까운 제시어의 기능을 이차적으로 나타내기 쉽게 된 것일 가능성이 많다. 주어가 조사 없이 나타나는 현상을 평서문, 의문문, 명령문, 청유문, 약속문에서 해라체를 중심으로 살펴보았다. 문체법 각각에 대하여 공손법의 등급에 따라 해라체, 하게체, 하오체, 합쇼체, 하소서체, 반말의 경우를 모두 대입하여 세밀하게 의미와 기능의 차이를 천착한다면 더 나은 결과를 찾을 수 있을 것이다. 이 연구에서는 경우에 따라 반말에 대한 것을 다루면서 해라체를 기본 대상으로 삼았다.

3.2. 목적어에서 무조사 구성의 의미와 기능

문장 또는 담화에서 목적어로 사용되는 체언 중에 무조사 구성으로 나타나는 경우가 있다. 무조사 구성의 의미와 기능을 알기 위해 목적어에 조사가 결합하여 나타난 구성과의 비교하여 살펴보자.

3.2.1. 평서문

> (26) 가. 철수가 밥을 먹다.
> 　　　 나. 철수가 밥은 먹다.
> 　　　 다. 철수가 밥 먹다.

(26)은 문장에서 목적어 성분인 '밥'에 조사 '을'이 결합한 경우와 '은'이 결합한 경우 그리고 조사가 결합하지 않은 세 가지 형태를 나타낸 것이다. (26가)와 (26나)에서 '은'이 가지는 대조의 의미는 확실하게 드러난다. 그러나 (26가)의 조사 '을'이 어떤 의미를 나타내는지 논란의 여지가 있다. (26가)의 조사 '을'이 지정이나 신정보의 의미를 가진다고 볼 수도 있고, 단순한 무표의 목적격만을 나타낸다고 할 수도 있다. (26다)의 조사가 없는 예는 (26가)와 관련하여 의미를 파악할 수밖에 없다. (26가)가 무표적인 표시로서 목적격의 격표지 기능만을 담당한다면 (26다)는 부정격 또는 무표의 조사 또는 생략 중의 하나인 요소가 되어야 하기 때문이다. (26)의 예문에서 조사가 결합한 구성과 그렇지 않은 구성 사이에 나타나는 의미 차이를 정확히 분석하기는 어렵다. 국어를 담화 중심의 언어라고 전제한다면 이들 조사의 결합과 무조사 구성의 의미의 차이는 담화 상황을 잘 나타내는 의문문, 명령문, 청유문, 약속문에서 더 잘 드러날 것이다. 실제 담화의 상황을 드러내는 의문문, 명령문, 청유문, 약속문은 평서문에 비해 화자와 청자에 대한 태도가 보다 분명하게 드러나기

때문이다. 먼저 의문문에서 목적어의 무조사 구성에 대한 의미와 기능에 대해 살펴보자.

3.2.2. 의문문

> (27) 가. 철수가 밥을 먹니?
>   나. 철수가 밥은 먹니?
>   다. 철수가 밥 먹니?

(27가나다)는 (26)의 예문을 의문문으로 바꾼 것이다. (27가)는 (26가)에 비해서 대조의 의미가 확연하게 드러남을 알 수 있다. 의문문이 담화 상황을 직접적으로 보여주기 때문이다. 이남순(1988:54)은 '을'이 화제 성분의 대조 화제의 의미를 나타낸다고 보았다. (27가)의 조사 '을'은 다른 사물이 아닌 불특정 다수에서 '밥'을 지정한 지시 대조의 의미를 나타낸 것이다. (27가)의 조사 '을'을 (27나)의 '은'과 비교하면 그 의미가 더욱 선명해진다. '은'은 다른 대상을 배제한 선택을 나타내는 의미를 나타낸다. 이남순(1988:54)은 이러한 '은'을 평언 성분의 대조 의미로 파악하였다. 이 연구에서는 평언 성분과 화제 성분의 차이는 담화 상황에서는 가치가 중화되는 것으로 파악한다. 평언 성분이나 화제 성분 모두 담화 상황에서는 하나의 담화 상황으로 포괄되는 것으로 파악되기 때문이다. 또 의문문에서는 평언 성분은 화제 성분으로 나타날 수밖에 없기 때문이다. (27다)는 '밥' 자체로 목적어의 기능을 수행하고 있다. 이 무조사 구성은 어떤 특별한 대조의 의미 기능을 가지지 않는다. 무조사 구성은 후행하는 언어 내용과 연결되어 가장 기본적인 기능을 하는 것으로 볼 수 있

다. 임홍빈(2007)에서는 무조사 구성을 무조사구로 보고 제시어의
하나로 본 것과 같은 관점이다. 김영희(2005:153-154)는 이러한 구성
에서의 대격 표지에 대해 대격형 보족어를 구조적 동기에 의한 대격
표지와 담화-화용론적 동기에 의한 주제 표지 또는 초점 표지라고
보는 이원론적 접근을 비판하면서 보족어의 유형에 관계없이 대격
표시의 통사 의미적 동기는 여러 가지 매개 변인에 의해 결정되는
이행성에 있다고 보았다.

> "어떤 문장이 통사 의미 상 이행성을 지니고 있다면, 그 문장은 사격
> 표시 여부에 관계없이 동사의 보족어들에 대격 표시를 할 수 있다.
> 단, 사격 표시가 불가능한 보족어에는 의무적으로 대격 표시를 하여
> 야 한다."(김영희 2005:153)

김영희(2005:153)의 대격에 대한 정의는 대격 표지가 나타나지 않은
(27다)와 같은 경우를 동사의 보족어로서 사격 표지가 가능하게 하
기 때문에 대격 표시가 의무적으로 나타나지 않아도 되는 무표격으
로 인식한 것과 같은 것으로 생각할 수 있다. 조사 '을'이 순수한 격
표지 이외의 의미적 부가 기능을 가진 것으로 보았으나 우리는 '을'
이 가지는 의미적 기능을 상황 지시적 명시 기능으로 보았다. 또 사
격과의 교체 여부 또는 의무적인 대격 표시의 경우는 격표지의 필수
성에 의한 것이 아니라 목적어와 동사의 구성이 가지는 의미 구조에
있어서 조사가 가지는 의미 기능을 필수적으로 요구하기 때문인 것
으로 파악한 점에서 차이가 있다. 의문문에서 대격 표지와 무조사
구성이 가지는 의미의 차이를 보다 확실하게 보이기 위해 (27)의 질
문에 대한 대답의 예문들을 살펴보자.

(28) 가. 예, 철수가 밥을 먹어(요).
　　　나. 아니오, 철수가 떡을 먹어(요).
　　　다. 아니오, 철수가 떡은 먹어(요).
　　　라. 아니오, 철수가 떡 먹어(요).
　　　마. 아니(요), 민수는 먹어(요). (18(다)의 예문 다시 씀.)

(29) 가. 예, 철수가 밥은 먹어(요).
　　　나. 아니오, 철수가 떡을 먹어(요).
　　　다. 아니오, 철수가 떡은 먹어요.
　　　라. 아니오, 철수가 떡 먹어(요).

(30) 가. 예, 철수가 밥 먹어(요).
　　　나. 아니오. 철수가 떡을 먹어(요).
　　　다. 아니오. 철수가 떡은 먹어(요).
　　　라. 아니오, 철수가 떡 먹어(요).

　(28), (29), (30)은 (27)의 질문에 대한 가능한 대답들이다. (28가)는
(27가)의 질문에 대해 긍정의 대답으로 동일한 구성으로 반복했을
때 둘 사이에 의미의 차이는 없는 것으로 보인다. 그러나 (27가)에
대한 부정의 대답으로는 (28나다라)의 세 가지 대답이 가능하다. (28
나다)의 대답은 새로운 목적어인 '떡'에 대한 다양한 상황 지시적 의
미를 나타낼 수 있는 것으로 파악된다. 그러나 (28라)는 '떡'에 대한
명시적인 상황 지시적 의미를 나타내지 않는 담화 상에서의 제시어
의 기능을 수행하면서 목적어의 기능도 수행하는 것으로 볼 수 있
다. 무조사 구성은 목적어에 어떤 특별한 의미 기능을 더하지 않는
것으로 보이며, 그러한 의미 기능이 없는 내용을 전달하는 것이 무
조사 구성의 기능이라고 할 수 있다. (28라)는 주어의 자리에서 무조
사 구성이 자연스럽지 못했던 (18다)와는 다르다. (28라)에는 상황

지시적 의미가 대조적 표현으로 규정되어 있지 않기 때문에 목적어
구성에 상황 지시적 요구를 할 필요가 없기 때문이다. 즉 목적어의
'떡'은 '을'에 의해서 상황 지시적 의미를 얻는 것이 아니고, '밥이
아닌 떡'이라는 내용 자체에서 이미 상황 지시적 명시성을 얻은 것
으로 볼 수 있다. (29가)는 (27나)에 대한 긍정의 대답이다. 동일한
구성이 반복되므로 두 문장의 목적어의 의미와 기능에는 차이는 없
다. 그러나 부정의 대답인 (29나다라)의 경우에 (29나)는 새로운 '떡'
이라는 목적어에 대해 불확실한 대립을 전제한 선택을 나타내는 의
미와 (29다)는 '떡'이라는 새로운 선택이 다른 선택을 배제한 배타적
선택임을 담화 상황에서 상황 지시적 의미로 나타난 것이다. (27나)
가 상황 지시적인 의미로 질문을 한 것이지만 (29라)와 같이 조사가
없는 구성이 자연스러운 이유는 (28라)와 같다. 이미 새로운 목적어
로 선택된 '떡'이 상황 지시적 의미를 얻었기 때문에 조사 '을'을 통
해 명시적으로 표시해 주지 않아도 되는 것이다. 이러한 상황 지시
적 표현이 주어와 목적어에서 서로 다르게 나타나는 이유는 목적어
는 주어와 달리 문장 구조에서 서술어와 인접하기 때문에 다른 의미
로 파악될 가능성이 적고, 목적어와 동사 사이에 의미적, 통사적, 담
화적 간격을 두기가 어렵기 때문이다. (30가)는 (27다)에 대한 긍정
의 대답이다. 동일한 구성이 반복되므로 두 문장의 목적어의 의미와
기능에는 차이는 없다. (30나다라)는 (27다)의 질문에 대한 부정의
대답이다. (30나)는 구체적인 상황 지시를 드러내지 않는 무조사 구
성의 질문에 대한 대답으로 불확실한 대립을 전제한 선택이라는 새
로운 상황 지시적 의미를 덧붙여서 대답한 것이다. (30다)는 다른 선
택을 배제한 배타적 선택이라는 새로운 상황 지시적 의미를 덧붙인

것이다. (30라)는 (30나다)와 같은 상황 지시적 의미를 갖지 않더라도 자연스러운 대답이 된다. (28), (29)의 예와 다른 점은 (27다)의 질문이 목적어에 상황 지시적 의미에 대한 표현이 없었기 때문에 (30라)의 대답에 똑같이 상황 지시적 의미가 없어도 자연스러운 것으로 파악할 수 있다.

질문과 대답은 동일한 담화 상황에서 이루어지는 언어 행위이기 때문에 동일한 언어적 배경을 공유한다. 담화 상황에 대한 인식이 문어에서는 잘 드러나지 않기 때문에 문어에 주로 쓰이는 평서문은 이러한 차이가 잘 드러나지 않는다고 할 수 있다. 담화 상황에서 화자와 청자가 직접적으로 대면한 상황에서 쓰이는 의문문은 이러한 담화 상황에서의 상황 지시적 의미가 잘 드러난다. 담화 상황의 다른 표현인 명령문에서의 목적어에 나타난 무조사 구성에 대해 살펴보자.

3.2.3. 명령문

(31)가. 철수가 밥을 먹어(라).
　　나. 철수(야), 밥을 먹어(라).
　　다. 철수(야), 밥을 먹으라.

(32)가. 철수가 밥은 먹어(라).
　　나. 철수(야), 밥은 먹어(라).
　　다. 철수(야), 밥은 먹으라.

(33)가. 철수가 밥 먹어(라).
　　나. 철수(야), 밥 먹어(라).
　　다. 철수(야), 밥 먹으라.

224 국어 문법의 탐구 3 국어 문장의 확대와 조사의 실현

　(31)은 명령문에서 목적어의 자리에 조사 '을'이 결합한 형태이다. 이 문장에서도 '을'이 가지는 의미가 상황 지시적인 것으로 불확실한 대립을 전제한 선택을 나타내고 있음을 알 수 있다. 명령의 수행 대상으로서 '밥'은 다른 음식의 선택과는 상관없이 선택된 하나의 대상이다. (31나)의 예는 (31가)의 조사 '을'이 가지는 의미를 좀 더 분명하게 나타내주고 있다. 만약 '을'이 격조사로서의 기능만을 가지고 다른 의미 기능을 수행하지 않는다면 (31나)의 자리에서 파악할 수 있는 다른 선택을 배제하는 선택 즉 배타적인 선택은 아니지만 '을'이 일반적으로 가졌던 불확실한 대립을 전제한 선택보다는 다소 한정된 의미로 파악되지 않아야 할 것이다. (31나)가 (31가)보다 한정적인 선택으로 해석되는 이유는 호격으로 '철수'를 제시했기 때문이다. 주어가 생략되어 나타나더라도 목적어의 대상인 '밥'에 부가되는 의미 기능은 더욱 명시적으로 나타나게 된다. (32다) 또한 호격형으로 한정된 선택의 의미를 더한 것이다. 그리고 명령의 객체 즉 청자에 대한 명확한 제시를 통해 명령형의 '으라'는 객체를 명시해야 하는 요구에 부응하였으나, 호격형이 가지는 담화 중심적 상황이 '-으라'가 가지는 의미 속성과의 불일치로 인해 담화 상황을 객관화시키는 것으로 볼 수 있다.[20] (32가)는 '은'이 결합하여 다른 선택을 배제한 배타적 선택의 상황 지시적 의미를 나타낸 것이다. (32나)는 호격형이 먼저 나타난 형태이다. '은'에 의한 배타적 선택에 앞서

---

20) 고영근(1976:35-36)은 '-으라'를 '공개적 상황'의 명령문으로 본 것은 '-으라'가 가지는 객관화의 기능을 나타낸 것으로 볼 수 있다. 서태룡(1985:441)은 '-어라'와 '-으라'의 비교에서 '-어라'에서 분석한 {-어-}가 [+객체의 존재], [직접성]과 연관되어 청자에 대한 직접적인 행동의 요구를 나타내는 것으로 파악하였다.

서 선택을 한정해주는 것이므로 담화 상황에서 상황 지시적 의미가 더 강해지는 것으로 볼 수 있다. 명령문에서는 명령의 대상 즉 청자인 객체의 전제가 꼭 필요하다. (32다)는 (31다)와 같이 종결어미의 차이에 의한 기능이 나타나는 것이다. (33가)는 명령문에서의 무조사 구성의 예이다. (33가)의 '밥'은 조사가 결합하지 않은 무조사 구성이므로 명시적 기능을 할 수 없으나 문장에서 목적어는 명시적 기능이 필요하지 않은 경우가 있다. 목적어에 명시적 기능이 필요한 때는 어순이 바뀌거나 특별한 의미를 부가해야 할 필요가 있을 때이다. 따라서 (33가)와 같은 무조사 구성은 명시적 기능이 없이 문장에서 목적어로서 기능한다고 볼 수 있다. (33나)와 (33다)의 구성은 앞의 (31), (32)의 예와 같이 호격형에 의한 의미 차이와 종결어미의 차이에 의한 것으로 해석할 수 있다. 목적어를 나타내는 것은 어순에 따른 문장 구조에 의한 것으로 파악할 수 있다. 특히 목적어와 서술어는 인접하기 때문에 임홍빈(2007:87)에서는 무조사구를 담화 상황에 따른 제시어의 하나로 보았다. 담화 상황에 따라서 조사가 있는 구성도 제시어가 될 가능성이 있으며 이때 조사가 있는 구성이 반드시 통사적인 격에 대한 의미로만 해석할 수 있는 것은 아니다. 조사는 통사 원자이기도 하지만 담화 원자이기도 하기 때문이다. 담화 상황을 나타내는 또 다른 유형인 청유문에서의 무조사 구성에 대해 살펴보자.

3.2.4. 청유문

　(34) 가. [?]철수가 밥을 먹자(어).

나. (철수야), 밥을 먹자(어).
다. [?]철수가 밥은 먹자(어).
라. (철수야), 밥은 먹자(어).
마. [?]철수가 밥 먹자(어).
바. (철수야), 밥 먹자(어).

(34가)는 명령문인 (31), (32), (33)의 예에 대응하는 청유문이다. 명령문과 마찬가지로 청유문도 청자 즉 행동의 대상이 명시적이다. (34가)의 '밥'은 불확실한 대립을 전제한 선택인 상황 지시적 의미를 가진다. 청유형은 아직 일어나지 않은 일에 대한 제안이기 때문에 강제성이 없다. 그러나 목적어의 의미 기능은 주어의 경우와는 다르게 의문문과 명령문의 예처럼 잘 드러난다. 목적어가 담화 상에서 제시어나 주제어로 나타나는 것이 주어보다는 이차적이기 때문인 것으로 볼 수 있다. 일반적인 문장에서 발화 순서는 목적어가 주어 다음이기 때문이다. (34나)가 (34가)에 비해 훨씬 자연스럽다. 호격형으로 청유의 대상이 명시되기 때문에 주어가 생략되는 것이 자연스럽다. 그러나 주어가 생략되지 않더라도 충분히 청유문의 기능을 할 수 있다. 주어에 상황 지시적 기능이 명시적으로 주어졌을 때는 생략되지 않을 가능성이 많다. 상황 지시적 기능은 담화 상황에서 중요한 정보의 하나이기 때문이다. (34가)의 주어가 다소 부자연스러운 이유는 상황 지시적 의미를 '가'를 통해서 강제적으로 드러내려 하기 때문에 쉽게 생략할 수 있는 청유문에서의 주어를 드러내야 하는 부담이 있어서이다. 목적어는 그러한 부담량이 적으므로 '을'이 가지는 상황 지시적 의미인 불확실한 대립을 전제한 선택이 잘 드러나지 않는 경향이 있다. 특히 평서문에서는 담화 상황을 객관화

시키는 경우가 많으므로 이러한 경향이 많은 것으로 파악할 수 있다. (34다)의 '밥'에 결합한 '은'이 바로 이러한 상황 지시적 기능이 크기 때문에 목적어의 역할 뿐만 아니라 부가적 의미 기능도 잘 나타나는 것이다. (34라)는 호격형이 먼저 제시되어 (34다)의 주어가 가지는 상황 지시적 의미가 필요하지 않기 때문에 문장의 의미를 보다 분명하게 드러내는 것으로 볼 수 있다. 호격형은 하나의 독립된 단위이기 때문에 뒤에 따르는 문장에 의미론적으로 상황 지시적인 부담으로부터 자유롭기 때문이다. 특히 주어가 생략이 가능한 명령, 청유형에서 호격이 두드러지게 사용되는 것도 이와 관련한 것으로 볼 수 있다. (34마)의 무조사 구성의 목적어가 명시적 기능과 상관없이 목적어의 기능을 수행하고 있다. 그런데 주어에 결합한 '가'는 상황 지시적 의미를 갖기 때문에 명령문에서의 주어 생략을 저지하는 작용을 하여 문장 전체가 다소 부자연스럽게 느껴진다. (34다)의 경우와 동일하다. (34바)의 '밥'이 목적어로 해석되는 것은 앞의 호격형에 의해 주어 생략 환경이 자연스러워졌기 때문이다. 목적어는 서술어와 인접하기 때문에 구조상으로 목적어로 해석되고 거기에 부가되는 상황 지시적 의미는 필요하지 않은 것으로 볼 수 있다. 목적어와 서술어가 결합하여 관용어나 연어처럼 쓰이기 쉬운 이유와 같은 현상이라고 할 수 있다. 청유문에서 주어를 특정하는 것이 부자연스러운 이유는 청유문 자체가 가지는 특성, 즉 공동의 주어를 요구하는 특성 때문이라고 볼 수 있다. 담화 상황을 나타내는 또 다른 유형인 약속문에서 목적어에 나타난 무조사 구성에 대해 살펴보자.

3.2.5. 약속문

(35) 가. $^?$철수가 밥을 먹으마.
　　 나. (내가) 밥을 먹으마.
　　 다. $^?$철수가 밥은 먹으마.
　　 라. (내가) 밥은 먹으마.
　　 마. $^?$철수가 밥 먹으마.
　　 바. (내가) 밥 먹으마.

3.1.5.에서 살펴본 바와 같이 화자가 어떤 행위를 하겠다는 마음의 결정을 청자에게 전달하는 것이 약속문의 역할이다. 약속은 화자가 청자에게 자신의 의지를 언어 표현으로 나타내는 것이다. 따라서 주어의 자리에 화자 자신이 아닌 경우는 자연스럽지 않다. (35가다마)의 예문이 자연스럽지 못하게 느껴지는 것은 '철수'가 담화의 화자인지 아닌지 확정적이지 않기 때문이다. (35나라바)에서 화자 자신을 가리키는 '내가'로 나타난 표현은 자연스럽다. 주어가 생략되더라도 충분히 청유문의 기능을 할 수 있다. (35나)와 (35바)의 차이는 목적어에 상황 지시적 기능이 명시적으로 주어졌을 때와 그렇지 않을 때를 구분해주는 것이다. 이 구분을 해주는 요소가 바로 조사 '을'이라고 볼 수 있다. 이러한 상황 지시적 의미 기능을 하는 것이 목적어 '밥을'에 결합한 '을'이다. 상황 지시적 기능은 담화 상황에서 중요한 정보의 하나이다. (35다)의 '밥은'의 '은'이 바로 이러한 상황 지시적 기능이 크기 때문에 생략되지 않고 약속문의 목적어로서 역할을 하는 것이다. (35마)의 '밥'이 목적어로 해석되는 것은 목적어는 서술어와 인접하기 때문에 구조상으로 목적어로 해석되고

거기에 부가되는 상황 지시적 의미는 필요하지 않은 것으로 볼 수 있다. 목적어와 서술어가 결합하여 관용어나 연어처럼 쓰이기 쉬운 이유와 같은 현상이라고 할 수 있다.

지금까지 목적어 자리에서 나타나는 무조사 구성의 의미와 기능을 평서문, 의문문, 명령문, 청유문, 약속문에서 각각 격조사 구성과 보조사 구성과 비교하여 살펴보았다. 목적어의 자리에 나타나는 격조사 구성과 보조사 구성은 모두 세 유형에서 모두 명시적 의미 기능 즉 상황 지시적 의미 기능을 가졌으나 무조사 구성은 명시적 의미 기능을 가지지 않는 경향을 보였다. 담화 상황에 따라 호격형에서 주어 생략이 허용되는 환경에서의 목적어 무조사 구성은 주어가 조사를 가지는 구성에 비해 훨씬 자연스럽게 해석되었다. 문장이 가지는 상황 지시적 의미의 양에 의한 기능부담량과 명령문 등이 가지는 담화의 특성과의 불일치에서 기인한 것으로 파악할 수 있었다. 요약하면 목적어에서 나타나는 무조사 구성은 격조사 구성과 같은 명시적 의미 기능을 나타내지 않으며 담화 상황에 따라 제시어의 기능을 하기도 하는 것으로 파악할 수 있었다.

주어와 목적어에서의 무조사 구성에 대한 검토는 결론적으로 조사 '이/가'와 '을/를'의 기본 의미를 상황 지시적 의미로 파악하게 하였다. 이러한 상황 지시적 의미가 조사가 가지는 기본적 어휘 의미라고 파악할 수 있었다. 조사의 기능은 통사적 범위와 담화적 범위에 모두 작용한다. 따라서 조사는 통사 원자이면서 담화 원자이기도 하다. 조사가 통사적 기능과 담화적 기능을 역할에 따라 따로 분담한다고 보면 조사의 문법적 기능 분담량은 매우 높아지게 된다. 그러나 조사의 기본 의미에 의해 통사적, 담화적 기능이 일관되게 설명될 수 있다면 조사의 기능을 합리적이고 체계적으로 기술할 수 있을 것이다. 4장에서는 조사 '이/가'와 '을/를'의 기본 의미를 살피고 이 기본 의미와 무조사 구성과의 관련성에 대해 살펴볼 것이다.

4. 조사 '이/가', '을/를'의 기본 의미와 기능

이남순(1998다)는 처격조사 '에'는 '범위 한정의 기능', 조격 조사 '로'는 '선택', 공동격 조사 '와'는 '접속'이라는 기본 의미를 갖는다고 하였다. 따라서 이들 조사는 일정한 어휘적 의미를 가진 것으로 보았다고 할 수 있다. 또 주격조사 '이/가'와 대격조사 '을/를', 속격 조사 '의'에서도 격표지가 실현된 경우 특별한 의미가 있는 것으로 파악하였다(이남순 1998다:105-107). 그렇다면 주격과 대격 및 속격의 격표지에 대해서도 앞의 처격과 조격, 공동격과 같이 일정한 의미 기능을 설정할 가능성에 대해 살펴볼 수 있다. 구조격이라고 하는 주격, 대격, 속격의 격표지와 어휘격이라고 하는 처격, 조격, 공동격의 격표지는 대체로 구분되어서 설명되었다. 이러한 구분은 격표지들이 가지는 의미에 의한 것이 아니라 문장이나 담화에서 격표지가 실현되는 상황에서 통사적 구조 안에서 실현된 격표지에 의해 구분한 것이다. 다시 말해서 주격, 대격, 속격은 격표지가 실현되지 않더라도 어휘 요소들의 통사적 결합만으로 주어지는 것이라고 볼 수 있기 때문이다. 그러므로 주격, 대격, 속격에 실현되는 유형의 격표지가 가지는 기능은 통사적 결합에 의해 구조적으로 주어진 격에 '무엇'을 더하는 것이라고 볼 수 있다. 박진호(1994:22)는 격조사를 통사 원자의[21] 하나로 파악하고 격조사가 가지는 기능을 함수자-논항 관계와 핵-비핵 관계로 설명하였다. 명사구와 격조사의 의미 관계를 고려하면 격조사는 명사구를 필요로 하지만 명사구는 격조사를 필요로 하지 않는다고 하였다. 즉, 의미론적으로 격조사는 함수자이고 명사구는 그 논항이 된다고 하였다. 만약 명사구가 통사적으로 핵이라면 격조사는 그 부가어가 된다고 보았고, 격조사가 핵이라면 명사구는 그 논항이 되는 것으로 보아 격조사의 분포와 '명사구+격조사'의 분포가 다른 이유를 설명하였다(박진호 1994:40). 격조사는 명사구를 항상 필요로 하지만 명사구는 항상 격조사를 필요로 하지 않으므로 무조사 구성에 대하여 격조사와 관련한 함수자-논항 관계 및 핵-비핵의 관계로 설명할 수 있는 가능성을 찾을 수 있다. 김의수(2006)는 속격 구성과 관련하여 후행하는 명사는 자신의 소유주를 필수적으로 요구한다고 하였다. 이 때 후행하는 명사는 소유주에 소유주역(Possessor)을 할당해야 한다고 하였다. 그러므로 명사의 내포나 외연이 확대될 때 명사가 수의적으로 소유주역을 할당할 수 있다고 하였다(김의수 2006:104-106). 그렇다면 격표지가 실현되는 않는 속격 구성은 후행 명사가 선행 명사에 대하여 확대된 어휘 의미 자체에서 가지는 소유주역을 할당하고 본유격으로서 속격을 부여한다고 볼 수 있을 것이다. 앞의 논의에 의하면 무조사 구성은 기저에서 형성되었던 조사의 생략 현상이라고 설명하기 어렵다. 어휘격의 조사는 뚜렷한 어휘 의미를 가지는 조사로서 기능을 하는 것이며, 구조격의 격표지 또한 어휘 의미를 가진다. 다만 어휘격의 격표지

21) 통사 원자는 기존의 단어의 개념을 해체한 뒤 통사적 현상에 관여하는 단위를 조사와 어미를 포함하여 명사, 동사, 관형사, 부사, 격조사, 문말어미, 보조사, 선문말어미, 접속사, 감탄사로 설정하였다(박진호 1994:22).

또는 격표지의 역할을 같이 한다고 볼 수 있는 보조사만큼 의미가 뚜렷하게 드러나지 않는다고 할 수 있다. 따라서 격표지가 가지는 어휘적 기본 의미에 대해 정밀하게 밝힌다면 격표지 비실현 현상에 대한 합리적인 설명이 가능할 것이다. 이관규(1992:246)는 격은 서술어에 대한 체언의 관계라고 정의되는 것이므로 격표지는 그것을 그 관계를 나타내는 표지라고 보았다. 이에 따라 주제화 표지로서도 인식되는 '이/가', '을/를'과 구조격 표지로 인정되는 '이/가, 을/를'에 대한 동질적 이질적 관계를 밝혀야 할 필요가 있다고 언급하였다. 이는 '이/가', '을/를'의 의미에 대하여 보다 깊은 연구의 필요성을 제기한 것으로 볼 수 있으며 이것이 구조격이든 생략이든 이들 표지의 의미와 깊은 관계가 있음을 암시한 것이다. 또한 이필영(1982)은 조사 '가'가 지정과 선택 지정의 의미를 갖는다는 사실을 주격 조사 '가'가 나타난 문장과 나타나지 않은 문장을 비교함으로써 밝혀내었다. 그러나 이필영(1982)은 이를 조사의 생략에 의한 것으로 보고 논의를 전개했으며 조사가 나타나지 않는 관계를 '지정'의 기능과 서술어의 적용 범위의 한정에 관한 것으로 파악하였다. 조사 '가'의 지정과 화제의 기능을 '은/는'의 같은 두 가지 기능으로 비교하였다. 조사가 가지는 기능과 의미에 대해 일관적인 기술을 할 수 있다면 조사 비실현 현상에 대해서도 일관적으로 설명이 가능할 것이다. 왜냐하면 조사의 비실현 현상은 항상 조사 실현형과 비교하여 설명할 수밖에 없기 때문이다. 서태룡(2001)에서 제시한 조사 '이/가/은/을'의 뜻풀이는 조사의 기본 의미 설정과 관련하여 시사적이다. 모든 조사가 기본 의미를 나타낸다는 전제를 통해 국어의 교착적 특성을 잘 드러내는 설명 방식이다. 무조사 구성은 조사 '이/가/은/을'이 가

지는 이러한 기본 의미를 나타내지 않거나 나타낼 필요가 없는 상황
에 나타나는 것으로 볼 수 있다. 아래는 서태룡(2001)에 제시된 '이/
가/은/을'의 기본 의미이다.[22]

(36) '-이': 앞의 말을 그 존재나 상태로 유지하여 끝맺지 못하고 뒤
　　　의 말을 연결하는 의미를 나타내는 어미.(서태룡 2001:39)
(37) '-가': 앞의 말을 끝맺지 못하고 뒤에는 말을 연결하는 의미를
　　　나타내는 어미.(서태룡 2001:39)
(38) '-은': 앞의 말을 부정한 대립을 전제하고 앞의 말을 정해져 이
　　　루어진 것으로 인식하여 부정한 대립이 확실하다는 의미
　　　를 나타내는 어미.(서태룡 2001:44)
(39) '-을': 앞의 말을 부정한 대립을 전제하고 앞의 말을 정해지지
　　　않아 이루어지지 않은 것으로 인식하여 부정한 대립이
　　　불확실하다는 의미를 나타내는 어미.(서태룡 2001:48-49)

(36~39)에서 제시된 조사의 기본 의미는 3장에서 살펴본 무조사 구
성의 조사 구성의 의미 차이를 분명하게 드러내주는 것이 될 수 있
다. 조사 구성과 무조사 구성의 가장 큰 차이로 나타나는 '상황 지시
적 의미'를 위와 같은 기본 의미에서 비롯된 것으로 볼 수 있다. 국
어는 교착어이기 때문에 후행하는 요소는 반드시 일정한 의미나 기
능을 더하게 된다. 문장의 구조는 어순에 의해 주어지는 것으로 볼
때 조사들은 각각의 기본 의미를 통해 각각의 성분이 가지는 의미를
보다 명확하게 해주는 것으로 생각할 수 있다. 따라서 공통의 배경

---

22) 서태룡(2001)은 어미와 조사의 기본 의미가 같은 것으로 파악하고 앞에 통합
　　하는 성분의 특성에 따라 조사와 어미가 구분된다는 입장에서 둘을 구분하지
　　않고 모두 어미로 부른다. 서태룡(2006:66-67, 각주2)은 임홍빈(1997:114-115)에
　　서 제안한 '교착'과 서태룡(2000:272-282)에서 사용한 '어미'를 더하여 교착어
　　미로 부를 것을 제안하였다.

을 갖는 담화에서 사용되는 구어는 이러한 명확한 의미들을 가지게
되므로 조사 구성보다 무조사 구성이 지배적으로 나타나는 것이다.
객관적 사실을 진술하는 문어의 경우는 문장이 가지는 담화적 맥락
을 객관적으로 표현해야 하므로 다양한 조사가 결합하여 의미를 분
명하게 명시하는 것으로 파악할 수 있다. 김건희·권재일(2004)은 국
어의 구어적 특징에 대해 국어에서는 통계적으로 무조사 구성의 사
용이 지배적임을 밝혔다. 격표지가 반드시 필수적으로 필요한 것이
라면 구어의 상황에서 무조사 구성이 지배적으로 나타내는 현상을
설명하기는 어렵다. 거꾸로 조사가 기본 의미를 가지고 결합함으로
서 통사적이거나 화용적인 의미를 부가하는 것으로 파악하는 것이
합리적일 것이다. 이러한 접근이 국어의 교착어적 특성과도 부합하
는 것이라고 생각한다.

  조사의 기본 의미는 어휘론적, 통사론적, 화용론적 세 가지 기준
으로 분석할 수 있을 것이다. 조사의 종합적인 기능을 조사가 가지
는 어휘 기본 의미를 하나의 변항, 어휘 항목의 결합으로 이루어진
통사적 구조가 가지는 의미를 다른 하나의 변항, 마지막으로 통사적
구성이 실제 발화되는 화용적 상황에서의 의미를 또 하나의 변항,
이렇게 세 가지 변항이 상호 작용하는 것으로 파악할 수 있다. 그러
나 이러한 해석은 조사가 가지는 기본 의미가 언어 현상을 분석하는
입장에서 어떻게 읽히느냐의 문제이지 조사 자체가 가지는 기본 의
미의 차이에 의한 것은 아니다. 조사가 각각 어휘적 의미를 갖는다
면 소위 구조격이라 불리는 상황에서 쓰이는 격조사에 대한 설명이
필요하다. 구조격에서 쓰이는 격조사는 그 문장 구조가 가지는 어떤
의미가 그 조사가 가지는 기본 의미를 필수적으로 요구하는 것으로

볼 수 있다. 이러한 관점은 국어의 조사에 대한 교착어적 성격을 일관적으로 설명하는데 조사의 생략이나 무표격, 제로의 형태, 부정격의 개념을 통한 접근보다 다소 합리적인 설명 방법이 될 수 있다. 김영희(2005:146)에서 제시된 대격 표지 '를'을 이행성 표지로 보아 대격 조사가 반드시 필요한 상황을 이행성이 꼭 필요한 상황의 표지로 본 것도 조사의 '를'의 기본 의미의 설정과 같은 관점이라고 생각한다.

5. 마무리

지금까지 주어와 목적어의 자리에 조사가 결합하지 않은 형태인 무조사 구성에 대해 살펴보았다. 2장은 무조사 구성에 대한 이전의 논의를 주제별로 나눠 세 가지로 살펴보았다. 초기의 문법 연구에서 무조사 현상을 조사의 생략 현상으로 설명하였고, 이후 부정격과 무표격이라는 격 현상의 하나로 설명되었다. 점차 조사가 담화와 관련한 상황을 표현하는 것으로 밝혀지면서 무조사 구성이 제시어를 나타낸다는 설명으로 이어졌다. 무조사 구성에 대해 새로운 개념을 제안한 안병희(1966)와 민현식(1982), 이남순(1998), 임홍빈(2007)의 연구에 대해 자세하게 다루었다. 앞선 연구들은 주어와 목적어에 조사가 나타나지 않는 무조사 현상은 조사가 담화의 상황과 관련되어 있음을 나타내는 근거가 되고, 격표지로서 사용되는 조사 '이/가'와 '을/를'이 담화에서 주제화와 관련된 의미가 있음을 보여주었다. 3장은 주어에서의 무조사 현상과 목적어에서의 무조사 현상을 문체법

에 따른 문장 종결 형식인 평서문, 의문문, 명령문, 청유문, 약속문에
서 각각 살펴보았다. 주어에서의 무조사 구성은 격조사 구성과 보조
사 구성이 명시적 의미 기능 즉 상황 지시적 의미 기능을 가진 것과
비교하여 무조사 구성은 명시적 의미 기능을 가지지 않는 경향을 보
였다. 무조사 구성은 담화 상황에 따라 호격형에서 유추하여 상황
지시적 의미 기능을 가지기도 하였으나 조사 구성의 경우처럼 명시
적이지는 않았다. 무조사 구성이 명시적 의미 기능을 가지지 못했을
경우에는 담화 상황에서 제시어의 기능을 하는 것으로 판단할 수 있
었다. 무조사 구성이 제시어의 기능을 하는 것은 무조사 구성의 일
차적인 기능이 아니라, 무조사 구성이 가지는 주어에 대한 상황 지
시적 의미 부여의 보류가 포함할 수 있는 기능에서 파생된 것으로
파악하였다. 목적어에서의 무조사 구성은 목적어의 자리에 나타나
는 격조사 구성과 보조사 구성과 비교하여 격조사 구성과 보조사 구
성은 모두 명시적 의미 기능 즉 상황 지시적 의미 기능을 가졌으나
무조사 구성은 명시적 의미 기능을 가지지 않는 경향을 보였다. 담
화 상황에 따라 호격형에서 주어 생략이 허용되는 환경에서의 목적
어 무조사 구성은 주어가 조사를 가지는 구성에 비해 훨씬 자연스럽
게 해석되었다. 문장이 가지는 상황 지시적 의미의 양에 의한 기능
부담량과 명령문 등의 담화의 특성의 불일치에서 기인한 것으로 가
정할 수 있었다. 목적어에서 나타나는 무조사 구성이 격조사 구성과
같은 명시적 의미 기능을 나타내지 않으며 담화 상황에 따라 제시어
의 기능을 하기도 하는 것으로 보았다. 4장은 조사 '이/가'와 '을/를'
의 기본 의미를 통해서 무조사 구성은 조사 '이/가'와 '을/를'이 가지
는 기본 의미를 갖지 않는 것으로 보았다. 조사가 기본 의미를 가지

고 그 기본 의미에서 파생되고 확대된 통사적·담화적 의미가 상호
작용하여 격표지 또는 제시어의 역할을 하는 것으로 설명하였다.

　문체법에 따라 평서문, 의문문, 명령문, 청유문, 약속문에서의 무
조사 구성에 대해 살피는 과정에서 공손법에 따른 등급에 따라 자세
하게 나누지 않고 해라체의 등급만을 중심으로 논의하였다. 이후 하
게체, 하오체, 합쇼체, 하소서체, 반말의 등급에 따른 세밀한 논의가
필요하다고 본다. 격조사가 격만을 표시한다면 어떠한 종결 형식이
든지 어떠한 공손법의 등급이든지에 상관없이 아무런 의미 차이를
가지지 않아야 한다는 것이 이 논의의 출발점이었다. 아직 이 질문
에 대한 명확한 답을 찾지는 못하였지만 조사가 기본 의미를 가지며
그 기본 의미가 담화 의미로 확대되어 화자와 청자 사이에 보다 정
확하고 정교한 의미를 전달하는 것을 확인하였다.

▌참고문헌▌

고영근. 1976. "현대국어의 문체법에 대한 연구." 「어학연구」(서울대어학
　　　연구소) 12(1).

고영근·구본관. 2008. 「우리말 문법론」 서울: 집문당.

고영근·성광수·심재기·홍종선 편. 1992. 「국어학연구백년사1」 서울:
　　　일조각.

과학원 언어 문학 연구소. 1961. 「조선어 문법」 학우서방.

권재일. 1989. "조사의 성격과 그 생략 현상에 대한 한 기술 방법." 「어학
　　　연구」(서울대어학연구소) 25(1).

권재일. 2006. "구어 문법과 조사의 생략." 편집위원회 편. 「국어학논총:
　　　이병근선생퇴임기념」 서울: 태학사.

김건희·권재일. 2004. "구어 조사의 특성." 「한말연구」(한말연구학회) 15.

김광해. 1981. "{-의}의 분포에 대한 조사 연구." 선청어문(서울대학교 국
　　　어교육과) 11·12합본.

김두봉. 1922. 「깁더 조선말본」.(역대 한국 문법 대계 ① 8. 탑출판사.)

김민수. 1970. "국어의 격에 대하여." 「국어국문학」(국어국문학회) 49·50.

김승렬. 1990. 「국어어순연구」 서울: 한신문화사.

김영희. 1991. "무표격의 조건". 「언어 논총」9. 계명대학교.

김영희. 1998. 「한국어 통사론을 위한 논의」 서울: 한국문화사.

김영희. 2005. 「한국어 통사 현상의 의의」 서울: 역락.

김윤경. 1948. 「나라말본」(역대 한국 문법 대계 ① 22. 탑출판사).

김의수. 1999. "자립격(Default Case)으로서의 대격 가능성 시고: 경동사
　　　'하-'구문을 중심으로." 「국어의 격과 조사」(한국어학회 편). 서울:
　　　월인.

김의수. 1999. "핵이동과 격교체 양상." 「한국어학」(한국어학회) 9.

김의수. 2002. "국어의 격 허가 기제 연구." 「국어학」(국어학회) 39.

김의수. 2006. 「한국어의 격과 의미역」(국어학총서 55). 국어학회.

김지은. 1991. "국어에서 주어가 조사 없이 나타나는 환경에 대하여." 「한
　　　글」(한글학회) 212.

김지은. 1998. "조사 '-로'의 의미와 용법에 관한 연구." 「국어학」(국어학회) 31.

류구상. 1986. "주격조사에 대하여." 「국어학신연구」(약천김민수교수화갑 기념). 류목상 외 공편. 서울: 탑출판사.

민현식. 1982. "현대 국어 격에 관한 연구." 「국어연구」(국어연구회) 49.

박승빈. 1931. "조선어학강의요지." 보성전문학교.(역대 한국 문법 대계 ① 48. 탑출판사.)

박승빈. 1935. 「조선어학」 경성: 조선어학연구회.

박진호. 1994. 「통사적 결합 관계와 논항구조」. 서울대 석사학위논문.

박철우. 2002. "국어의 보충어와 부가어 판별기준." 「언어학」(한국언어학 회) 34.

서울대학교 대학원 국어연구회 편. 1990. 「국어연구 어디까지 왔나」 서울: 동아출판사.

서태룡 외 공편. 1998. 「문법연구와 자료」(이익섭선생회갑기념논총). 서울: 태학사.

서태룡. 1985. "국어 명령형에 대하여." 「국어학」 (국어학회) 14.

서태룡. 2000. "'-이'와 '-가'의 형태론." 「동악어문논집」(동악어문학회) 36.

서태룡. 2001. "국어 사전의 '-이', '-가', '-은', '-을'의 범주와 뜻풀이." 「동 악어문논집」(동악어문학회) 38.

서태룡. 2006. "국어 조사와 어미의 관련성." 「국어학」(국어학회) 47.

신현숙. 1982. "목적격 표지 /-를/의 의미연구." 「언어」(한국언어학회) 제7 권 1호.

안병희. 1966. "부정격(Casus Indefinitus)의 정립을 위하여." 「동아문화」(서 울대학교) 6.

유동석. 1984. "양태 조사의 통보기능에 대한 연구." 「국어연구」(국어연구 회) 60.

유동석. 1990. "조사생략". 「국어연구 어디까지 왔나」.(서울대학교 대학원 국어연구회 편). 서울: 동아출판사.

유동석. 1998. "국어의 격 중출 구성에 대하여." 「국어학」(국어학회) 31.

이관규. 1992. "격의 종류와 특성." 「국어학연구백년사1」 서울: 일조각.

이규방. 1922. 「신찬조선문법」 (역대 한국 문법 대계 ① 29. 탑출판사.).

이기동. 1981. "언어와 의식." 「말」(연세대학교 언어연구교육원) 6.

이남순. 1988. 「국어의 부정격과 격표지 생략」. 국어학회. 서울: 탑출판사.

이남순. 1998가. 「격과 격표지」 서울: 월인.

이남순. 1998나. "격표지의 비실현과 생략." 「국어학」(국어학회) 31.

이남순. 1998다. "격조사." 「문법연구와 자료」(이익섭선생 회갑기념논총).
    서울: 태학사.

이숭녕. 1953. "격의 독립품사 시비." 「국어국문학」(국어국문학회) 4.

이익섭·임홍빈. 1983. 「국어문법론」 서울: 학연사.

이필영. 1982. "조사 '이/가'의 의미 분석." 「관악어문연구」(서울대학교 국
    어국문학과) 7.

이호승. 2006. "격조사 없는 명사구의 격 문제에 대하여." 「어문학」(한국
    어문학회) 93집.

임홍빈. 1972. "국어의 주제화연구." 「국어연구」(국어연구회) 제28호.(임홍
    빈. 1998. 국어문법의 심층 2. 서울: 태학사. 재록.)

임홍빈. 1983. "국어의 '절대문'에 대하여." 「진단학보」(진단학회) 제56호.

임홍빈. 1997. "국어 굴절의 원리적 성격과 재구조화." 「관악어문연구」(서
    울대학교 국어국문학과) 22.

임홍빈. 1998. 「국어 문법의 심층1, 2, 3」 서울: 태학사.

임홍빈. 2000. "가변 중간 투사론: 표면구조 통사론을 위한 제언." 간행위
    원회. 「21세기 국어학의 과제」. 서울: 월인.(임홍빈. 2005. 「우리말
    에 대한 성찰 」 1 재록.)

임홍빈. 2007. "한국어 무조사 명사구의 통사와 의미." 「국어학」(국어학회)
    49.

임홍빈·이홍식 외. 2002. 「한국어 구문 분석 방법론」 서울: 한국문화사.

정렬모. 1946. 「신편고등국어문법」 서울: 한글문화사.

주시경. 1910. 「국어문법」. 박문서관(이기문 편. 1976. 주시경전집 下).

최규수. 1997. "주시경 문법의 통어론적 특징." 「한글」(한글학회) 238.(최
    규수. 2005. 주시경 문법론과 그 뒤의 연구들. 서울: 박이정. 재록)

최현배. 1937/1977. 「우리말본」(여섯번째 펴냄). 서울: 정음사.

프로스트, 마르띤. 1981. "조사 생략 문제에 관하여." 「한글」(한글학회) 171.

한국어학회 편. 1999. 「국어의 격과 조사」(소석 성광수 교수 화갑기념논
총). 서울: 월인.

홍기문. 1927. "현대문전요령." 「현대평론」 1.(역대 한국 문법 대계 ① 38.
탑출판사.)

홍기문. 1947. 「조선문법연구」. 서울신문사.(역대 한국 문법 대계 ① 39.
탑출판사.)

홍종선. 1999. "생성문법과 국어의 격." 「국어의 격과 조사」(한국어학회).
서울: 월인.

Chomsky, N. 1981. Lectures on Government and Binding. Dordrecht: Foris.

Grimshaw, J. 1990. Argument Structure. Cambridge. Mass.: The MIT Press.

Marantz. A. P. 1984. On the Nature of Grammatical Relations. Cambridge.
Mass.: The MIT Press.

Ramstedt, G. J. 1939. A Korean Grammar. Helsinki.

Underwood, H. G. 1890. An introduction to the Korean Spoken Language.
Yokohama.(역대 한국 문법 대계 ② 11, 12, 탑출판사.)

찾아보기

국어 문법의 탐구 3

▌저자약력▌

홍종선 고려대학교 문과대학 국어국문학과 교수
김지오 동국대학교 강사
김혜령 수원여자대학 강사
최정은 고려대학교 문과대학 국어국문학과 대학원
하정수 백석대학교 강사

국어 문법의 탐구 3

국어 문장의 확대와 조사의 실현

초판인쇄 2009년 8월 20일
초판발행 2009년 9월 1일

저자 홍종선 · 김지오 · 김혜령 · 최정은 · 하정수

발 행 인 윤석원
발 행 처 도서출판 박문사
책임편집 김진화
등록번호 제2009-11호

우편주소 서울시 도봉구 창동 624-1 현대홈시티 102-1206
대표전화 (02) 992 / 3253
팩시밀리 (02) 991 / 1285
전자우편 bakmunsa@hanmail.net

ⓒ 홍종선 · 김지오 · 김혜령 · 최정은 · 하정수 2009 All rights reserved. Printed in KOREA

ISBN 978-89-962895-9-3 94810   정가 12,000원
ISBN 978-89-962895-6   (전3권)